OS NOVE CONTINENTES

— A BUSCA PELAS RELÍQUIAS INFERNAIS —

EDUARDO SANTOS

OS NOVE CONTINENTES
— A BUSCA PELAS RELÍQUIAS INFERNAIS —

PARTE I

São Paulo, 2024

Os nove continentes: a busca pelas Relíquias Infernais
Copyright © 2024 by Eduardo Santos
Copyright © 2024 by Novo Século Editora Ltda.

Editor: Luiz Vasconcelos
Coordenação editorial: Driciele Souza
Editorial: Érica Borges Correa, Graziele Sales, Mariana Paganini e Marianna Cortez
Preparação: Ana Moura
Revisão: Angélica Mendonça
Diagramação: Marília Garcia
Capa: Raquel Machado

Texto de acordo com as normas do Novo Acordo Ortográfico da Língua Portuguesa (1990), em vigor desde 1º de janeiro de 2009.

Dados Internacionais de Catalogação na Publicação (cip)
Angélica Ilacqua CRB-8/7057

Santos, Eduardo
Os nove continentes: a busca pelas relíquias infernais / Eduardo Santos. -- São Paulo : Novo Século, 2024.
    336 p.

ISBN 978-65-5561-595-1

1. Literatura brasileira 2. Literatura fantástica I. Título

24-0461   CDD-B869.3

uma marca do
Grupo Novo Século

GRUPO NOVO SÉCULO
Alameda Araguaia, 2190 – Bloco A – 11º andar – Conjunto 1111
CEP 06455-000 – Alphaville Industrial, Barueri – SP – Brasil
Tel.: (11) 3699-7107 | E-mail: atendimento@gruponovoseculo.com.br
www.gruponovoseculo.com.br

*Dedico este livro aos meus falecidos avós Tarcísio e Hellena,
e principalmente ao meu avô José Maria de Oliveira.*

*E também à minha família, minha namorada,
amigos e aos meus futuros leitores.*

AGRADECIMENTOS

Agradeço primeiramente a Deus. A Ele toda honra e toda a glória.

Em segundo, agradeço à minha família, especialmente minha mãe, Luciana, e meus tios Sérgio, Denise, Daniel e Luci, e aos meus avós, Lourdes e José Maria, por me darem forças para nunca desistir.

Não menos importante é o agradecimento à minha namorada, Priscila, pois ela me apoiou desde que nos conhecemos para nunca me resignar. Ela, mais do que ninguém, sempre acreditou que o meu livro era algo mais que especial. Priscila, obrigado por tudo, eu te amo.

Em terceiro, agradeço a todos os meus amigos, que me ajudaram a sempre seguir em frente, a sempre fazer o melhor. Agradeço aos amigos Matheus Fornel, Juliano Júnior, Everton Matheus, Fábio Luiz, Ivens Júnior, Ademir e Adilson.

E, por último, agradeço à Júnia, do instabook "A Garota do Livro", que me ajudou com a correção do original, até que ele estivesse a ponto de entrar em uma grande editora.

Em verdade vos digo: se tiverdes fé, como um grão de mostarda, direis a esta montanha: Transporta-te daqui para lá, e ela irá; e nada vos será impossível.

Mateus 17:20

SUMÁRIO

Prólogo
13

Edward e Sette
54

Apêndice
316

Prólogo

Era madrugada, a lua e as estrelas estavam no céu, e a neblina começava a se levantar lentamente, trazendo um clima de mistério e escuridão.

E, em meio a esse cenário de suspense, Verônica fugia com cautela, seguindo por uma longa pradaria de grama alta e poucas árvores. A maga partia sorrateira, pois o que ela havia descoberto mudaria o destino do mundo. Passo a passo seu coração batia mais forte, enquanto os olhos corriam a paisagem, procurando pelo perigo.

O corpo de Verônica era delicado, as mãos eram macias e a pele levemente bronzeada pelo sol. Era de certa forma frágil, uma jovem adulta sonhadora, que um dia se imaginava abandonando a Ordem e se casando no verão. Ela tinha estatura mediana, 25 anos, e longos cabelos loiros emolduravam aquele rosto belo e delicado. A pele era ocultada pelo manto da Ordem à qual pertencia – e o manto era maior do que devia.

A jovem deixara tudo para trás: móveis, sonhos, vida e esperança, e, junto de suas coisas, um recado escondido para Talagon, Grão-Mestre da Ordem, que há poucos dias a havia procurado para obter respostas.

O medo em seu peito tomava conta da mente, e no silêncio da madrugada a maga seguia seu caminho meditando sobre o que aconteceria com o mundo se ela falhasse, mergulhada em uma atmosfera apocalíptica, em que o desespero corria por suas veias.

Verônica viu o fim dos tempos, viu o que o mundo enfrentaria. Agora tudo fazia sentido, todos os acontecimentos, todas as mortes, toda a dor.

Mas, enquanto ela se mantinha absorta em pensamentos, desesperada com a morte em um futuro distópico, uma fenda dimensional se abriu à sua frente, a uns vinte metros de distância. Dali saíram um homem alto, de capa negra, e uma garota com o rosto pintado de caveira usando um manto igual, e ambos ficaram diante da maga, que parou.

A garota que surgiu diante de Verônica era magra e delicada, e os cabelos dela batiam na altura dos ombros e eram castanhos, destoando da pintura das unhas, negras como a noite.

Já o homem usava uma ameaçadora máscara como a dos Samurais da Montanha, além do capuz de sua capa, o que lhe dava uma aura mortal. Para demonstrar um aparente perigo, ele também trazia na cintura duas espadas do lado esquerdo.

Verônica, ao ver os supostos inimigos, sentiu o coração bater mais forte, e seus olhos indicaram desespero. Mas, evitando transparecer o que sentia, ela respirou fundo e disse com firmeza:

— Quem são vocês? E o que desejam?

— Sou Amon, e quem está ao meu lado é Sitri. Somos Scars e sabemos tudo o que você sabe! — respondeu o homem, com uma voz pesada, embora seus olhos se mostrassem tranquilos. Os Scars eram adoradores dos anjos caídos e destruíam a humanidade com atos violentos.

Ao ouvir Amon dizer quem eles eram, Verônica tremeu, pois ela e o mundo sabiam a potência do suposto inimigo. Sem transparecer medo, ela falou:

— Não tenho nada a tratar com vocês!

Entretanto, Sitri, ao ouvir a maga, sorriu sarcasticamente e afirmou:

— Talvez isso venha a lhe refrescar a memória.

Então, na mão direita da Scar, um vórtice dimensional se fez, e a cabeça de uma mulher apareceu nas mãos dela. Sitri beijou a testa da mulher morta e disse:

— Ela nos contou tudo o que você sabe enquanto a torturávamos.

Ao ver a cabeça decapitada da mulher, Verônica encontrou uma expressão doentia de dor e desespero, que revelava o quão brutal fora a tortura imposta. Seus olhos haviam sido arrancados, seu rosto estava cheio de hematomas e sua língua, que estava para fora, havia sido dilacerada por vários cortes que quase a arrancaram. Aquela cabeça era a da pobre camareira que ajudara a maga a espionar os reinos do Norte.

Ao ver aquela cena a jovem tremeu e, no íntimo, extremos sentimentos de medo e solidão lhe dominaram a alma. Mas, entendendo que agora não havia escapatória ou desculpas plausíveis, Verônica franziu os olhos e falou com coragem:

— Independentemente do que vocês tentem fazer comigo, eu não posso desistir. O que vocês pretendem trazer de volta acabará com o mundo. E, no fim, tudo vai se transformar num grande cemitério.

Ao ouvir a maga, Amon olhou para Sitri e falou:

— Eu cuido disso.

Em sequência, o samurai começou a se aproximar de Verônica, calmamente. Ao mesmo tempo, Sitri entrou num vórtice dimensional e se afastou, ficando no alto de uma árvore próxima. Enquanto o inimigo se aproximava, Verônica sentiu um medo incomensurável, pois ela, mais do que ninguém, sabia que no fim a morte seria a única opção.

A maga conhecia a potência de seus inimigos. Sabia o quão cruéis e doentios eles podiam ser.

Seu coração batia rápido, e em sua mente uma vontade absurda de fugir falou mais forte. Imaginando o futuro, ela ponderou desistir, tirar a própria vida. Mas, valendo-se de um lampejo de consciência, por um instante o tempo na mente da maga parou. O segundo que mudou tudo, o instante que salvou o mundo. Naquele instante ela foi invadida por um fortíssimo sentimento de paixão. Paixão pelo próximo. Paixão pelo mundo.

E com esse sentimento a lhe dominar a alma e os músculos, por um segundo uma doce voz invadiu sua mente:

— Minha filha, sei o quão difícil é a cruz que você carrega. Mas, estou aqui para lhe ajudar. Saiba que a morte é uma certeza, te adianto que fugir seria impossível e isso só atrairia mais suspeitas sobre você e sobre quem mais sabe. Isso levaria à uma busca em sua casa e às pessoas que conviviam com você, trazendo morte a todos eles, bem como a possibilidade de que a mensagem nunca seja entregue. — Após estas palavras, a voz se calou trazendo tristeza à Verônica. A voz, então, retomou: — Quero que saiba que seu sofrimento não será em vão. Por isso eu te digo, se entregue a mim, eu sou teu Deus. Eu vou te proteger.

Verônica receou em sua mente e disse à doce voz:

— Eu sei que fugir não é uma opção, mas lutar contra eles é suicídio. Eu não sou especializada em batalha, além de ser limitada em quantidade de energia e feitiços de ataque. Eu poderia tentar, dando o meu máximo, mas, no fim, eu seria massacrada sem piedade.

— Sei de tudo que me disse, pois conheço suas fraquezas melhor do que você mesma. Mas, se lutar até a morte e defender que a mensagem só pode ser transmitida por você, isso criará uma brecha para que a mensagem seja encontrada por seu mestre, dando uma chance para o mundo — disse a doce voz. E completou: — Para a batalha, te darei o Espírito de Fortaleza. E, no fim, sua casa será minha morada e seu sacrifício não será em vão.

Aquelas palavras a encheram de coragem e, reconhecendo quem as disse, a maga mirou o céu com uma piedade absurda no olhar e mentalmente respondeu:

— Dediquei minha vida a cuidar dos mais necessitados. E, agora, se minha morte é uma certeza, eu me entregarei pelos inocentes que estão neste mundo com um grande sorriso no rosto. Meu Deus, que seja feita a sua vontade!

Ao responder ao Pai que está nos céus, a maga teve sua mente invadida novamente pela doce voz:

— Estou erguendo uma geração de homens e mulheres que acreditam no melhor, que podem mudar o mundo. Os Libertadores serão uma resposta contra o mal, uma iniciativa dos homens de bem. Por isso, te envio o Espírito de Fortaleza, pois seu sacrifício será o início de tudo, e quero que saiba que estarei contigo até o fim. Não se preocupe com o que deves dizer, pois te darei as palavras mais acertadas possíveis, e quero que saiba que, após toda dor e sofrimento, minha casa será a sua morada. E seu nome será lembrado por gerações e gerações nesta terra.

Logo a coragem tomou o ser de Verônica, como uma energia sobrenatural, e, vendo que o inimigo se aproximava, ela franziu os olhos e falou para o Scar:

— Levo a esperança dos Reinos da Luz, e, independentemente do que tentarem fazer comigo, vocês não me derrotarão. Eu sou a esperança do mundo. Eu sou a única forma da mensagem ser transmitida. Eu não posso cair.

E, assim, as atenções dos Scars caíram totalmente sobre ela, deixando uma brecha para que a mensagem deixada a Talagon fosse entregue.

Ao ouvir as palavras da inimiga e ver a coragem dela, Amon parou e disse com frieza:

— Sou apenas um subordinado, e, para ser sincero, lutar contigo não é minha vontade. Mas me foi ordenado lhe dar duas opções. Primeiro, você se entrega, nós a levamos, fazemos as perguntas certas e você tem uma morte rápida e indolor. Ou nós lutamos, eu a despedaço e a levo ainda viva comigo. Mas garanto que, quando nós pegarmos você, vamos machucá-la muito, machucar bem feio, e no fim você contará tudo e pedirá para morrer. E só assim, depois de muita dor e lacerações doentias, lhe daremos a morte mais dolorosa e brutal possível. — Apesar da ameaça, os olhos de Amon se mostraram tranquilos, e sua voz estava calma, diferentemente de quando ele se apresentara.

Ao ouvir o samurai renegado e sabendo que seu destino seria uma morte lenta e dolorosa, Verônica, possuída pelo Espírito de Fortaleza, não se deixou abalar. Fitando o inimigo com um olhar penetrante, ela respondeu:

— Falhar não é uma opção para mim!

Diante das palavras da maga, Amon abaixou o olhar. Entendendo que uma batalha seria inevitável, ele falou:

— Aprecio e me compadeço do seu esforço. Mesmo sabendo que você não é uma maga especializada em batalha, quero que saiba que a presentearei com uma luta honrada.

Enquanto isso, Amon pensava: *Ela tem coragem. Para querer lutar com tanto afinco, mesmo não estando preparada, é porque a única forma da mensagem ser transmitida é realmente por ela, caso contrário, ela fugiria.* Com o fim deste pensamento, o samurai colocou a mão direita na espada e ficou em posição de batalha.

Ao observar a movimentação do inimigo, Verônica tirou a varinha do manto e com um movimento rápido criou uma pesada barreira de energia sobre si, aguardando pelo pior.

O vento frio da madrugada marcava presença. O silêncio era mortal, e ambos se encaravam de maneira fulminante, enquanto, no íntimo, sabiam que o destino do mundo seria decidido ali.

A atmosfera exalava morte, a neblina e a lua traziam suspense. Mas, com uma leve brisa da madrugada a passar por entre ambos, Verônica franziu o olhar, tomou a iniciativa e iniciou a batalha.

Com o balançar da varinha, a maga criou inúmeras esferas de energia, que brilhavam como estrelas e flutuavam no ar, fora da redoma de proteção. Ao olhar de modo letal para Amon, as esferas rasgaram a madrugada, zunindo em formas de disparos traçantes de pura energia e destruindo tudo ao redor.

Amon, diante do ataque, começou a se mover e a se esquivar dos disparos com maestria, velocidade e tranquilidade, mostrando o quão habilidoso era. Em seus olhos se via um ar sarcástico, enquanto a espada se mantinha embainhada.

Verônica, ao perceber a atitude do inimigo, entendeu que o ataque dela era em vão. Então, juntamente com os disparos, começou a recitar palavras mágicas, criando em volta do Scar círculos de transmutação que reluziam como prata e num instante explodiram, no intuito de despedaçar o rival.

Mas Amon era rápido, muito rápido e preciso, e esses ataques de forma alguma tiveram efeito contra ele. Então, partindo para o tudo ou nada, reunindo todas as suas energias e recitando palavras de poder, a maga entrou em transe e começou a levitar. Seus olhos ficaram brancos, e de sua boca estas palavras surgiram:

— Queime, seu Maldito!

Assim, a noite se iluminou e um grande círculo de transmutação, cheio de símbolos e palavras antigas, surgiu no chão ao redor da redoma de Verônica, expandindo-se e em seguida engolindo Amon. O círculo, num piscar de olhos, explodiu brutalmente.

Um único flash surgiu e cegou Sitri. Quando ela voltou a enxergar, viu um grande cogumelo de poeira e chamas elevando-se ao céu. A terra tremeu, uma onda de choque ecoou pela madrugada. E, quando a poeira abaixou, foi possível ver Verônica dentro da redoma de energia, que estava intacta após a explosão. A maga sorria, aliviada, imaginando que a luta havia acabado ali.

Mas, para o desespero da jovem, quando a poeira estava no fim e o eco da explosão estava distante, ela viu Amon de pé, com sua espada mítica parcialmente desembainhada, a lâmina brilhando em vermelho vivo. A espada lendária, uma vez empunhada, protegeu o samurai, absorvendo a explosão.

Amon, que continuava com sua espada em riste, com calma olhou para a jovem maga e falou:

— Você tem certeza de que esse vai ser seu caminho? Acredito que agora está provada a nossa diferença de poder.

Mas Verônica, ao ouvir o samurai, franziu os olhos e respondeu:

— Levo comigo a esperança da qual os inocentes necessitam. Não posso falhar!

As palavras da maga estavam carregadas de amor e de paixão, e no rosto dela um olhar sincero e severo se mostrava.

O Scar ficou perplexo com a coragem da inimiga, e mais uma vez pensou: *Para lutar de forma tão veemente sem se entregar, sem fugir, ela deve ser mesmo a única porta-voz da mensagem.*

De toda forma, pôs-se em posição de batalha e disse:

— Então, que seja feita a sua vontade.

Em sequência, usando uma velocidade absurda, Amon surgiu sobre a pesada barreira de Verônica num piscar de olhos, pairando no ar a sete metros do chão. Utilizando um golpe esmagador, o samurai sacou a espada, um flash surgiu, e ele facilmente cortou a barreira da maga em duas, rasgando animalescamente o chão daquele lugar e criando uma grande fenda.

Ao ver o inimigo pairando no ar, Verônica no último instante se jogou para o lado, escapando por um fio. Ao ter a barreira de energia obliterada, ela se levantou, pegou a varinha e começou a atirar contra o samurai pesados disparos de energia.

Entretanto, Amon se colocou no chão e, numa fração de segundos, surgiu diante de Verônica. Com dois golpes absurdamente velozes, arrancou o braço esquerdo e uma das pernas da jovem maga e em sequência a agarrou brutalmente pelo pescoço, erguendo-a.

Verônica, ao ter o braço e a perna arrancados, sentiu uma dor dilacerante a tomar conta do peito, mas, por estar sendo agarrada brutalmente, a maga conteve o grito e limitou-se a um gemido de dor. Nos olhos, lágrimas de desespero brotavam.

Em seguida, com uma vontade insuperável, ela usou o braço restante e tentou contra-atacar. Entretanto, o samurai desonrado guardou a espada num flash, segurou a outra mão de Verônica e deu uma potente joelhada no estômago da jovem, quebrando várias costelas dela e fazendo-a vomitar uma abundante quantidade de sangue e desmaiar.

Após o Scar vencer a luta, Sitri surgiu ao lado de Amon, e, ao ver que tudo estava consumado, criou um vórtice dimensional, onde ambos entraram com calma e em silêncio, levando consigo Verônica arrastada pelo braço.

Verônica Eisenhower faria 26 anos. Gostava de flores e café, e sempre sonhou em ter um namorado, abandonar a Ordem e um dia se casar. Ela era diferente e risonha, e a esperança em seu sorriso confirmava isso.

A filha de simples fazendeiros do Continente Cinza vivia para cuidar dos necessitados, adorava crianças e apreciava comer morangos no verão. Sempre frágil e com um grande sorriso no rosto, a bela maga de cabelos loiros e pele queimada pelo sol ganhou rapidamente o respeito de todos na Ordem, na qual era muito amada e querida.

Ao descobrir o segredo sombrio que poderia destruir o mundo, o Pandemonium, ela enveredou por um caminho de espinhos, no intuito de revelar a verdade ao mundo.

No momento decisivo, quando muitos se afastariam, Verônica mergulhou de cabeça. Quando muitos desistiriam, a maga se entregou até o fim. E, mesmo sabendo do sacrifício, da dor e das possíveis e inimagináveis loucuras que sofreria, entregou-se pelos inocentes, entregou-se por amor.

Por três dias a jovem foi torturada brutalmente, dilacerada e costurada de novo, apenas para ser rasgada novamente. Mas, como lhe havia sido prometido pelo Pai que está nos céus, ela resistiu em silêncio.

Compelida pelo Espírito de Fortaleza, a maga, que um dia sonhou em ser feliz, enfrentou a tortura quieta e a venceu sem dizer palavra alguma, sem nem ao menos gritar de dor.

E após os três dias de torturas inimagináveis e doentias, os Scars, entendendo que ela nada diria e acreditando que o segredo do Pandemonium morreria com ela, mataram-na com uma flechada no peito, crucificando-a na parede da casa da moça.

Na tortura ela se manteve em silêncio e se sagrou heroína, e no fim seu sacrifício salvou o mundo. Seu nome agora residirá na eternidade, pela intrepidez que sempre teve.

No céu agora ela está, e no fim a felicidade completa foi seu lar.

Seis devem partir... para as Relíquias Infernais encontrar

Cavalgando pela madrugada, um homem de capuz e capa cortava o estradão de terra batida, buscando um sinal, um vestígio, enquanto olhava para o horizonte com total atenção. Uma mensagem urgente do Grão-Mestre de sua Ordem o havia convocado para uma missão, uma missão de extrema urgência e sigilo.

O mago procurava algo que lhe mostrasse o caminho, o ponto de encontro, até que uma luz piscou três vezes no horizonte, indicando que um celeiro abandonado seria o local.

O cavalgar acelerou, e o coração do rapaz também. Por imaginar que algo estranho poderia estar acontecendo ali, aproximou-se com cautela e desceu do cavalo com o cajado em punho. Seu olhar seguia penetrante, enquanto o capuz de sua

Ordem e uma máscara de pano negra escondiam-lhe a face. Seus cabelos eram brancos, e o mago se vestia com um grande manto azul com detalhes em amarelo. Consigo, apenas levava uma leve bolsa de couro, além do cajado.

Ao chegar aos portões do celeiro que havia muito estava abandonado, Edward o abriu com cuidado e caminhou para dentro com cautela. Mas, antes que tivesse qualquer reação, ele sentiu uma lâmina fria a tocar-lhe o pescoço, enquanto uma voz dizia:

— Seis devem partir!

E ele, mostrando ser a pessoa esperada, respondeu o combinado:

— Para as Relíquias Infernais encontrar!

Naquele instante, um senhor de cabelo e barba grisalhos guardou a adaga e surgiu das sombras. Era Talagon, ancião e Grão-Mestre da Ordem dos Magos do Exílio Errante.

Edward, ao ver aquela presença ilustre, perguntou com espanto:

— Mestre? O que faz aqui?

— Trago uma mensagem urgente! Pois você, dentre todos, foi a melhor escolha que tivemos para esta missão. Agora, serei o mais breve possível, pois o tempo é curto! — Ao ouvir aquelas palavras, Edward franziu os olhos e prestou atenção, enquanto Talagon continuou: — Há dias, o Norte se mostrou nosso inimigo, e os reis Elentiel, Castiel e Uriel tiveram suas mentes tomadas por Ungastar, o antigo Galado, que declarou guerra contra nós, os povos livres.

— Isso é sério? — indagou Edward, com seriedade e espanto.

— É sério, muito sério! Confie em mim, se você vir o que eu vi, se sentir o que senti, será muito mais fácil entender.

Então, o mago bateu o cajado no chão, e de seus pés um grande círculo com letras estanhas se abriu. Ambos foram engolidos pelas memórias de Talagon, que no mesmo instante começou a narrar:

— Tudo começou quando recebi uma mensagem de nossa Verônica. Em carta, ela pedia por ajuda e dizia que algo muito urgente estava acontecendo ali. Algo tosco, que afetaria o mundo para sempre. E ela só contaria o que estava acontecendo diante de minha pessoa.

Edward viu Talagon se espantar com uma carta selada e endereçada a ele. A mensagem só se abriu após algumas palavras mágicas e com o sangue do mestre. Quando o Grão-Mestre a leu, Edward viu uma expressão de espanto.

— Como Verônica nunca foi de pedir ajuda e solicitava a minha presença com urgência, resolvi pessoalmente seguir até Crismalina o mais rápido possível. E então, pelo caminho, pude ver a escuridão de que ela tanto falava. — No momento em que narrava, a voz do mago ficou mais sombria, ao mesmo tempo ambos puderam ver. — Vi pessoas sendo queimadas em praça pública, mercenários se amontoando para a guerra e reservistas sendo convocados em massa, enquanto seus exércitos se blindavam nas guarnições perto da fronteira.

— Para a guerra? Mestre, você tem certeza disso? — interrompeu Edward, passando as mãos no cabelo.

— Sim! Nas ruas da capital, reservistas chegavam, dia após dia. Mercenários e armamento vinham pelas estradas e pelos rios, e bestas de guerra se amontoavam pela cidade e seus muros — falou Talagon, reforçando as palavras com as imagens que estavam em sua mente. Elas passavam na frente de ambos como num filme. E ele continuou: — Mas, voltando à história, de começo nada entendi, pois tudo estava uma bagunça, enquanto rumores de todos os tipos chegavam aos meus ouvidos. Quando cheguei à cidade, escondi o manto da Ordem, evitando chamar atenção, e por vários dias me esgueirei por cada esquina e cada beco, procurando por Verônica. Entretanto, só depois de dois dias a encontrei, escondida num bosque próximo à cidade. O medo desfigurava o rosto dela, e isso me arrepiou por completo.

Enquanto Talagon narrava a cena, foi possível ver o rosto desfigurado da jovem. Edward, ao ver o que Talagon havia visto, sentiu na pele a gravidade do momento. O Grão-Mestre seguiu narrando:

— Fomos até uma cabana abandonada para conversar, pois ela temia que estivéssemos sendo vigiados.

"Lembro que ela, totalmente aflita, disse: 'Mestre, tudo está caindo! Pelos olhos de uma camareira do rei, descobri que os três imperadores do Norte foram acometidos por uma doença estranha e sucumbiram ao medo da morte. Então, procuraram por Ungastar, o mago, o qual lhes fez promessas de imortalidade e poder, e conseguiu enganá-los, tomando as mentes deles com magia obscura e tornando-os, assim, escravos de sua vontade'."

Era visível o medo nos olhos da maga, era perceptível a urgência em sua voz, e isso dava calafrios em Edward, que revisitava as memórias de Talagon.

— Mas o que está acontecendo? É sério isso? — perguntou o rapaz, completamente sugado para o clima de escuridão e medo, enquanto olhava para as memórias do mestre com total espanto.

— Naquele momento, me fiz a mesma pergunta — respondeu Talagon. E continuou: — Mas não acaba aí. É sério, tem muita coisa vil para ser contada. Para ser vista.

Então, o Grão-Mestre seguiu narrando:

— Após o susto inicial, tentei colocar a cabeça em ordem. Mas me lembro de Verônica falar algo muito mais vil, muito mais obscuro: 'Mestre, não acaba aí, pois agora direi o que me preocupa de verdade'. — Naquele momento, Edward viu o mestre ficar mais atento, enquanto Verônica contava a história nas memórias dele. — 'Nesses dias que se passaram, notícias mais sombrias surgiram, pois rumores vindos da corte do rei dizem que o Norte se aliou aos Scars. E, com a colaboração de mercenários e dos Mumatuns, Ungastar tentará escravizar todo o Continente Vermelho e destruirá todo aquele que se opuser a ele'.

— Ungastar. Um dos magos mais habilidosos e potentes deste mundo era um Galado no passado, embora defendesse as leis de Deus por meio da violência. Não entendo essa mudança radical, principalmente pelo lado dos Scars. Ainda não acredito que ele está por trás de tudo. — comentou Edward, com uma expressão pesada.

— Sim, o próprio Ungastar. E, pela complexidade do plano, há anos isso vem sendo orquestrado. — E Talagon continuou, com a voz cheia de suspense: — Pedi para que Verônica fugisse de lá o mais rápido possível, pois corria perigo. Contudo, ela retornou para a cidadela dizendo que algo muito pior ainda se mantinha em segredo; ela não entendia por que os Scars se aliariam a Ungastar. E falava sério, muito sério, como que se sua vida dependesse disso.

'Parti então apressadamente para o Norte. Precisava entender a gravidade dos fatos. Mas quanto mais eu seguia para o interior, mais morte e dor eu encontrava: as pequenas vilas que eram contra Ungastar eram queimadas, e seus habitantes, mortos. Crianças eram penduradas nas árvores. Seus pais eram obrigados a assistir, e em caso de resistência muitos eram queimados vivos como punição exemplar, para que não houvesse desertores. Ali, a lei do cão era a única que reinava. Ou a cruz, ou a espada'.

Enquanto ouviam aquelas palavras, ambos vislumbraram em imagens todo o sofrimento, toda a loucura que acontecia ali; as vozes, os gritos e o cheiro de carne queimada os faziam arrepiar.

— Muitas cidades se perderam? — perguntou Edward, com as mãos no cabelo.

— Brands, Claucavi, Galacius. Todas estas cidades de pequeno e médio porte, até as divisas das fronteiras do Norte. Todas queimadas até o alicerce — disse Talagon, que seguiu contando. — Mas voltando à história: após uma semana de viagem sem encontrar nada, resolvi voltar e revisitar Verônica. Só que, quando entrei na casa dela, encontrei-a morta, brutalmente pendurada nas paredes do quarto.

    Talagon, ao relembrar aquele momento, passou a mão na cabeça e respirou fundo, tentando digerir o que acontecera, pois ambos revisitavam, em imagens, a cena brutal. Eles a tinham com muito afeto no coração, pois eram poucas as mulheres que faziam parte da Ordem.

    — Com certeza, ela morreu por saber demais — tomou a palavra Edward, enquanto olhava a jovem brutalmente assassinada. E completou: — Ela sempre foi muito querida entre nós. Pessoa de coração tranquilo e um amor pelo próximo sem medida. Ela não merecia isso! De forma alguma!

    — Eu sei, mas vamos retaliar. Isso não vai ficar assim — falou em tom de vingança o Grão-Mestre.

    Ao se recompor, Talagon continuou:

    — Foi a primeira coisa que pensei quando pus a cabeça no lugar. Ela não merecia aquilo, mas a mataram porque ela sabia demais. Tenho certeza de que Verônica foi torturada até a morte, mas manteve o segredo; caso contrário, nunca estaríamos tendo esta conversa, pois o que ela descobriu é muito mais obscuro que a guerra.

    Edward, ao ouvir as últimas palavras do mago, espantou-se e continuou em silêncio.

    — Ao vê-la morta, resolvi buscar uma última pista nas coisas dela, que, diga-se de passagem, estavam intactas. Então, após procurar muito, achei um pequeno papel com meu nome e abaixo dele estava escrito: "O segredo está na cabana". Ao ver aquelas palavras, resolvi voltar para onde eu e Verônica estivemos juntos. Mas antes queimei sua casa com seu corpo lá dentro, já que não tive tempo de fazer um funeral digno.
    — Então, ambos viram Talagon colocar Verônica delicadamente na cama e queimar a casa, como num funeral nórdico.

Eles sentiram tristeza e pena no coração, pois a jovem era piedosa e buscava acima de tudo a paz. Porém, sabiam que iriam vingar com força a morte de um membro tão querido.

Depois de se recompor, Talagon continuou narrando:

— Ao chegar à cabana abandonada, nada encontrei. Então, eu me lembrei de um tipo de mensagem escondida usada por nossa Ordem, e, ao dizer algumas palavras, escritos estranhos se formaram nas paredes da sala. Quando os traduzi, encontrei: "Os Scars tentaram reviver o Pandemonium".

Enquanto Talagon narrava, ambos viram o mago olhando para os escritos que brilhavam na parede em sua frente e traziam suspense ao celeiro abandonado.

Pandemonium

— Mestre, você traduziu certo? Pandemonium? Nunca ouvi essa palavra antes — comentou Edward, olhando nos olhos do mestre.
— Verifiquei não só uma, mas várias e várias vezes. E estou certo do que traduzi. Ponderei procurar mais pistas sobre esse tal evento. Entretanto, algo me dizia para ir embora dali imediatamente. Logo, queimei a cabana e parti.

Então, as memórias se apagaram. Talagon começou a narrar o que aconteceu depois, e novas imagens começaram a se mostrar:
— Após a descoberta de Verônica, uma reunião foi convocada em segredo, e todos os reis e mestres de Ordem deste continente se uniram, no intuito de encontrar um caminho, uma solução.

Edward e Talagon viram reunidos, em uma pequena sala mal-iluminada e sem janelas, Ubiratan, xamã do reino Xavante e representante dos sete reinos da Floresta Sombria; o grande e sábio rei de Umbundur, Ariel; Aquiles, caçador de Grau Lendário no Clã Blue Dragon, que representava a Ordem dos

Caçadores; Egalo, rei-mor de Eletis; Shiguero Kanaziro, imperador do Reino da Montanha; Helldar, Grão-Mestre da Ordem dos Magos de Itile; Anetis, a bela e exuberante rainha de Lesfalat; e, junto a todos eles, Talagon.

Ao ver aqueles ilustres convidados, os líderes mais fortes e importantes do continente, com uma expressão pesada a lhes dominar o rosto, Edward sentiu na pele a seriedade do momento, e, tentando resumir ao máximo o que foi dito ali, seu mestre seguiu narrando, sem pausa:

— Nós nos reunimos em segredo, na calada da madrugada. Muitos não sabiam o porquê, nem para que haviam sido convocados às pressas. Você mais do que ninguém sabe que entre os presentes muitos eram rivais e até inimigos uns dos outros. Estas foram as palavras que mostraram a todos a gravidade da situação. — Edward e Talagon viram Ariel, vestido em linho e ouro, iniciar um discurso. — "Magos, reis, caçadores e tribais. Todos estão aqui. E só agora todos se reuniram. Mas agora é tarde. Vocês vieram apenas para morrer!".

"Ao ouvir Ariel, Egalo, o jovem rei de Eletis, que usava uma armadura reluzente, tinha sorriso faceiro e cabeços negros, exclamou: 'Somos ocupados, temos...'.

"Mas, sem deixá-lo terminar a frase, Ariel ergueu a voz mais alto: 'O raio que o parta com o que vocês são! O momento é pura escuridão. O mundo vai se tornar um grande cemitério e vocês nada fizeram, quando há muito previ isso. Há muito os sinais dos tempos vêm se mostrando, e vocês preferiram fechar os olhos.'.

"A voz de Ariel era repleta de autoridade, e ele não parou aí: 'Vocês, reis e rainha, se esconderam em seus salões dourados. Os caçadores em seus bosques, colinas e montanhas. Os tribais em suas florestas, e os magos em suas torres frias. Agora, a guerra é iminente, e o mal surge das sombras mais forte do que nunca, como uma praga. Como um cão raivoso.'.

"Então, tomados pelo silêncio, eles continuaram a escutar o rei de Umbundur, que contou o porquê de estarem ali: 'Há dias, o Norte se mostrou nosso inimigo, e os reis Elentiel, Castiel e Uriel tiveram suas mentes tomadas por Ungastar, o antigo Galado, que declarou guerra contra nós, os povos livres.'."

Com o fim daquelas palavras, Talagon olhou para Edward, e seguiu narrando:

— Após aquela introdução macabra, todos ficaram em silêncio, e assim pude seguir contando sobre a morte de Verônica, como descobrimos sobre a guerra, o que vi com meus olhos e o que estava acontecendo. E, no fim, todos entenderam a gravidade do momento e reagiram à altura, pois a guerra é iminente, e nada pode mudar isso!

No mesmo instante Talagon foi interrompido por Edward:

— Agora entendo! Então, fui convocado para a linha de frente! E creio que, pelas minhas habilidades, farei missões de sabotagem e assassinato, no intuito de iniciarmos o contra-ataque.

Após a interrupção, as memórias se apagaram, e novamente os dois voltaram para a escuridão do celeiro abandonado. Até que Talagon, olhando-o com seriedade, respondeu:

— Creio eu que um ataque-surpresa seja algo que o inimigo espera, já que, com a morte de Verônica, eles deram início não a uma dúvida, mas a uma certeza. O Grão-Mestre continuou: — Agora, o Norte deve estar reunindo seus exércitos e equipando-os ao máximo; blindando seus animais de batalha e anabolizando seus cavalos; preparando-se para a guerra das guerras, para o seu Armagedom, no intuito de conquistar o continente e escravizar o mundo. Entendo seu pensamento, mas é suicídio atacar o Norte, e você sabe disso. Eles têm os maiores exércitos deste continente. Exércitos experientes, que lutaram muitas guerras e já viram o inferno. Sem contar com a posição econômica do Norte em relação aos outros reinos. E não se esqueça das grandes forjas, que equipam um sexto dos exércitos do mundo.

— Ótimo! Que seja! Mas então por que fui convocado assim?! Em segredo, na calada da noite — perguntou Edward.

Quase no mesmo instante Talagon respondeu:

— Há na palavra Pandemonium muito mais do que se pode imaginar. As Relíquias devem ser reunidas, sem elas o Armagedom cairá sobre nós.

Diante das palavras do mestre, Edward ficou em silêncio, sem entender o que aquele homem queria dizer. Por fim, Talagon respirou fundo e contou:

— Talvez, se você vir o que foi discutido, entenda por que foi convocado.

Em sequência, ambos foram engolidos de novo pelas memórias do Grão-Mestre e levados para o Conselho de Umbundur. — Ali, viram que todos discutiam acaloradamente sobre a guerra, a morte e o passado, com as armas em punho, prontos para se atacarem. No entanto, cansado da infantilidade que o cercava, Helldar, que se mantinha sentado com os olhos fechados, abriu um dos olhos, e uma expressão de fúria lhe tomou o rosto. Logo depois uma aura densa e negra invadiu a sala inteira.

Ao sentirem a fúria do antigo mago, todos que brigavam com afinco arrepiaram a pele e ficaram em silêncio. Edward e Talagon também se arrepiaram diante do acontecido, pois as memórias os tragaram totalmente para aquele momento.

Então, aproveitando-se do silêncio, Helldar curvou-se sobre a mesa, e ergueu sua voz com extrema seriedade: "Vocês estão se esquecendo de uma coisa, ou não ouviram a história direito. Creio que a guerra contra o Norte nesse momento seja o nosso menor problema, já que, se não agirmos rapidamente, nada nos salvará daquilo que nos espera".

E ele continuou: "Creio que a estranha união de Ungastar com os Scars e a palavra PANDEMONIUM signifiquem algo muito mais preocupante, muito mais sombrio. A guerra é apenas uma maneira de mudar nosso foco, tudo não passa de uma distração. Se não fizermos nada, todos nós, sem exceção, estaremos condenados à morte. E esse será o nosso Apocalipse! O nosso Ragnarok!".

Com o fim das palavras do mago, um silêncio mortal tomou a sala. Ninguém sabia o que fazer, ninguém sabia o que esperar e como prosseguir.

Aproveitando-se da quietude, Talagon levantou a cabeça e falou: "Relíquias Infernais".

Após se ajeitar na cadeira, ele preparou-se para contar uma antiga história, uma história há muito esquecida e apagada propositalmente pelos Primogênitos. Antes de começar, porém, retirou um livro de uma bolsa surrada, e, quando o abriu sobre a mesa, todos foram tragados pelas páginas e viram os acontecimentos em sua frente, sentindo na pele cada memória.

Após a queda dos anjos maus, depois da criação e da expulsão do homem do paraíso, os milênios se passaram e o homem evoluiu. E, durante a era dourada dos Primordiais, com o nascimento da magia e da razão, os homens se esqueceram de Deus e caíram no pecado da soberba. Os mandamentos criados por Deus foram esquecidos, e o mundo se entregou aos pecados capitais. Então, ainda no Velho Continente, quando ele era uma grande massa de terra cercada por água, guerras e genocídios fizeram o mundo sangrar, e entre as nove antigas raças um confronto brutal emergiu.

"A Guerra Antiga. A Primeira Guerra", completou Ubiratan, enquanto, diante de si, via a glória dos Primordiais, observando exércitos marcharem para que a guerra e as batalhas históricas fossem travadas.

Talagon, com um aceno de cabeça, concordou e disse: "Sim, a Primeira Grande Guerra. A guerra das guerras. E o Homem Primordial, concorrendo nessa busca interminável por poder, foi seduzido pelo mal. E por magia obscura, eles conjuraram Lúcifer, o Príncipe das Trevas, no intuito de vencer os inimigos". Naquele momento, todos viram um ritual gigantesco, em que várias almas de prisioneiros Metallicans e Orcs foram sacrificadas para trazer o mal à vida. Diante dessas cenas tristes, Talagon seguiu narrando: "Mas a humanidade no fim foi enganada. Ao ser invocado, Lúcifer trouxe consigo sua prole de anjos maus. Seu Pandemonium. Então, agindo pelo ódio, Lúcifer e seus demônios começaram a dizimar a humanidade e as nove antigas raças, transformando o mundo, após poucos dias, em um cemitério ao ar livre.

"Então esse é o Pandemonium!", falou Shiguero, com seriedade no olhar, enquanto via carnificina e morte acontecerem diante de seus olhos, por toda parte, como num filme grotesco de terror. Edward, que assistia a tudo com espanto, também foi dominado pelo medo.

"Sim, essa é a escuridão com a qual vamos bater de frente", continuou Talagon narrando o que acontecia ali, mesmo sem precisar, pois tudo estava explícito. "Por onde os Anjos caídos passavam, carnificina, brutalidade, tortura e morte era o que existia, e ninguém era poupado. Isso fez com que o Velho Continente se enchesse de medo e dor. Os anjos sempre foram seres superiores a nós. Usando os poderes deles, induziram os humanos e as outras raças a se matarem em loucuras inimagináveis, em carnificinas e jogos degradantes e animalescos. Logo, a esperança já não existia, e as nove antigas raças ficaram à beira da extinção".

Era visível o desespero do mago e de todos que ali estavam, pois a brutalidade imposta em seus olhos era surreal, inimaginável. No entanto, retornando à realidade, Talagon continuou: "A morte era a única certeza, e nada parecia impedir isso. Mas, pela oração santa de um homem puro, rasgado pela dor de ver a família destruída diante de si, Deus se compadeceu da podridão humana e das antigas raças e, usando de sua Infinita Misericórdia, mandou ao mundo três Relíquias Santas, conhecidas popularmente como Relíquias Infernais".

"Estas Relíquias eram o anel, que representava a Aliança de Deus com o homem; a espada, que representava o braço onipotente de Deus; e a coroa, que representava toda a majestade e a divindade de Deus", contou Helldar.

"Então, essas são as Relíquias?", perguntou Anetis, em tom de surpresa, enquanto todos viam as Relíquias Santas que salvaram o mundo caindo dos céus como estrelas. Em voz baixa, Edward também se fez a mesma pergunta.

"Sim, elas salvaram o mundo no passado", continuou Talagon. "Quando as três foram unidas a um único homem, homem esse de coração puro, elas trouxeram, ao Velho Continente, o Exército dos Santos Anjos. A luz, a nossa salvação".

Todos viram um homem chorar de joelhos com as Relíquias diante de si. E, em sequência, os Anjos do Senhor surgiram dos céus, em um exército de milhares de milhões.

Helldar concluiu: "Os mesmos que no passado, antes da criação do mundo, expulsaram Lúcifer e suas legiões para o Limbo, onde inventaram o inferno". E, na frente de todos, eles viram os anjos banirem os demônios de volta para o inferno, em uma grande batalha, a qual os anjos do Senhor venceram com extrema facilidade.

Talagon explicou, enquanto as cenas aconteciam diante de seus olhos: "Os Santos Anjos, liderados mais uma vez por Miguel, o arcanjo mais amado de Deus, baniram os Anjos Caídos para o inferno, e o mundo reencontrou o equilíbrio. Mas, como castigo pelo fato de os humanos não cumprirem a palavra d'Ele, Deus enviou ao mundo um grande terremoto, dizimando grande parte da população do Velho Continente e dividindo-o em nove partes, gerando, assim, os nove continentes".

"Então, foi assim que o mundo se dividiu?", perguntou Aquiles, enquanto todos viram um homem sentado num trono de luz surgir nos céus. Esse ser estava rodeado por bilhões de anjos, que o louvavam e glorificavam a todo tempo. Então, quando sua boca se abriu, um som ensurdecedor ecoou pelo mundo, e um grande terremoto tomou a terra, dividindo o Antigo Continente em nove.

"Sim, foi dessa forma que os nove continentes nasceram", respondeu Talagon, diante das imagens que apareciam na frente deles. Após toda a destruição, as imagens apagaram-se e todos se viram sentados no subterrâneo de Umbundur de novo.

Ao ouvir a história, Egalo franziu o olhar e perguntou: "Entendo. Mas por que atualmente elas são chamadas de Relíquias Infernais? E por que elas foram escondidas, se são um presente de Deus para nós?".

Edward, assistindo a tudo aquilo, teve o mesmo pensamento. Então, ainda nas memórias, Talagon se ajeitou na cadeira e falou: "Primeiro, creio que elas foram chamadas de Relíquias Infernais, pois muitos pereceram tentando roubá-las. Também creio que os Primordiais as esconderam com medo de que viessem a se perder com o tempo. Elas foram esquecidas quando os Primogênitos chegaram ao poder, pois eles estavam com ódio e apagaram toda a história dos Primordiais. Contudo, o real problema não é como elas são chamadas ou quantos se perderam ao tentar recuperá-las. O problema é onde foram guardadas!". E, depois de respirar fundo, Talagon seguiu com a história dentro das memórias: "Uma delas está nos Faróis da Esperança, templo antigo erguido pelos Primordiais para saudar a vitória dos anjos. Esse antigo templo fica no Cume Celestial, montanha conhecida pela grande altitude e dificuldade em escalada.

"É um lugar cheio de criaturas desconhecidas e lendárias. Nem os monges de Lesgolat se arriscam naquela montanha", comentou Helldar, com extrema preocupação no olhar.

"A outra está no Antigo Fosso de Vermont, conhecido como Fosso Diabólico, lugar criado pelos Primordiais para guardar a Relíquia Santa, e o local que os antigos chamam de Bases da Terra", afirmou Talagon, com seriedade.

"Ela fica na Região Fantasma. Lugar amaldiçoado e esquecido por Deus", complementou Anetis, com uma expressão repleta de aflição.

"E a terceira está no Abismo Laurenciano, no mais profundo do Mar Vermelho. Dizem ser impossível chegar até lá. Mas, se chegarmos, haverá um grande templo dos Primordiais, onde se encontra a terceira Relíquia", disse Talagon, balançando a cabeça em tom de negatividade.

"Impossível para pessoas normais, mas para nós, Caçadores, chegar àquele lugar será fácil", falou Aquiles, confiando na força de sua Ordem. Enquanto isso, Edward, perplexo com a história e todos os detalhes, começou a ver a própria missão tomar forma.

Após as palavras de Aquiles, Helldar emendou, com um olhar preocupado: "No entanto, ainda há outra coisa que me preocupa, e me preocupa muito: o tempo. Ele é crucial para nós agora, já que não sabemos quando nem como os Scars trarão os demônios de volta à Terra".

"Bom, se não temos escolha, então o melhor a fazer é partir em busca das Relíquias, o mais rápido possível", disse Anetis, com urgência.

Egalo comentou em seguida: "Já que essa é uma missão de suma importância, cogito mandar um destacamento de aproximadamente quinhentos homens para cada respectiva localização das Relíquias. Assim, será muito mais fácil reavê-las".

No entanto, Helldar franziu o cenho, olhou para o rei com desaprovação e respondeu: "Tem de ser diferente, uma movimentação tão grande só vai chamar a atenção de todos. O inimigo tem espiões por todos os lugares".

Logo um silencio agudo se fez, pois não sabiam como prosseguir.

Por fim, Shiguero se remexeu na cadeira, olhou para todos e falou: "Três Relíquias, seis homens, três duplas. Creio que essa será a melhor forma de nos mantermos discretos".

Aquiles, ao ouvir o rei sobre a montanha, franziu o cenho e completou: "Concordo. Seis homens. Os melhores de cada Ordem e Reino. Representando a força dos que ainda estão livres!".

Então num instante Ubiratan, com a voz cheia de coragem, levantou-se e, com um sorriso, falou: "Que assim seja! Nós, os Xavantes, honraremos nossa força e enviaremos nosso melhor guerreiro na busca pelas Relíquias!".

Aquiles, ao ver a coragem nos olhos do velho, levantou-se e também disse: "Nós, a Ordem dos Caçadores, também lutaremos!".

"Eu também mandarei nosso melhor mago", afirmou Talagon, olhando seriamente para todos. E foi assim que Edward, assistindo a tudo aquilo, entendeu a própria missão.

Após o mago se pronunciar, Shiguero também se levantou e declarou: "Também honraremos a aliança com nosso melhor guerreiro".

"Eu também mandarei nosso melhor homem", falou Helldar, com a voz firme.

"Também mandarei nosso meu melhor legionário", disse Anetis, encarando a todos com seriedade.

Shiguero, ao ver que os seis viajantes logo haveriam de se reunir, olhou para cada um com esperança e afirmou: "Que assim seja. Agora a Companhia foi reunida, que a coragem daqueles que partirem nos fortaleça na grande batalha que virá".

Ariel, que antes estava triste e pensativo, levantou a cabeça e com a voz cheia de coragem falou: "Que assim seja! Que os escolhidos sejam dignos do trabalho, que os anjos os guardem e que a missão sobre as Relíquias Infernais seja discutida com cautela, pois nosso maior trunfo é a discrição". E completou: "Agora, o melhor a fazer é nos reunirmos em nossas casas e buscarmos forças em nossos familiares e amigos! Após onze dias a partir de hoje, nós nos reencontraremos aqui, prontos para tomar nosso rumo na guerra. Tendo em mente que o tempo é nosso maior inimigo, aconselho que todos partam imediatamente, buscando no conforto de seus lares a solução para os problemas aqui apresentados".

Ao ouvir aquelas palavras, todos os presentes levantaram-se em silêncio, com um grande pesar na alma, mas também com grande esperança no coração. Cumprimentaram-se discretamente e partiram, deixando Ariel sozinho na pequena sala mal-iluminada.

Logo as memórias apagaram-se, e Talagon e Edward voltaram para a penumbra do celeiro em ruínas. Com a quietude do momento, o primeiro olhou com firmeza para o segundo e disse:

— Agora entende a gravidade do momento, a seriedade e a importância de sua missão? Como viu, seis foram escolhidos, os melhores de cada Ordem e Reino, no intuito de reaver as Relíquias, e você é um deles. Sei que não é de seu feitio, que não acredita que o mundo seja bom, mas você foi escolhido por sua força. Agora, você deve ir para casa e se preparar de corpo e alma para a missão, pois o caminho será doloroso, e a esperança no ombro de cada um é gigantesca.

Ao entender a própria caminhada, o próprio destino, Edward olhou para o mestre, que o abraçou e falou:

— Parta agora, sem olhar para trás. Daqui a uma semana, deve seguir para Umbundur. Longe de toda pompa e toda glória vocês, os viajantes, devem se encontrar, se dividir e partir. Agora vá. E, como eu disse, não olhe para trás.

Ambos se afastaram, e Edward, após um olhar longo para o mestre, seguiu caminho montado em seu cavalo e partiu para casa, no intuito de se preparar para a missão.

Companhia das Relíquias Infernais

Após o conselho de Umbundur, os viajantes foram convocados. Então, confiando apenas nos mais próximos, o destino do mundo foi definido.

Os Magos de Itile buscaram na escuridão um convertido, antigo mago das trevas, tido por muitos no passado como um dos mais fortes do mundo: Cain, o Dez Anéis.

Os Caçadores poderiam ter escolhido monstros capazes de estremecer o mundo todo, caçadores conhecidos e respeitados por sua força e potência, mas caíram na política falida dos anciões e mandaram um jovem caçador, um hospedeiro que carregava uma besta ancestral em seu ser, no intuito de controlar a Ordem dos Caçadores e o mundo.

Já os conselheiros de Lesfalat escolheram a melhor Legionária. Alguém que, apesar da idade, era considerado um gênio em batalha, um monstro em tática e combate, de corpo magicamente modificado e ossos de titânio.

Os Samurais da Montanha escolheram um furacão, um samurai assassino, hoje convertido, mas que no passado conquistou, a muito sangue, uma lendária espada amaldiçoada de grande poder. Essa espada lhe tomou a mente e o deixou louco.

Os Magos do Exílio Errante escolheram um executor, um Mago da Clausura, especialista em caçar e destruir magos das trevas. Sua força era conhecida e seu nome extremamente respeitado, pois a escuridão tremia quando ele chegava. Chamava-se Edward.

Os reinos tribais também poderiam ter optado por monstros bizarros, assassinos suicidas, mas, pela oração de Ubiratan, escolheram um mestiço, alguém sem nome, sem nenhum feito de grandeza. Alguém desconhecido.

Então, após terem sido escolhidos e recrutados, os viajantes se prepararam para caminhar pelas sombras, indo a lugares esquecidos e amaldiçoados. Com o assunto das Relíquias a ser tratado com extrema cautela, a notícia sobre a guerra foi dada ao mundo. Logo os exércitos reuniram-se, os reservistas foram convocados e as armas levantaram-se nos muros dos reinos livres. Antigos mapas traçando rotas e rios foram consultados, conselhos de guerra foram formados e mensageiros partiram em busca de alianças há muito esquecidas.

Assim, com todo mundo absorto pelos preparativos, rapidamente os dias e as noites se passaram. Até chegar o momento de os que ainda eram livres se reunirem.

Nos salões dourados de Umbundur, com todas as honras e toda a glória, os líderes dos maiores Reinos e Ordens do Continente Vermelho encontravam-se a fim de se prepararem para a guerra. Ali, discursos apaixonados eram conduzidos, atos de grandeza eram lembrados e possíveis heróis começavam a se mostrar.

Mas, em contraponto, privando-se de toda pompa e realeza, surgindo das sombras e caminhando em segredo, os seis viajantes chegaram na hora marcada e encontraram-se escondidos pela madrugada.

Ao chegarem em segredo, eles foram recebidos fora da grande cidade, em um pequeno portão secreto. Com os rostos velados por capuzes, foram escoltados por mordomos até uma sala apertada, mal-iluminada e sem janelas, que ficava no subterrâneo do reino de Umbundur.

Então, juntos e a sós, todos revelaram o rosto e, como era um momento de se conhecerem, houve acanhamento e suspense. Ali, cinco homens e uma mulher encaravam-se, encobertos pela penumbra, enquanto o tempo passava lentamente. A pressão nos ombros dos viajantes era gigantesca e isso lhes arrepiava a pele.

A atmosfera que os rodeava era de angústia e ansiedade. Ao observarem-se, eles imaginavam como viriam a se completar. Por alguns segundos, ficaram quietos, sem saber como prosseguir, pressionados pelo suspense e pela necessidade do momento.

Por fim, quebrando todo aquele constrangimento, um deles ergueu a voz:

— Meu nome é Edward e represento a Ordem dos Magos do Exílio Errante.

Pouco se podia ver do rosto do rapaz, já que a face dele estava oculta por uma máscara. O mago vestia-se com um manto azul com detalhes em amarelo. Consigo, apenas levava uma leve bolsa de couro e o cajado. A aura ao redor dele era pesada, e seus olhos estavam cerrados.

Após o mago se apresentar, a timidez ficou para trás, então um jovem, com um leve sorriso no rosto e um olhar desafiador, continuou a introdução:

— Meu nome é Addam, mas podem me chamar de Sette, sou caçador do Clã Blue Dragon e representante da Ordem dos Caçadores.

Desde os olhos castanhos do jovem de média estatura, era possível perceber um sorriso confiante, um sorriso que inspirava e parecia querer vencer o mundo. Seu corpo era atlético, bronzeado, e seus cabelos negros eram cortados para mostrar jovialidade. Sette levava consigo uma leve armadura de couro e aço. Na cintura, havia um belo e largo cinto, uma pequena bolsa e uma espada. Nas costas, carregava arco e flechas.

Tão jovem. Nunca ouvi falar desse garoto. Mas, se está aqui, é porque é digno do trabalho, pensou Edward, olhando para o jovem caçador. Todos ao redor pensaram algo parecido, pois a Ordem dos Caçadores era conhecida em todos os continentes pela força e pela potência de seus membros.

Depois de Addam, um tribal de estatura média ergueu a voz e com expressão firme falou:

— Meu nome é Leônidas, represento os habitantes da Floresta Sombria e o reino Xavante.

A voz firme indicava que ele estava pronto para tudo. O jovem tribal se vestia com um grande manto amarelo com detalhes azuis e largas mangas, que batia na cintura. Sua estatura era mediana; seu corpo, rijo e definido; seus cabelos, negros e longos; e sua pele, levemente parda.

O tribal também carregava consigo duas machadinhas, um arco e flechas, uma pequena bolsa e a esperança de mostrar ao mundo que não era apenas um caboclo qualquer.

Apesar de estar escondido atrás do manto colorido, o corpo deste homem parece mais do que pronto para o trabalho. Os tribais não o escolheram por acaso, e aquela maldita floresta guarda surpresas bizarras. Este, com certeza, deve estar entre os mais fortes do mundo conhecido, pensou Akira, o samurai que estava ali e completava a companhia.

Após a apresentação de Leônidas, uma mulher de belo rosto e firme expressão sorriu com confiança e disse com coragem:

— Meu nome é Hellena, represento o Reino de Lesfalat.

Era inegável que seu sorriso e sua beleza destacavam-se. Loira, com a boca lindamente torneada e dona de um corpo impecável, Hellena demonstrava-se confiante, pronta para tudo. Ela era uma Legionária, usava uma armadura de aparência leve e que mesclava couro, pano e aço, além de trazer consigo uma capa com capuz vermelha. Nas costas, havia uma leve bolsa de couro surrado e um escudo; na cintura, carregava uma espada.

Leônidas, ao observar a bela guerreira, arregalou os olhos e pensou: *Um Legionário, a elite dos guerreiros de Lesfalat. E ela, se não for a melhor, deve estar entre os melhores e mais potentes guerreiros de seu reino.*

Após Hellena, o quinto a se apresentar foi um homem de meia-idade com cabelos brancos, que disse, cheio de coragem:

— Eu sou Goddar, represento a Ordem dos Magos de Itile.

Era possível observar uma pesada angústia nos olhos do mago, angústia pelo que viu ou talvez pelo que fez. No entanto, não se podia negar que sua presença era intimidadora e sua força vastamente conhecida. Goddar vestia-se com um grande manto marrom e uma pequena bolsa de couro nas costas. O mago não levava nem cajado nem varinha.

Aí está ele, talvez o décimo quarto ou décimo sétimo entre os magos mais fortes deste mundo. Apesar de seu passado, este homem deve ser mais do que o suficiente para o trabalho, pensou Edward, enquanto olhava com certa admiração.

O último a se apresentar foi um homem que, olhando seriamente para todos, falou com coragem:

— Sou Akira e represento o Povo da Montanha.

Akira vestia-se com um simples quimono azul-escuro, de longas e largas mangas. Na cintura carregava uma bela espada, além de uma pequena e discreta bolsa. Na cabeça, havia um grande chapéu de palha.

Aí está outro monstro, talvez ele esteja entre os treze maiores samurais do mundo conhecido, pensou Hellena, olhando com certo espanto para o viajante.

Com o fim das apresentações, todos ficaram em silêncio, sem saber como prosseguir, pois as duplas e o caminho ainda deviam ser definidos, e ninguém imaginava qual seria a melhor abordagem.

Por fim, do fundo da sala uma porta abriu-se, levando a atenção de todos para a escuridão. Então apareceu lentamente, das sombras, uma velha senhora de cabelos brancos, vestido longo e negro, com um enorme chapéu de bruxa velando o próprio rosto e uma faixa branca velando-lhe os olhos, espantando a todos.

Ao aproximar-se da mesa, apresentou-se, com o mistério a envolvê-la:

— Há muito todos esqueceram meu nome, inclusive eu, mas eles me chamam de A Vidente, esse é o meu trabalho.

Após essas palavras, houve silêncio, que trazia novamente a aura de mistério. Mas logo ela seguiu dizendo, com a voz trêmula:

— Eu recebi presentes inestimáveis para estar aqui e fui convocada pelos reis e mestres das Ordens que encabeçaram o Conselho, com toda honra e glória, para profetizar o melhor caminho a seguir, a melhor formação na qual devem partir.

Ao ouvi-la, alguns franziram a testa, enquanto outros arregalaram os olhos, demonstrando surpresa. Sem tempo, porém, para indagar os porquês naquele momento, todos ficaram em silêncio, enquanto a bruxa seguiu narrando:

— Gostaria de conhecer vocês melhor, estudar sobre quais estrelas nasceram e saber as linhas de morte que os esperam na jornada a seguir. Mas o tempo é curto, e ele não perdoa ninguém. — Em seguida, ela sorriu levemente e prosseguiu, com um tom funesto: — Agora, a melhor forma de prever com quem e para onde devem ir é com sangue, pois é à custa dele que vocês devem retornar.

Então, a velha gargalhou. Todos olharam espantados para a senhora, e ela lhes apontou um papel e uma caneta, que surgiram do nada na mesa à qual estavam reunidos. Após isso, a mulher disse:

— Escrevam seus nomes e coloquem um ponto-final com sangue. Depois, coloquem os papéis no cálice dourado. — Um cálice flutuou pela sala, surgindo da escuridão. Pairou no centro da mesa, chamando a atenção de todos.

Em sequência, eles fizeram como pedido, e, quando todos os nomes estavam no cálice, uma chama verde surgiu, iluminando a sala. Mas em poucos segundos o fogo apagou-se, e a fumaça ficou suspensa no ar.

Então, algo aconteceu: as luzes das velas começaram a enfraquecer, a murchar, enquanto uma energia densa tomou a sala, estremecendo-a por completo. Todos se espantaram e se arrepiaram ao extremo, como num filme de terror. Todos, menos Goddar e Akira.

Em seguida, a bruxa caiu de joelhos, com sangue escorrendo de seus olhos aos montes, o que causava escuridão, enquanto uma voz demoníaca lhe surgiu da boca:

— O amor vencerá. O amor é o mais forte. Hellena e Leônidas serão os amantes, seu caminho é a montanha gelada.

Todos se arrepiaram com tudo o que acontecia, ao mesmo tempo que a pressão de uma aura escura esmagava a alma de alguns, deixando-os sem ar. A sala fervilhava em angústia, e a escuridão aumentava gradativamente. Até que em sequência outros dois nomes surgiram:

— A esperança é o caminho. A esperança vai nos libertar. Para as Bases da Terra, Edward e Addam devem seguir.

Outro caminho havia sido revelado, outra dupla teve o futuro descrito. Mas, após isso, a voz da mulher voltou ao normal e começou a chorar, chorar como uma criança, como se algo estivesse torturando-a, moendo-a por dentro.

A energia densa esmagava a todos, arrepiando-os ao extremo e impossibilitando continuar na sala. Enquanto tudo isso acontecia, enquanto o momento demandava desespero, em prantos a vidente disse para Goddar:

— Mago, por que não me deixa prever seu caminho? Por quê?

Demonstrando força, Goddar olhou-a com seriedade e desdém, emendando:

— Meu destino não lhe pertence. Meu destino e meu futuro são meus, apenas meus. — Então, batendo o calcanhar no chão, ele fez a sala estremecer pesadamente e baniu a energia escura, trazendo a sala para a luz.

A vidente caiu no chão, com o rosto prostrado por terra. Ao levantar-se com os olhos encharcados de sangue, falou, quase sem voz:

— Sua força em nada diminuiu, Mago das Trevas. — E emendou em sequência: — Você e o samurai irão para o fundo do mar. Não pude prever nada para você, por isso só peço que tenham cuidado.

Então, as luzes da sala piscaram e a vidente desapareceu. Todos ficaram chocados com a cena e permaneceram por alguns segundos em silêncio, tentando digerir o que acontecera.

Mas, após esse tempo, Edward respirou fundo como se fosse mergulhar, olhou seriamente para os presentes e falou com suspense:

— Os destinos estão definidos, agora só nos resta partir. Não sei o que encontraremos pela frente, mas sei que devemos permanecer juntos, pois nossa caminhada, nossas forças estarão em nossos companheiros. Devemos seguir sem chamar atenção, já que o inimigo tem muitos espiões pelo caminho. Adiantando sobre o percurso de Hellena e Leônidas, saibam que os Monges da Ordem de Lesgolat os ajudarão com a montanha. E Goddar e Akira serão ajudados pelos Caçadores do Clã Baleia Branca, que os guiarão até o fundo do mar. Não acredito de coração nas palavras que direi, mas o momento pede coragem. — Após essas palavras, Edward seguiu: — Peço a todos que lutem até o fim de suas forças, até não restar mais nada, pois, se um de nós falhar, o Apocalipse cairá sobre nós, e o mundo se tornará um grande cemitério de ossos. Agora, devemos buscar coragem em nossos parceiros, familiares e amigos, pois não haverá mais ninguém conosco, além daqueles que levamos em nossos corações e dos que estarão ao nosso lado. Que os anjos da luz abençoem essa nossa Companhia, pois o nosso fardo é pesado, e a esperança esvai-se a cada minuto.

Leônidas, inspirado pela gravidade da missão, levantou-se e, com olhar cheio de coragem, disse:

— Testemunhem! Testemunhem! Músicas serão feitas em nossos nomes! Estátuas contarão a nossa glória. Venceremos! Nós venceremos! E chegaremos novamente aos portões de Umbundur como heróis!

Ao ouvirem o jovem tribal, o coração de todos encheu-se de coragem. Inflamados pelo desejo de salvar o mundo e prontos para enfrentar o inferno, todos ficaram de pé e entreolharam-se. Sette colocou a mão direita sobre o peito e disse:

— Pela Companhia!

Ao ver o gesto do companheiro, todos o seguiram e gritaram fortemente:

— Pela Companhia! — E por um instante eles se entreolharam, num momento de esperança e coragem.

Por fim, Goddar, com uma expressão decidida, falou:

— Chegou a hora!

Após essas palavras, todos se olharam pela última vez, caminharam até a porta e partiram em silêncio.

Bênçãos

Ao saírem da sala, um mordomo seguiu à frente, guiando-os pelos estreitos e fúnebres corredores do subterrâneo do palácio de Umbundur, até chegarem a uma singela porta, a qual, ao ser aberta, mostrou uma pequena escada que levava para cima.

Ao subi-la, eles encontraram outra porta, e esta os levou para fora dos muros da cidadela, onde seis cavalos selados com os devidos mantimentos os esperavam, junto de vários outros serventes.

Em simultâneo, quando os viajantes chegaram, das sombras os Reis e Mestres de Ordens surgiram, e os escolhidos se espantaram ao vê-los. Todos ficaram em silêncio por alguns segundos, tentando achar a forma certa de prosseguir, indicando a seriedade daquele momento.

Quebrando a solenidade da ocasião, seis mordomos se aproximaram com almofadas nas mãos, e nas almofadas havia alguns objetos, seis presentes para ser mais exato. Os viajantes, diante do ocorrido, ficaram sem saber o que fazer.

Até que Ariel lhes narrou a cena e as intenções do que lhes estava sendo dado:

— A vocês que vão aos confins do mundo, recebam nossos presentes. Presentes que representam a nossa força.

Então, Ubiratan falou:

— Nós, da floresta, trouxemos a cada um o fruto do Jequitibá Dourado. Essa fruta vai revigorá-los nos momentos de maior cansaço. — E ele se referia a uma cabaça marrom, que estava entre os presentes.

Em seguida, narrou Anetis:

— A todos, trouxe os Colares de Efesto, joia preciosa de nosso reino, que ajudarão vocês a não serem surpreendidos em emboscadas. — E ela se referia a um colar de prata, com uma pedra vermelha como pingente.

— Eu trouxe a cada um os Anéis da Noite Clara. Estes guiarão vocês nas noites escuras. — E Talagon se referia a um delicado anel dourado que estava entre os regalos.

Já Shiguero, em sua vez, disse:

— Trouxe para cada um duas adagas de aço místico, chamadas orvalho branco. Elas têm um grande poder, o poder de perfurar qualquer coisa.

Após o rei da montanha, Helldar falou:

— Aos viajantes, trouxe o lendário Elixir de Prata. Este, se usado em pequenas quantidades, pode curar qualquer ferimento em instantes. — E ele se referia aos frascos com um líquido branco e reluzente.

— A todos, eu trouxe o Elixir dos Caranguejos Abissais, potente anestésico que pode amenizar qualquer dor física — afirmou Aquiles, que se referia aos seis frascos com um líquido verde que estavam entre os presentes.

Com a descrição dos objetos, os seis viajantes pegaram os regalos um a um e os guardaram com carinho, pois sabiam que os objetos seriam de grande utilidade e seu valor era inestimável.

Egalo, ao ver que chegara sua vez, olhou com firmeza e disse:
— Os cavalos de guerra que os levarão foram cedidos por nós do reino Eletis. — E o rei apontou para os cavalos que estavam à frente. Eram belíssimos cavalos de pelagem negra e músculos exuberantes.

Com o fim dessas palavras, Ariel declarou:
— A vocês, dou estas capas feitas em tecido místico. Que estas capas os ajudem a passar despercebidos pelos inimigos. Elas são feitas de um tecido chamado "Manto dos Viajantes" e têm a curiosa habilidade de se adaptar a qualquer tipo de clima. — Então, os mordomos se aproximaram dos viajantes e entregaram-lhes as belíssimas capas, que foram vestidas imediatamente.

As capas marrons com mangas eram abertas na frente, presas com grandes botões e fivelas, e feitas de um tecido muito resistente e fino.

Cada presente era de valor inestimável e preço exorbitante. E os viajantes, ao receberem cada uma daquelas joias, sentiram ainda mais forte em seu íntimo a gravidade da missão.

O fogo e a lua iluminavam aquela despedida sombria. Até que Ariel, comovido com a grandiosidade daquele instante, foi até eles e os abraçou, um por um, demonstrando a esperança que todos depositavam nos seis. Seguindo esse gesto, os outros mestres fizeram o mesmo. E, com o fim dessa gigantesca demonstração de esperança e fé, todos se entreolharam em silêncio.

A cada abraço nenhuma palavra era dita, mesmo assim era possível perceber que esses abraços eram carregados de confiança e coragem. Por fim, quando a despedida acabou, vários sinos tocaram nas altas torres da cidade. O som era alto e estridente, e em toda a cidadela era possível ouvir o badalar dos grandes sinos.

No fim do badalar, o rei de Umbundur cerrou os olhos e ergueu a voz:

— Que os sinos abençoem a partida de vocês. E, enquanto os heróis não retornarem, os sinos não tocarão novamente!

E então, com voz cheia de coragem, Ariel exclamou:

— Chegou a hora do tudo ou nada! Chegou a hora de mostrar, aos homens do nosso tempo e aos que virão, o nosso valor, o nosso brio. A aliança está formada. A esperança ainda é plena. A Companhia das Relíquias Infernais se faz digna do trabalho. A Companhia das Relíquias Infernais recebe nossas bênçãos e as nossas orações em seus corações. Agora vão em paz e que os anjos os guardem. Que as nossas orações sempre os alcancem. Caminhem pela sombra e sejam nossa esperança!

Em sequência, todos que ali estavam — reis, rainhas, mestres de ordem e mordomos — ajoelharam-se diante dos viajantes, mostrando-lhes o quão importante era aquele momento. E todos se arrepiaram com aquele gesto.

Após alguns segundos, eles se levantaram. Então, com um longo olhar para aqueles que ficavam e demonstrando coragem e força, a Companhia montou em seus cavalos, virou as costas e partiu no silêncio da madrugada.

Os seis seguiram juntos por algum tempo, até que se separaram, sem dizer palavra alguma, apenas fazendo um leve aceno de cabeça. Cada dupla seguiu para o respectivo destino, e naquele momento não houve palavras de coragem ou esperança. O que houve foi apenas um longo olhar entre os membros da Companhia, um olhar que representava mais do que qualquer palavra. E todos que acompanhavam a partida assistiam em silêncio aos nossos heróis se perderem na escuridão da madrugada, que começava fria, pois o outono estava no fim.

As estrelas abençoavam o céu, e a lua se mostrava bela e predominante. Diante da escuridão, a Companhia partiu em silêncio, com a esperança de retornar com honra e glória.

Edward e Sette

Região Fantasma

Fosso de Vermont

Rivalidade

Era madrugada e os cavalos seguiam em trote lento. À meia-noite as duplas haviam se dividido, acompanhadas pela neblina e pelo frio do outono, que traziam consigo mistério e escuridão.

Edward e Sette já haviam passado pela área rural de Umbundur e agora rasgavam a madrugada escura rumo ao Vale Azul, cavalgando por uma grande pradaria de grama alta. Enquanto isso, os Anéis da Noite Clara mostravam o caminho.

Um silêncio constrangedor reinava entre eles, já que eram desconhecidos, e, por serem de Ordens rivais que há muito disputavam prestígio e poder, tudo se tornava mais difícil, criando um clima estranho entre ambos.

Desde a criação da Ordem dos Caçadores e a formação das Ordens Mágicas da Luz, existia uma rivalidade muito forte entre os criadores de ambas, John Goldfish e Michael Monte. Essa rivalidade começara no incidente com os dragões, tornou-se cada vez mais pesada e reverberava até os dias de hoje.

Mas, tentando relevar tudo o que havia acontecido no passado e após algumas horas de silêncio, um curto diálogo forçado entre Edward e Sette surgiu.

— Devemos seguir pela Trilha dos Caçadores no Vale Azul e passar pelo Estreito de Carrum, para assim chegarmos à Região Fantasma — disse Edward, com seriedade no olhar, fitando os olhos do companheiro.

— Não confio no caminho do Estreito, e você mais do que ninguém sabe o que nos espera por essa rota — respondeu Sette, um pouco afiado. Retribuindo o olhar, continuou: — Mago, você sabe do que estou falando. As lendas contam sobre uma alma amaldiçoada que caminha por aquelas terras. Algo sombrio tomou aquele lugar para si, você conhece a lenda, você mais do que ninguém sabe disso. — E Sette terminou o discurso olhando de maneira persuasiva para o mago.

— Sei que seguir pela floresta seria a nossa melhor opção. Mas não temos escolha; há coisas obscuras e antigas naquele maldito lugar, principalmente na parte final da floresta, lugar onde nem os tribais donos daquelas terras se arriscam a caminhar. Você também sabe a que me refiro, há criaturas perversas e amaldiçoadas, lendas macabras e espíritos vingativos — retrucou Edward — E, se formos pelas trilhas das Tribos da Floresta, indo para uma das sete tribos, perderíamos dias até chegarmos lá. Sem contar os perigos que encontraremos, pois ainda existem várias comunidades escondidas, que não compartilham as mesmas ideias dos setes reinos da floresta. — Edward finalizou com seriedade, acendendo levemente a chama da rivalidade que separava da dupla.

— De verdade, o que importa o tempo? Você sabe que é loucura o que quer fazer. Ainda estamos no começo e nem teremos passado da metade da viagem quando chegarmos ao Estreito. Não podemos correr risco tão rápido — afirmou Sette, sério.

Diante das palavras contrárias, ambos ficaram tentando achar argumentos para decidir o melhor caminho, trazendo uma leve atmosfera de desconfiança e rivalidade. Sette pensava na proteção e ignorava o tempo que perderiam. Já o mago pensava o oposto e assumia todos os riscos.

Passado alguns minutos, Edward olhou para Sette e, adiantando-se, desabafou:

— Olha, eu também sinto um forte medo pelo rumo que devemos tomar. Também acho que no fim isso pode nos custar caro, muito caro. No entanto, acredito que essa é a nossa melhor opção, pelo pouco tempo temos.

Ao ouvir o mago e perceber a preocupação nos olhos dele, Sette abaixou a cabeça e refletiu. Depois de alguns minutos, mesmo não estando completamente satisfeito, continuou:

— Talvez você tenha razão.

Com o fim da breve discussão, ambos continuaram quietos e preferiram confiar um no outro, pois sabiam que em momentos como aquele a confiança era essencial, independentemente de qualquer coisa.

Seguiram observando com atenção tudo ao redor, levando consigo uma leve impressão de que estavam sendo vigiados, apesar da atmosfera amena. Passados alguns instantes, porém, essa impressão desapareceu. E, com o cair da madrugada, o sono e a fadiga os alcançaram.

Descansaram nas estradas seguras do reino de Umbundur e dormiram o resto da madrugada — um sono leve, enquanto o frio da estrada os castigava. Na manhã seguinte, antes de o sol raiar, puseram-se a cavalgar seguindo para sudeste, passando entre pequenos e espaçados amontoados de árvores.

Caminharam por esse tipo de vegetação durante horas, em um belo dia de céu azul e poucas nuvens. E seguiam quietos, sempre observando atentamente o caminho.

Cansado de todo aquele silêncio, Edward declarou:

— Nossa atitude tem de mudar. Precisamos ser diferentes. Caçador, sei que somos de Ordens rivais. E também sei que não começamos bem. Mas agora devemos ficar unidos, pois só temos um ao outro, e nada mais. — No mago havia um olhar penetrante, e ele tentava demostrar a importância de ambos ficarem juntos.

— Verdade. Talvez você tenha razão. Só temos um ao outro e nada mais — respondeu Sette, enquanto dizia em seu íntimo: "Ele tem razão, mas ainda assim magos nunca foram de confiança".

Entretanto, sem saber o que o caçador pensava, Edward inocentemente perguntou:

— Bom, então, se nos conhecermos melhor, essa estranheza pode passar, certo?

E Sette, enquanto olhava para o horizonte, falou:

— Nem sei por onde começar.

Edward disse, com um leve sorriso:

— Bom, então contarei um pouco de minha história, assim nos sentiremos mais próximos.

"Dias como hoje me lembram de minha infância, na qual eu brincava com meus irmãos e vivia em paz, longe de toda essa loucura. Não éramos ricos e nem morávamos em uma casa luxuosa, pelo contrário: morávamos em uma casa pequena no Continente Verde, eu, meus cinco irmãos, minha mãe, meu pai e meu avô. Dormíamos todos apertados, mas ainda assim éramos felizes.

"Quando eu tinha 9 anos, meus pais perceberam minha abundante quantidade de energia e me inscreveram em um teste para entrar na minha Ordem. Após uma semana, passei nos testes e treinei até me tornar o mago que sou hoje."

No rosto de Edward, era possível ver um leve sorriso de orgulho, enquanto um sentimento nostálgico lhe tomava o peito. E ele pensava: *Agora Sette poderá notar que talvez sejamos iguais. Pessoas comuns que lutam por um mundo melhor. Apesar de não acreditar que o mundo possa ser salvo.*

— Então, sua vida foi um mar de rosas, mago? — indagou Sette. Consumido por um leve sentimento de desconfiança, perguntou também: — Mas por que você então começou beber? — falou olhando para as mãos de Edward (que tremiam levemente) e pensando: *Magos nunca foram e nunca serão dignos de confiança. Será que um alcoólatra foi a melhor escolha para essa missão?.*

Edward, diante da pergunta de Sette, olhou-o com espanto, abaixou a cabeça em sinal de vergonha e respondeu:

— A vida de um mago, às vezes, é cheia de traumas, tristezas e amargura. A bebida só me ajuda a esquecer, só isso. Mas agora preciso me concentrar na missão. E as mãos trêmulas são porque estou sóbrio.

O mago ficou espantado com a observação de seu companheiro. Depois disso, ambos permaneceram quietos, e Edward sem querer lembrou-se do trauma que o deixara assim.

No semblante do mago, era possível ver uma leve expressão de vergonha, enquanto Sette seguia olhando o horizonte com altivez. Após o breve diálogo, uma atmosfera de desconfiança e rivalidade tomou conta dos dois corações, afastando-os ainda mais. Enquanto isso, eles pensavam que nunca se acertariam como parceiros.

Mandarim

Enquanto eles cavalgavam atentos a tudo ao redor, rapidamente o tempo passou. A vegetação foi mudando pouco a pouco, até que, ao meio-dia, chegaram diante de uma grande pradaria que se estendia por vários e vários quilômetros.

Olhando para o horizonte, era possível ver uma pequena formação de altas colinas verdejantes, colinas que, pela distância, pareciam bem menores do que realmente eram.

Sette observava aquela bela paisagem com ar de orgulho e espontaneamente disse:

— Chegamos ao Vale Azul, lar dos Caçadores do Clã Blue Dragon.

Edward, ao ouvir o companheiro, fez um aceno positivo sem muito interesse, quebrando a empolgação do caçador e trazendo à tona de novo a atmosfera de desconfiança e rivalidade. Continuaram a jornada cavalgando pela padraria por todo o dia, sem trocar uma palavra, sem trocar um olhar sequer. Por fim, descansaram de madrugada.

Ao pararem em outro amontoado de árvores, o mago tentou cozinhar algo. O clima entre eles era pesado, e ambos pareciam se evitar a todo custo. Mas, tomado por um sentimento de culpa, Sette pensou um pouco sobre aquela situação e viu que não poderiam ficar assim, já que agora só tinham um ao outro.

Então, enquanto olhava para as estrelas, o jovem caçador tentou se aproximar do mago. Para isso, quebrou o silêncio por meio de uma história:

— Eu me chamo Addam, tenho 27 anos, nasci em uma família pobre e pouco me lembro de minha infância, mas a memória mais marcante em mim é a do meu pai me entregando para uns homens, que me prenderam em uma carroça suja e me levaram. Só depois de um tempo entendi que fui vendido como escravo. — Ao se lembrar do acontecimento, uma expressão de ódio tomou o rosto do caçador. Edward, ao ouvir a palavra "escravo", olhou com espanto para o companheiro, que seguia olhando o céu.

"Fui levado para outro Continente, o Continente Azul. Sofri demais. Para parar de chorar, apanhava muito no rosto e na cabeça, para passarmos despercebidos nos postos de controle. — Ao se lembrar dos socos e dos pontapés, Sette passou as mãos no cabelo, como se pudesse sentir a dor até hoje, enquanto narrava: — Eu tinha 5 anos quando cheguei à mina de carvão. Fiquei perdido, não entendia o que estava acontecendo e por pouco não perdi a vida, pois os feitores, cansados pelo fato de eu ser uma criança, um dia me espancaram ao extremo."

Ao ouvir aquela parte da história, Edward em silêncio pensou: *É triste o que um homem pode fazer com o outro.*

Entretanto, voltando à realidade, o mago ouviu Sette continuar:

— Mas, quando o golpe de misericórdia ia atingir minha cabeça e fechei os olhos aceitando a morte, uma mulher tomou a frente e me protegeu, e a partir daquele dia ela cuidou de mim e me aceitou como um filho. Ela já era de idade e se chamava Tereza. Tinha 58 anos, cabelos brancos e curtos, e um sorriso que sempre me dava paz. — Ao se lembrar da senhora, uma expressão leve surgiu no rosto de Sette, uma expressão de paz e de saudade ao mesmo tempo.

"De início, o medo fez com que eu me apegasse a ela como filho. Dormíamos em um grande lugar e ficávamos todos juntos. Ela sempre cuidava de mim e me protegia dos feitores. Lembro que ela sempre dizia, com a voz rouca: 'Ele é apenas uma criança. Ele ainda não entende'. *Ela* foi minha mãe de verdade, não os putos que me venderam para comprar comida."

No rosto de Sette, era possível ver uma expressão pesada de ódio ao se lembrar dos pais biológicos, mas, quando ele falava da mãe adotiva, por outro lado, seu rosto se enchia de paz e saudade. Sette ficou em silêncio enquanto seguia olhando as estrelas, e Edward pensou, sem transparecer em sua face: *Quanto sofrimento, quanta dor*. Ainda em silêncio o mago disse a si mesmo: *Será que essa pessoa tão jovem e cheia de traumas é a pessoa certa para essa missão?*

Depois de um tempo, Edward retornou à realidade e, tentando quebrar o peso daquele momento, olhou para Sette com seriedade e falou:

— Ei, não entendo de forma alguma o que você passou. Mas vi muitas minas como a que você cresceu e sei o quanto você sofreu.

Sette, diante das palavras do mago, ficou calado, relembrando o passado enquanto olhava para o céu. E, com o fim da breve conversa, os dois jantaram e se aconchegaram. Enquanto tentavam pegar no sono, pensavam que nunca se entenderiam como parceiros, pois um alcoólico e um jovem garoto cheio de traumas nunca dariam certo juntos.

Por ainda estarem no Vale Azul, adormeceram sem se preocupar em montar guarda. Mas, durante a noite, Edward foi invadido por um sentimento estranho, como se algo perigoso estivesse por perto. Num instante, o mago acordou assustado e viu que seu companheiro também estava acordado.

Sette, ao ver que Edward também havia sentido o que ele sentiu, disse em voz baixa e com os olhos cerrados:

— Tem algo por perto. Tem algo nos vigiando.

Em seguida Edward, com a mesma cautela, falou:

— Também sinto, mas não vejo nada.

Então, sem se levantarem, ficaram em silêncio, tentando encontrar aquilo que os vigiava, concentrando-se ao máximo em seus sentidos, enquanto um ar de suspense e apreensão tomava o peito dos viajantes e deixava-os ofegantes.

Ficaram por alguns segundos observando tudo ao redor. Por mais que tentassem, porém, nada viram de diferente; tudo se mantinha quieto, tudo se mantinha igual.

De repente, os Colares de Efesto começaram a brilhar e, como um raio, Edward e Sette se levantaram e se colocaram em posição de batalha. Valendo-se de um pressentimento estranho, o mago bateu o cajado e criou uma pesada barreira de energia ao redor de ambos.

Com a esfera a protegê-los, procuraram ao redor mais uma vez, olhando tudo com atenção, mas nada encontraram. Tudo se mantinha em silêncio e em concreto suspense. Até que então, em sequência, três potentes disparos de energia rasgaram a madrugada com um som ensurdecedor e ricochetearam na barreira de Edward, provocando um estremecimento total nela.

Os dois se assustaram, enquanto a adrenalina lhes inundou os corpos, fazendo seus corações baterem a mil. Tentando um contra-ataque desesperado, Edward abaixou a barreira e correu para algumas pedras próximas, e Sette seguiu seus passos. Ao ver de onde os ataques vinham (de um pequeno amontoado de árvores), os dois começaram a trocar disparos contra o inimigo desconhecido.

O mago atacava com disparos traçantes usando o cajado e o caçador atacava com o arco, usando flechas traçantes de alta perfuração.

O inimigo atacava a esmo e a madrugada se tornou iluminada pelos disparos inesperados, como numa guerra moderna. A apreensão e o suspense tomavam conta dos viajantes, enquanto milhares de pensamentos passavam pela cabeça deles, trazendo uma atmosfera de mistério e urgência. Mas, ocupados demais para pensar com afinco, continuaram a contra-atacar, até que Sette atirou uma flecha, e um grunhido alto ecoou pela madrugada. Em sequência, os disparos do suposto inimigo cessaram.

Ao perceber que haviam acertado algo, os dois companheiros se levantaram das proteções, e o caçador, preenchido pela adrenalina do momento, disse com urgência:

— Pelo grunhido, acredito que o que nos atacou não era humano. Ele pode ser um animal de batalha e pode não estar sozinho, devemos partir o mais rápido possível!

O mago, ao ouvir o colega de jornada, arregalou os olhos e indagou:

— Quantos dias de viagem ainda temos até o Estreito?

Sette, olhando para o horizonte, imaginou o caminho e respondeu:

— Creio eu que, se formos rápidos, chegaremos lá em cerca de três dias e meio de viagem.

— Então, devemos ir imediatamente. A discrição foi quebrada, devemos seguir o mais rápido possível e nos esconder — respondeu Edward, com seriedade no olhar.

Apressados pela emboscada, juntaram as coisas, sempre em estado de alerta total. Sette, prevendo que cavalgariam por um longo tempo em alta velocidade, pegou na bolsa o fruto do Jequitibá Dourado, o quebrou; exalava um cheiro doce pelo ar. Após pegar algumas sementes, que eram douradas e brilhavam, colocou-as dentro de duas maçãs e as deu para os cavalos, que, ao comê-las, ficaram revigorados. Com a noite ainda a reinar e o coração acelerado, eles então partiram, em alta velocidade.

As horas se passaram depressa, e logo as estrelas se foram e o amanhecer se fez. Ambos seguiam contidos nos próprios pensamentos, enquanto a urgência os consumia e os deixava em alerta, alucinados. As árvores pelo caminho começaram a aparecer um pouco mais. No coração de cada um, algo estranho acontecia, algo que os deixava angustiados, com pavor. Sem diminuir o ritmo, os dois continuaram por toda a manhã, tarde e noite. Durante todo o dia até o anoitecer, a sensação de estarem sendo vigiados os abandonou, trazendo um pouco de tranquilidade.

— Devemos aproveitar que não estamos sendo mais vigiados e parar para descansar, ou logo mataremos nossos cavalos — disse Sette, preocupado com os animais, os quais estavam galopando em alta velocidade o dia inteiro.

E Edward, no mesmo instante, reduziu o ritmo e falou:

— Certo, vamos parar e descansar um pouco também.

Ao diminuírem a velocidade, logo encontraram um pequeno agrupamento de árvores, onde pararam e se esconderam ao máximo. Depois, deram água para os cavalos e os deixaram descansar, diante da madrugada fria e nebulosa que se mantinha repleta de mistério.

Ficaram entre aquelas árvores por algumas horas, apreensivos e em total silêncio, e comeram uma leve refeição fria. Mas, com o passar do tempo, o medo e a sensação de estarem sendo observados retornou, arrepiando a pele deles e mantendo-os sempre alerta, neuróticos. Possuídos por esse sentimento, permaneceram com as mãos na arma, esperando por um ataque-surpresa, mergulhados em uma atmosfera de medo e ansiedade.

Após alguns instantes, Sette, que estava sentado e encostado em uma das árvores, extremamente incomodado, cutucou o mago e disse sem alarde:

— Aquilo que nos vigiava antes agora está muito mais próximo.

O tom sério e o olhar preocupado do caçador fizeram com que o mago se levantasse e observasse tudo ao redor. Sette, diante da atitude do companheiro, agachou-se com apenas um dos joelhos no chão e também se manteve centrado.

O silêncio e a pressão no ar faziam os heróis suarem. A atmosfera era pesada, escura e densa. Enquanto isso, a angústia e o medo os atormentavam até os ossos.

Mas, quebrando aquele momento de suspense e ansiedade, num piscar de olhos algo apareceu na frente deles, como uma assombração, como uma doença, fazendo o coração dos viajantes acelerar e quase sair pela boca. O estranho animal tinha a parte de cima do corpo como a de um humano comum, mas negra como a noite; nas pernas, patas como as de um bode se mostravam. No rosto, havia uma máscara de porcelana costurada grosseiramente.

Ele os cheirava e os olhava cara a cara, como se estivesse procurando alguém, pronto para o tudo ou nada. Os Colares de Efesto não deram nenhum aviso de perigo. E os viajantes ficaram estáticos, alucinados, sem reação alguma.

Após cheirá-los por alguns segundos, a estranha criatura deu um grunhido muito alto e num piscar de olhos desapareceu da mesma forma que surgira.

Com o susto, os dois companheiros de jornada ficaram quietos, tentando assimilar o que havia acontecido, em uma atmosfera de loucura e ansiedade. Um turbilhão de pensamentos os consumia, um turbilhão de emoções os dominava, enquanto o coração de ambos batia acelerado. Recobrando a sanidade e com a respiração espaçada, Edward perguntou:

— Que demônio era aquele?

Ao ouvir o mago, Sette, tão assustado quanto o colega, respondeu, ofegante:

— Um mandarim, animal muito raro e poderoso. Dizem ter a força de dez homens e uma velocidade absurda. Temos sorte de estarmos vivos.

Assustados, sentiram na pele a gravidade daquele momento. E o pior de tudo, não sabiam por que nem por quem estavam sendo perseguidos. Então, sem pensar em mais nada, montaram em seus cavalos e seguiram velozmente, com o medo e a loucura a acompanhá-los.

Zelot

O medo e a urgência tomavam conta do coração dos dois, o cavalgar acelerou, e eles não sabiam o que esperar daquela terrível criatura. Eram quase duas da manhã quando foram surpreendidos. Galopando agora em alta velocidade, às três da madrugada, Sette e Edward adentravam a Floresta de Eleonor, que ficava no Vale Azul.

Seguiam alucinados pela trilha que os levaria para o Estreito de Carrum, com o medo e a ansiedade consumindo ambos, enquanto tentavam prestar atenção a tudo que acontecia, envoltos em um clima de urgência e apreensão.

Por fim, Sette, que olhava ao redor, gritou:

— Eles voltaram!

Em sequência, Edward olhou à sua volta e viu que sete mandarins estavam a segui-los, avançando em alta velocidade sobre a copa das árvores, gritando como loucos, berrando como desvairados.

Os grunhidos daquelas criaturas faziam os heróis estremecerem, enquanto eles continuavam a cavalgar abaixados, esperando a qualquer momento por um ataque do inimigo. Seguiram assim por quase dez minutos, perseguidos de perto. O suspense e a ansiedade os cozinhavam até os ossos, pois os viajantes esperavam por um ataque mortal a todo instante.

Mas Sette, conhecendo aquela floresta como a palma da mão e tentando virar o jogo, gritou:

— Não podemos ficar assim para sempre, temos de dar um jeito nisso. Mais à frente há uma clareira na floresta. Vamos parar e confrontar nosso inimigo. Prepare-se, mago.

— Você está certo, isso não pode continuar para sempre. — E com essas palavras, Edward e o caçador começaram a se preparar mentalmente para a prematura batalha que estava para surgir.

Seguiram em alta velocidade, até entrarem na grande clareira. Então, quando chegaram do lado oposto, rapidamente desceram dos cavalos, abandonaram a bagagem e se colocaram em posição de guerra, com as armas em punho.

Os dois ficaram apreensivos, alucinados, observando com atenção tudo ao redor, enquanto as copas das árvores balançavam, indicando que os inimigos estavam próximos. De repente, a aproximadamente uns cem passos, os mandarins começaram a se mostrar, um a um. Por fim, sete deles surgiram, um ao lado do outro.

Os viajantes, ao verem aquela cena, respiraram fundo e cerraram os olhos, enquanto Sette falava:

— Cuidado, esses animais são treinados, e o mestre deles deve estar por perto! Estamos em grande desvantagem, não devemos nos segurar, chegou a hora de partir para o tudo ou nada.

Edward respondeu, com força:

— Você tem razão! — Então, o mago fez a ponta do cajado brilhar, e sua respiração mudou drasticamente, enquanto um ar pesado e uma aura espessa tomaram conta da clareira.

Os mandarins se intimidaram por alguns segundos, mas o que parecia ser o líder deles deu um alto grunhido, e logo todos tomaram coragem e começaram a avançar lentamente.

Naquele momento Sette se sentiu pressionado pelo poder do mago e se preparou para libertar a própria técnica de combate mais potente e mortal. Então, o caçador retirou de dentro da bolsa um frasco com sangue, no qual estava escrito "Licantropo". Sette se aprontou para tomar o líquido do recipiente.

Antes que isso acontecesse, porém, o canto de uma harpia real ecoou do céu, e todos olharam para cima. Então, num piscar de olhos, um assobio estridente — como que se algo estivesse caindo — cortou a madrugada, e num instante algo aterrissou entre os viajantes e os mandarins, levantando uma grande cortina de poeira.

Aqueles animais, ao verem o acontecido, colocaram as quatro patas no chão, prontos para a batalha, eriçando os pelos e rosnando como cães amaldiçoados. Os viajantes, também preocupados, afastaram-se com alguns passos para trás e se prepararam para o pior.

Num instante a cortina de poeira se dissipou, e o mago e o caçador viram um homem forte e extremamente musculoso. A pele era parda, e os cabelos e a barba eram longos e castanhos. Além disso, o homem carregava na mão um grande machado.

Ao avistar aquela figura, Sette gritou:

— Mestre!?

E o homem respondeu:

— Fujam! Esperem-me na cabana de caça, ao leste! Vão! Vocês não devem partir sem que eu tenha voltado! Vão! Vão!

Diante das palavras do mestre, os rapazes ficaram sem reação, mas rapidamente montaram em seus cavalos e, sem olhar para trás, seguiram viagem em alta velocidade, deixando o homem para trás. Em poucos segundos, o mago e o caçador entraram de novo na floresta, e Sette gritou:

— Vamos, não temos tempo a perder!

Dessa forma, com o medo e a dúvida a acompanhá-los, as horas se passaram rapidamente e o sol começou a nascer. Durante toda a madrugada, ambos foram inundados por milhares de pensamentos e teorias, mas a mais aceita era a de que a discrição da Companhia se perdera e agora a vantagem que eles tinham já não existia mais.

— Já estamos quase chegando! — gritou Sette ao mago, enquanto avançavam em alta velocidade.

Edward, que estava compenetrado no caminho, respondeu:

— Temos de nos apressar, sinto que algo estranho está acontecendo. — Então, continuaram a cavalgar por todo o dia, até que ao entardecer chegaram diante de uma grande árvore, que tinha o tronco largo e cascudo.

Ao avistar a árvore, Sette gritou:

— Lá está a cabana.

O rosto do caçador não escondia a preocupação por seu mestre, e sua alma estava apreensiva pelo medo de não o reencontrar. As pernas do rapaz estavam pesadas, as costas fatigadas e o corpo pedia por descanso. Contudo, a preocupação com o mestre era mais forte.

Já Edward estava exausto, pois, diferentemente de Sette, não estava acostumado com longas viagens a cavalo sem descanso. Seu corpo pedia por misericórdia, e o mago sentia as pernas e os braços quase dormentes.

Ao chegarem diante da árvore, Sette desceu do cavalo e, agachando-se, avançou pelas raízes da grande árvore. Lá embaixo estava uma porta, pela qual ele entrou rapidamente sem bater.

Quando viu que não havia ninguém ali, Edward começou a caminhar ao redor da grande árvore, no intuito de ver se não estavam sendo seguidos. Contudo, após procurar muito e não encontrar nada, o mago se esgueirou para dentro da cabana e se uniu ao caçador.

Sette estava sentado no sofá da pequena sala com a cabeça baixa e os braços apoiados nos joelhos, na tentativa de entender o que estava acontecendo.

Edward, depois de se sentar ao lado do colega de jornada, disse com seriedade:

— Sette, sei da vontade de seu mestre, mas é seguro ficar aqui?

E o outro viajante respondeu apaticamente:

— Creio que essa seja nossa melhor opção. Devemos libertar nossos cavalos, para não mostrar a nossa presença, e acender poucas luzes. Teremos ainda de fazer o máximo de silêncio possível, e tentar evitar a todo custo o fogo para cozinhar, pois aqueles mandarins estavam à nossa procura.

— Então, é melhor esperar um tempo por aqui — afirmou o mago. — Mas, e se seu mestre não voltar? — A expressão de Edward era séria, e um leve sentimento de dúvida lhe tomava o coração.

— Se ele não voltar em dois dias, seguimos ao nosso caminho, mesmo com os mandarins à espreita — respondeu o caçador de modo apático, pois sabia que lutar sozinho contra os sete mandarins seria uma missão quase impossível, mesmo para o mestre.

E no fim o mago respondeu:

— Certo, então vamos ser pacientes por enquanto.

Ambos estavam fatigados pela viagem, mas se levantaram, foram até os cavalos, pegaram todos os suprimentos e com muito pesar libertaram os animais. Depois, retornaram para a cabana, trancaram a porta, aconchegaram-se no sofá e adormeceram, atormentados por milhares de pensamentos.

Segredos

Com o passar das horas, Edward acordou repentinamente na madrugada, pois sonhava com sua amada, Cristina, que havia partido. E, em sequência, ele viu o companheiro falar enquanto dormia:

— Eu vou matar todos vocês, eu matarei todos vocês. — Sette, pressentindo que alguém o vigiava, acordou assustado, sentou-se e viu que o mago estava acordado.

Uma pequena vela os iluminava, e, diante do silêncio, o caçador olhou para Edward e viu que suas mãos tremiam bastante. Então, Sette levantou-se, foi até a cozinha, pegou uma garrafa de conhaque e disse:

— Vamos, beba, isso vai aliviar um pouco.

Edward pegou a garrafa e bebeu direto do bico. Uma sensação de alívio tomou de imediato seu semblante. Sette, ao ver que as mãos do mago tinham parado de tremer, olhou-o com profundidade e perguntou:

— Vamos, conte para mim: o que te deixou assim?

Edward respirou fundo, colocou as mãos sobre a cabeça e continuou em silêncio. Mas Sette, ao perceber a angústia de seu companheiro, insistiu:

— Vamos, você precisa disso. Agora somos só nós e mais ninguém. Precisamos confiar um no outro, a todo custo.

Edward sabia que o colega de jornada tinha razão, então, após respirar fundo, começou a contar sobre seu passado:

— Você já deve ter sentido o cheiro. Você já deve ter visto e até sentido na pele como é lutar contra o mal. Enfrentar e caçar magos homicidas que matam por prazer. Seguir os rastros de sangue deles, e ver pessoas e famílias devastadas por aquelas mentes doentias.

Edward respirou fundo, e houve uma pausa. Mas logo ele tomou mais uma golada de conhaque e continuou a contar:

— Sabe, eu não me tornei mago para isso. Quando me formei, era jovem e tinha esperança de mudar o mundo. Imaginava que poderia fazer a diferença. Mas, de missão em missão, fui perdendo o brilho. Lutar contra o mal constantemente me deixou sombrio, sem esperança. Vi coisas brutais e grotescas acontecerem com pessoas inocentes. Vi magos destruírem vidas por poder, fama e glória. Vi reis massacrarem o próprio povo por ganância e também vi pessoas comuns sendo tomadas pelo egoísmo e pela dor.

Enquanto dizia aquelas palavras, o semblante de Edward tornava-se mais sombrio, e era possível ver que ele não tinha mais no coração esperanças de um mundo melhor.

Sette, ao ouvir o companheiro e observar a dor no semblante dele, manteve-se apreensivo enquanto imaginava que Edward havia sido uma péssima escolha para a jornada, pois era visível que ele estava mentalmente perturbado. Ao mesmo tempo, o caçador sentia piedade do colega, por tudo que este vira e vivera.

— Mas um dia encontrei uma pessoa que me fez ver o mundo de outra forma. Que me fez acreditar no amor. Seu nome era Cristina, e nós nos conhecemos por acaso. — Ao dizer o nome da amada, o mago sorriu levemente, — Quando nos vimos, quando nossos olhares se cruzaram, por alguns segundos o tempo parou para nós. A cada encontro sentia meu coração mais e mais apertado, e o tempo sempre passava rápido demais com ela. Tudo mudou quando eu a conheci, o mundo voltou a ficar colorido. Com o tempo, nós nos apaixonamos e começamos a nos encontrar. Você sabia que magos não podem se casar? Por isso, nós nos encontrávamos às escondidas, e tudo foi se ajeitando, pouco a pouco. Ela era linda. Ela era linda demais.

Sette, nesse momento da história, foi acometido pela lembrança da própria mãe adotiva, e isso lhe trouxe um sentimento de compaixão diante de tudo que o mago contava. Edward prosseguiu:

— Ao encontrar o amor, voltei a ter paz no coração. As missões da Ordem, as loucuras que encontrava pelo caminho já não me abalavam como antes. Com o passar do tempo, o nosso amor foi ficando mais e mais forte, até que então aceitamos abandonar nossas Ordens e nos casar. — Era possível ver no rosto de Edward uma amargura profunda enquanto ele bebia e narrava. — Mas, antes que isso acontecesse, quando faltavam poucos dias para ficarmos juntos de vez, Cristina saiu em missão por sua Ordem, ela e mais duas magas. E foi nessa missão que minha amada desapareceu. Quando fiquei sabendo da notícia, me reuni com a companhia de busca, fiquei desesperado. Pensava em como isso podia acontecer, justo agora e por que comigo.

"Mas, no fim, o que eu mais temia aconteceu. Após alguns dias, encontramos em uma casa alguns pertences dela e das magas que estavam junto, e também encontramos três corpos carbonizados. — Então, dos olhos de Edward uma lágrima caiu, e, para amenizar a dor, o mago tomou algumas goladas de conhaque, continuando: — Mas agora tudo ficou para trás."

Sette se assustou ao ver a franqueza do colega, pois, quando o rapaz contou sobre a amada, Cristina, ele confessou um crime que poderia causar sua execução, já que magos não poderiam ter um relacionamento amoroso enquanto faziam parte de uma Ordem mágica.

Ao ver a tristeza no rosto do companheiro de viagem, o caçador ficou em silêncio, sem saber o que dizer. Só agora, ao ouvir por completo a história do mago, Sette entendeu que, apesar de ser um rival, Edward também era tão sofredor quanto ele mesmo.

Os dois ficaram sem palavras por alguns segundos, contemplando a penumbra. Por fim, o caçador, não considerando o mago mais como uma ameaça, e sim como um igual, respirou fundo e terminou de contar sua história:

— Olha, já que me confiou um segredo, também lhe contarei por completo a minha história. - E o caçador, olhando o mago nos olhos, continuou: — Sei o que é perder alguém querido. Sei também o quão cruel este mundo em que vivemos pode ser. Fiquei com Tereza por sete anos. Com o passar do tempo, ela foi ficando mais fraca com a idade e o trabalho forçado, e eu, por outro lado, fui crescendo e comecei a cuidar dela. Naqueles anos todos, fui me acostumando e achei que ali seria a minha casa para sempre. Por mais incrível e miserável que isso possa parecer, eu chamava aquele lugar de lar, e sorria por estar vivo e ter alguém a cuidar de mim.

"Mas um dia Tereza ficou doente. Ela comia pouco e quase não se levantava da cama. Eu nunca a tinha visto daquele jeito. Então, implorei para os feitores que me deixassem buscar ajuda. Saí desesperado até a cidade mais próxima; lá, mesmo todos vendo o completo desespero de uma criança, ninguém quis me ajudar. E isso me destruiu por dentro. Então, preocupado, voltei o mais rápido possível, pois não queria deixar minha mãe sozinha à noite. Mas, quando voltei, ela estava morta: os guardas mataram-na enforcada e a deixaram pendurada no pavilhão em que dormíamos."

Deus, ele era apenas uma criança. Quanta dor, quanto sofrimento, pensou Edward, engolindo seco.

Sette continuou:

— Quando a vi daquele jeito, caí de joelhos e fiquei sem reação. Até que um dos guardas que estava ali perto me olhou com um sorriso no rosto e disse: "Agora você não precisa mais se preocupar, pode voltar ao trabalho!", e então gargalhou. Eu não sabia o que fazer, não entendia o que estava acontecendo ali. Entrei em pânico e minha vista escureceu. Quando acordei, eu havia matado todos os guardas. Eu havia matado todos eles com minhas próprias mãos.

"Eu estava todo ensanguentado e machucado ao recobrar a consciência. E os outros escravos estavam com medo de mim. Eu não sabia o que fazer, até que alguém me disse: 'Agora você tem de fugir!'. E então, aproveitando o fato de eu ter matado os guardas, fugi desesperado pela madrugada. Fiquei perdido por três dias em uma floresta desconhecida, desesperado e sem saber para onde correr. Até que, sem querer, encontrei Zelot, o qual me acolheu e me ensinou tudo o que sei como caçador."

— Entendo, eles mataram-na para que você continuasse a trabalhar sem se preocupar — disse Edward, com uma pesada expressão de ódio no rosto. — Eu nem consigo imaginar o que você sofreu.

Sette, com uma tristeza profunda no olhar, tomou a garrafa de Edward, bebeu um gole e continuou:

— Eu sei, eu sei. — E o jovem caçador abaixou a cabeça, enquanto seu peito era consumido por uma tristeza mortal.

Contudo, não se deixando abalar, ele respirou fundo, ergueu a cabeça, franziu os olhos, encarou o mago e afirmou, como se estivesse desafiando o mundo:

— Você tem razão, sofri demais. Pensei que ali seria minha casa para sempre, e com o passar do tempo, mais do que tudo, queria que isso nunca tivesse mudado. Mas toda noite Tereza me dizia que, quando eu saísse dali, deveria ser diferente. Que eu deveria fazer a diferença. Que eu deveria ser o herói que salvaria este mundo doente, e ela me fez prometer que eu lutaria com todas as forças para que o mundo fosse melhor. E agora estou aqui. Sou mais cascudo que ontem e serei mais forte amanhã, e eu juro, mago, que mudarei o mundo. Eu sei que posso fazer a diferença, que posso ser o herói de que este mundo tanto precisa. Outros melhores do que eu poderiam estar aqui, mas, se fui convocado, mostrarei o meu valor.

As palavras do caçador ecoaram fundo em Edward, e no rosto de Sette um leve sorriso de confiança e um olhar de coragem surgiram.

Edward, ao ver como o companheiro agia, passou a encará-lo com admiração e ficou em silêncio, repetindo em seu âmago: *Você ainda vai conhecer o mundo, jovem caçador. E vai ver que ele se perdeu há muito tempo.*

Enquanto o mago se perdia em pensamentos negativos, Sette também dizia a si mesmo: *O meu sofrimento me trouxe até aqui por um motivo. Mudarei o mundo com meu esforço, eu posso fazer a diferença. Eu posso mudar o mundo, e a minha presença nesta missão é o sinal. Esse é o sinal.* Com o fim do diálogo, ambos voltaram a ficar quietos e adormeceram.

Na manhã seguinte eles se levantaram, as horas caminhavam lentamente, e o tédio e a sensação de estarem com as mãos atadas consumiam tanto os dois, que, aproveitando aquela situação, aproximaram-se e falaram trivialidades da vida e coisas sem sentido.

Apesar de o momento ser ameno, Sette continuava com o coração aflito pelo que acontecia, pois seu mestre nunca foi de desaparecer por tanto tempo. Entretanto, das probabilidades existentes e inexistentes, apenas uma parecia ser a mais lógica: a possibilidade de Zelot estar morto e a necessidade de eles continuarem seguindo a jornada.

Reencontro

Ao anoitecer, ambos estavam sentados perto da lareira da sala, a pensar. Por fim, Sette, olhando para o vazio com expressão apática, disse:

— Amanhã devemos continuar a viagem sem olhar para trás. As nossas preocupações são maiores, e confio em meu mestre. Ele não é um Caçador Consagrado à toa. — Com um leve aceno de cabeça, Edward concordou.

Era madrugada do segundo dia e tudo seguia seu fluxo tranquilamente. De repente, Sette, que dormia deitado no sofá, assustou-se ao sentir que algo grande e pesado havia pulado sobre seu corpo. Desesperado, arregalou os olhos, enquanto a mão esquerda se encaminhava para pegar a espada.

A escuridão era implacável. Ele considerou gritar por ajuda, mas algo lhe cobria a boca. Quando o caçador estava próximo de pegar a arma, uma voz surgiu em meio à escuridão e disse, baixinho, mas com firmeza:

— Sou eu! Fique quieto! Não sei se me viram entrar aqui. — Ao ouvir aquela voz, o coração de Sette saltou de alegria, pois era a voz de seu mestre.

Nesse meio-tempo, uma silhueta surgiu no escuro, e eles viram que era Edward, escondido nas sombras. O mago, pressentindo que algo estranho estava acontecendo lá fora, fez um sinal pedindo silêncio a ambos.

Logo um grunhido horrível fez com que os três tremessem, depois se ouviu um barulho de folhas remexendo e um longo grunhido. Após um tempo, o mesmo grunhido, muito distante.

Zelot entendeu que os mandarins haviam se afastado, então se levantou, franziu os olhos e disse com seriedade:

— Pensei que eles achariam meu rastro, mas consegui despistá-los.

— Mestre, este é Edward — disse Sette, apresentando com as mãos o mago.

No mesmo instante, Edward, ao olhar nos olhos de Zelot, foi invadido mentalmente pela voz dele, que dizia:

— Mago, tenho muito a lhe falar. Tenho muito a lhe pedir, mas agora não é a hora. — Zelot, por ser um caçador experiente e muito habilidoso, usou telepatia para se comunicar discretamente com o mago.

Edward, ao entender a mensagem, apenas afirmou com um aceno de cabeça discreto, dando a entender que apenas cumprimentava o mestre caçador. Sette, sem perceber nada, olhou para Zelot e continuou:

— Precisamos conversar seriamente sobre tudo que está acontecendo. A Companhia perdeu a discrição, e acredito que há dias estamos sendo observados.

Zelot, por sua vez, sentindo a gravidade do momento, disse:
— Vamos com calma. Venham comigo! Aqui onde estamos ainda corremos perigo.

Então, o mestre caçador guiou os dois rapazes até a cozinha, que era simples e pequena. Ao chegar lá, Zelot moveu a pequena mesa que estava no centro, agachou, pegou uma pequena corda e abriu uma portinhola. No subterrâneo da cabana, havia um pequeno quarto. Ali Zelot acendeu uma vela e convidou todos a se sentarem.

Após estarem aconchegados, Zelot olhou-os fulminantemente nos olhos e começou a falar com um tom de urgência:

— Com o fim do Primeiro Conselho, descobrimos os planos de invasão pelo Norte. Então, agindo em conjunto com Denogaré, mago de Itile, e, com alguns habilidosos cavaleiros de Umbundur, vassalos de Eletis e guerreiros do reino Xavante, fomos incumbidos de atrasar as linhas de suprimento do Norte com ataques relâmpagos em acampamentos e carregamentos de suprimentos.

— Conseguiram acertar alguma coisa? — perguntou Edward, pois sabia o quão importante era a missão do mestre caçador.

— Destruímos alguns carregamentos com sucesso. Acertamos onde dói, e eles sentiram. — E continuou Zelot: — Estávamos em dezessete, todos guerreiros de grande estima em seus Reinos e Ordens. Mas há alguns dias fomos emboscados perto das fronteiras com a Floresta Sombria. Dispersamos, porque fomos atacados por fogo pesado e não estávamos preparados para isso. Desde esse dia tenho sido perseguido pelos mandarins que também perseguiram vocês.

— Agora entendo, eles devem ter confundido nossos rastros. Então a discrição da Companhia ainda se mantém — comentou Edward, surpreso com aquilo que Zelot falava.

— Sim. Eles devem ter se confundido — respondeu o mestre caçador, balançando a cabeça positivamente. — E creio que estes animais são crias de Caçadores Excomungados, que devem ter se unido a Ungastar.

Ao ouvir o mestre, Sette, que olhava para o nada apaticamente, falou:

— Eu também imaginava algo semelhante! Pois, pela forma que agiam, imaginei que procuravam alguém.

— Sim, eles *me* procuravam — falou Zelot. — Mas no momento não posso fazer muito por vocês. O máximo que posso fazer é despistar os mandarins e torcer para que vocês cheguem sãos e salvos à Região Fantasma, pois acredito que, se estão aqui, é porque é esse caminho que procuram. E acho que devem caminhar pela floresta, pois é a melhor rota a seguir.

— Não. Infelizmente iremos pelo Estreito de Carrum — afirmou Sette, olhando o mestre com firmeza.

— Não confio no caminho do Estreito — respondeu Zelot, com uma leve expressão de preocupação. — Ele me parece ser um caminho perigoso. Mais perigoso até do que pela floresta. Vocês conhecem as lendas, sabem da fama daquele lugar. Desde muito tempo o Estreito não é usado, e não vejo motivos aparentes para vocês fazerem isso. Se os tribais lutam ao lado de vocês, por que não pediram ajuda a eles?

— Confio em seu julgamento, Zelot. Entretanto, acredito que o melhor caminho é o do Estreito. Pois você também sabe que nem os Xavantes se arriscam a passar pela parte baixa da floresta. Olhe, eu sei que o Estreito não é um lugar pelo qual alguém em sã consciência passaria, mas o tempo é nosso inimigo, e não temos muitas escolhas — respondeu Edward, com seriedade no olhar e um grande pesar na mente, pois também sabia que algo terrível os estaria esperando.

— Mas do que adianta a velocidade se no fim vocês estarão mortos? — retrucou Zelot, aumentando o tom de voz e direcionando aos dois rapazes um olhar fulminante.

Ao ouvir o mestre caçador, Edward ergueu a voz ao mesmo tom e respondeu:

— Não confia mais nos poderes de um mago?

Zelot e Edward se olharam fixamente, e o silêncio se fez por um instante naquele pequeno lugar. Enquanto ambos se olhavam, o pequeno porão foi tomado por uma densa energia. O clima entre o mestre caçador e o mago ficou pesado.

Sette, quando percebeu a atitude de ambos e sentiu na pele a atmosfera do lugar, tomou a palavra, cheio de coragem:

— O caminho foi escolhido em sorteio. Aqueles que escolheram partir o fizeram por livre e espontânea vontade. E todos devemos concordar que as decisões devem ser tomadas pelos integrantes da Companhia. Apenas nós. Também não concordo com o caminho que devemos tomar, mas eu e Edward o escolhemos considerando todos os riscos, e infelizmente esse é o nosso único caminho. Confio muito em seu conselho, mestre, e agradeço muito a preocupação, contudo devemos seguir por nós mesmos, pois esse é o nosso destino.

— Então, só posso aceitar! Confio em vocês — afirmou Zelot, com o semblante triste e preocupado. E ele continuou, trazendo mistério para a pequena sala: — Mas, antes de partir, vou dar um breve resumo do que vocês irão encontrar.

"O Estreito de Carrum é um caminho como um pequeno deserto. Não há nada ali, apenas areia e pó. Ele fica mais baixo que a Floresta Sombria, pelo menos uns vinte metros, e corta toda a floresta até a Região Fantasma. Suas paredes são de pedra. O Estreito já foi usado há muito tempo como rota até o Reino de Vermont. Vocês economizarão alguns dias de viagem se caminharem por lá e ficarão verdadeiramente ocultos. Mas algo impõe terror àquela rota. Não sei ao certo o nome, mas todos o chamam de Guardião."

Ao ouvir sobre aquele termo, Edward e Sette se debruçaram sobre a mesa, enquanto Zelot continuou com a voz cheia de mistério e um olhar sinistro:

— Não sei se vocês sabem, mas a Região Fantasma já foi um grande reino. O Reino de Vermont.

"Contudo, hoje só é possível ver as ruínas daquele magnífico império! Dizem as lendas que na era dos Primogênitos o rei que governava aquele lugar era muito ganancioso e maléfico, e de várias formas tentava dominar todo o Continente Vermelho, a ferro e fogo, mesmo aconselhado pela mãe, a qual dizia que a ganância não o levaria a nada. Entretanto, ele não a ouviu, ele apenas queria ter. Ele apenas queria conquistar. E, cego pela ambição, foi enganado por suas três esposas, que o fizeram desaparecer para reinarem absolutas.

"As três o envenenaram e o queimaram vivo, realizando um ritual satânico enquanto o corpo dele ardia em chamas, para que apenas as três possuíssem aquele reino. Após o término do ritual, elas o jogaram no mar e fingiram que o rei havia desaparecido."

— O poder e o dinheiro fazem coisas estranhas com os homens — afirmou Edward, franzindo o olhar.

— Verdade, eles levam os seres humanos ao extremo, deixando-os loucos — falou Zelot, que, sem deixar brechas para pergunta alguma, continuou: — Mas essa história macabra não termina aí. O tempo passou, e logo as três tomaram posse daquele magnífico reino. Mas, depois de venderem suas almas pelo que tanto sonharam, não bastava apenas ter parte naquele lugar. Assim, consumidas pelo desespero e pela ganância, as esposas tomaram seus exércitos e entraram em guerra, lutando entre si pelo governo absoluto. A mãe do falecido rei, diante de tudo o que acontecia e vendo as pessoas sofrerem por causa de uma guerra sem sentido, tentou intervir e retomar o trono para si.

"Mas, antes que ela conseguisse, suas noras a aprisionaram no grande Fosso de Vermont. Naquela época esse fosso era conhecido como a Prisão dos Pecadores, lar dos homens mais impiedosos e infames do mundo. Lá, todo criminoso era jogado e aprisionado até a morte. Ali não havia luz, apenas escuridão, e sendo a mãe do rei a única mulher a ser aprisionada naquele lugar, imagine quanta dor e loucura aqueles presos lhe infligiram. Dessa forma, depois de anos a fio sofrendo as piores dores e os mais doentios sofrimentos e lacerações, ela orou a Deus, pedindo por misericórdia, pedindo que a ganância e a dor que estavam sendo impostas àquele reino terminassem com o fim daquela terra. A rainha, cansada de sofrer, entregou sua alma a Deus."

— Um sofrimento horrível deve ter vivido essa pobre mulher — comentou Edward.

Zelot, percebendo a expressão de espanto de seus convidados, continuou:

— Verdade, ela deve ter sofrido muito. Mas no fim a justiça divina prevaleceu. Deus, compadecendo-se do sofrimento daquela pobre alma, levou-a na morte para o seu reino de luz e, ao ver o que acontecia naquele reino terrestre, levou sofrimento para aquele lugar. Assim, a terra adoeceu, não se plantava nem colhia. Não chovia mais ali. A terra era seca e sem vida, e pestes mataram milhares de pessoas, pessoas que haviam se esquecido de Deus, viviam em grandes orgias e se matavam por prazer. Logo o reino começou a ruir, e no fim nada sobrou, apenas ruína e morte.

"Quando as três esposas estavam no leito de morte, sofrendo terrivelmente por seus pecados, elas venderam a alma ao inferno mais uma vez, por uma nova condição: naquele reino apenas imperariam a loucura e a morte, pois, se aquela terra não pudesse ser delas, não seria de mais ninguém. Além disso, o único rei do território seria aquele que havia desaparecido, então, enquanto ele não voltasse, nada seria construído ali. E assim se fez: todos que ali estavam e morreram em pecado mortal ficaram aprisionados àquele lugar, não podendo nem ir para o Purgatório nem para o Inferno; estavam fadados a esperar eternamente pelo seu rei. Mas diz a lenda que o rei não está morto, que ele sobreviveu, apenas espera o momento certo para retornar ao lar e, assim, conquistar o Continente Vermelho e todos os outros."

— Entendo, mas isso é apenas uma lenda, certo? — perguntou Sette.

Zelot, com um tom mais funesto e misterioso, respondeu:

— Lenda ou não, o tempo passou, e rumores estranhos vieram daquele lugar. O Conselho, com o passar do tempo, enviou caçadores para investigar, mas nenhum retornou. Naquele local, criaturas estranhas andam sob a luz da lua tentando satisfazer a vontade de sangue. E a antiga Prisão dos Pecadores tornou-se a casa de criaturas estranhas e mulheres amaldiçoadas, são poucos os que se arriscam a caminhar por aquela terra de dor e morte. Pelo que sei, o guardião aguarda o retorno do rei, protegendo o trono dos invasores. Creio que tudo isso não passa de uma lenda. Mas o guardião existe, e vocês devem ter cuidado com ele. Talvez pela floresta haja perigos maiores ou não, mas, se esse é o percurso, saibam que vou orar para vocês.

Ao ouvir a antiga história, Sette e Edward ficaram imaginando o que viriam a encontrar. Zelot, preocupado com seu aprendiz, respirou fundo e continuou olhando os dois rapazes com extrema seriedade:

— Não sei o que lhes dizer, pois não conheço o caminho que vão percorrer. A única coisa que posso fazer é desejar sorte e rezar para que tudo fique bem! Bom, agora eu sairei primeiro e despistarei os mandarins, já que o tempo é curto e todo segundo conta.

Edward, vendo a preocupação de Zelot, olhou-o nos olhos com firmeza e falou:

— Não se preocupe! Você conhece muito bem a potência de um mago.

Sette, também vendo a preocupação do mestre, olhou-o nos olhos com seriedade e afirmou:

— Não se preocupe. Você me treinou bem. Eu ainda tenho muito a realizar.

Quando ouviu os visitantes, Zelot encarou-os por alguns segundos, até que se levantou, abraçou Sette com força e disse:

— Confio em você!

Após isso, o mago olhou para o mestre caçador, estendeu a mão e o cumprimentou, mas Zelot puxou Edward e o abraçou, colocando discretamente algo no bolso dele e dizendo telepaticamente, olho no olho:

— A verdade está no seu bolso. E ela deve ser um segredo meu e seu.

Sem transparecer, o mestre caçador caminhou até o rumo da portinhola e declarou com firmeza no olhar:

— Cuidado com o que vão encontrar, vou orar por vocês! E não se preocupem comigo, eu sei me cuidar! — Então, Zelot abriu a pequena portinhola e se preparou para sair.

Mas, antes que isso acontecesse, Edward franziu o cenho e disse:

— Esta missão é de total sigilo, não se esqueça.

O mestre, ao ouvir aquilo, fez um leve aceno com a cabeça e respondeu:

— Não se preocupem. — Após se preparar para sair, Zelot parou por alguns segundos e olhou para os viajantes com grande preocupação, mas logo saiu pela portinhola e voltou ao descampado. Um longo silêncio se fez, até que após alguns minutos Sette e Edward escutaram ao longe o grunhido dos mandarins.

Com a saída de Zelot, os dois jovens rapazes mergulharam em aflição e medo do que poderiam encontrar pelo caminho. Suas almas estavam carregadas de ansiedade e seus corações batiam inquietos.

Logo viria o amanhecer. Então, o mago e o caçador pegaram o mínimo de suprimentos que tinham, esperaram o sol raiar e, preocupados com o futuro, partiram. Ainda lhes faltavam pelo menos uns dois dias e meio de viagem até o Estreito. Ambos agora caminhavam a passos largos e ainda estavam na Floresta de Eleanor.

Rumo ao Estreito

Nos dias que haviam se passado, Sette e Edward tinham descansado bem, por isso seus passos eram rápidos. Andavam olhando tudo ao redor, com medo de que os mandarins voltassem. Contudo, após um período de caminhada, esqueceram-se do passado e relaxaram um pouco.

Com o passar das horas e com o percurso a se tornar mais tranquilo, Sette estava com um leve sorriso no rosto e, olhando para o companheiro, disse:

— Talvez pela nossa rivalidade com as Ordens mágicas eu tenha me sentido inseguro por estar ao seu lado. Mas agora sinto que posso confiar em você.

— Entendo, essa rivalidade vem desde a criação de nossas instituições. Desde Goldfish e Monte. Algo que está tão enraizado em nossa criação não pode ser esquecido facilmente — falou Edward, com um olhar sereno.

Sette, aproveitando a deixa, emendou:

— É verdade, percebi pela forma como você e o meu mestre discutiram.

— Na realidade, eu e seu mestre nos conhecemos há muitos anos. Eu tinha por volta de 27 anos e lutava em conjunto numa aliança no Continente Azul — respondeu o mago. Sem deixar espaço para novas perguntas, Edward emendou: — Mas agora devemos esquecer o passado e nos concentrar em Carrum.

— É mesmo. Creio que será uma batalha difícil! — afirmou Sette, com um leve sorriso de confiança no rosto. Edward, ao ver aquela atitude do companheiro, sorriu.

Continuaram a caminhar após a breve conversa. Com o passar do tempo, Sette, por estar mais confiante e à vontade com o colega de jornada, começou a se mostrar mais sorridente e despreocupado. Sua personalidade positiva e cheia de vigor aparecia lentamente e a pouco a pouco cativar o mago, que o achava engraçado, inocente e um tanto louco.

Durante todo o percurso, Edward riu de histórias engraçadas contadas pelo caçador, como no dia em que este e Zelot beberam tanto que acordaram em outro continente. Ou como no dia em que ele e seus companheiros de Ordem pregaram uma peça em Aquiles, o qual quase os matou por reflexo. Naquele dia, o jovem rapaz disse que teve de raspar a cabeça, pois seu cabelo e suas sobrancelhas ficaram chamuscados com o ataque do Caçador de Grau Lendário.

Tudo seguia calmo e tranquilo, as histórias e a vivacidade de Sette alegravam a viagem. Contudo, enquanto Edward parecia sorrir e se mostrar tranquilo, no fundo de seu coração uma escuridão o consumia.

Com a chegada da noite, pararam para descansar, e, enquanto o caçador preparava algo no fogo e cantarolava uma música alegre, o mago, olhando pacientemente o vazio, disse:

— Tenho medo de tudo que pode acontecer. Se os Scars vencerem, nada poderá salvar este mundo. E, se não encontrarmos as Relíquias, tenho apenas uma certeza: o mundo como o conhecemos terminará.

Sette olhou nos olhos do companheiro e viu medo por tudo que estava ocorrendo. Na tentativa de animá-lo, o jovem caçador tocou-o, sorriu com confiança e, como se estivesse desafiando o mundo, disse, com a voz cheia de coragem:

— Ainda há esperança! Não vamos desistir, fizemos um juramento! E agora só depende de nós! Mesmo que o mundo não mereça ser salvo, nós venceremos!

— Nisso você tem razão. Temos agora um ao outro e a nossos Irmãos de Companhia! Nós venceremos — respondeu Edward, olhando confiante para a imensidão do céu, enquanto imaginava as dificuldades que os demais colegas de jornada também estavam enfrentando.

Durante o jantar, Sette estava quieto olhando o vazio e perguntou:

— Edward, no passado os humanos não sabiam que invocar a Lúcifer e aos seus demônios os destruiriam?

O mago, que olhava hipnotizado para a pequena fogueira, contou, em tom de mistério, a história de como tudo aconteceu, como se um filme passasse em sua frente:

— No passado, o Homem Primordial não fazia ideia do que estava fazendo. Você conhece as três seitas satânicas do mundo: os Abyss, os Voids e os Scars.

"A dos Abyss é muito mais antiga do que aparenta ser. Ela é a raiz de todo o mal, a sombra por trás de coisas que você nem imagina. A dos Scars sempre leva a fama de muitas loucuras, pois, dentre os três da Tríplice Coroa Infernal, eles são a espada, a lança, a mistura explosiva que queima tudo no caminho. Já a dos Abyss é o contrário: ela é sorrateira, é paciente, tem cheiro bom e dentes brancos. E, como você sabe, para muitos é apenas uma lenda. Atrai as almas para o Inferno através de leis injustas, que levam o mundo ao pecado e à autodestruição. Ideias inovadoras e libertadoras que fazem do pecado algo bom."

Sette, perante a antiga e sinistra história contada por Edward, arrepiou-se por completo. O mago continuou, com suspense na voz:

— Profetas da Escuridão, é assim que eles eram chamados nos tempos remotos. E eles eram como atualmente, homens e mulheres unidos em um único propósito. Vivendo na espreita, escondendo-se e esperando o momento certo para destruir o conceito de certo e errado, sem mostrar quem realmente são.

"Mas, voltando à sua pergunta: na era dos Primordiais, quando a guerra entre as antigas raças estava no auge, sete alquimistas que se autoproclamavam Enviados de Deus reuniram-se com os vários reis da época e lhes mostraram uma ideia, uma solução que daria a eles a vitória sobre as raças inimigas. A ideia era invocar um ser de extremo poder, que lutaria pela humanidade e os faria vencedores da guerra sem fim. Um anjo. Ou, melhor dizendo, um querubim de alta hierarquia. Na época, as dimensões estavam sendo descobertas e mapeadas, e os humanos não desconfiaram de nada.

"Então, sem pensar e esquecendo-se dos mandamentos dados por Deus, os reis concordaram e, sem conhecer o que estavam fazendo, venderam suas almas."

Após estas últimas palavras, Edward respirou fundo, franziu a testa e continuou:

– Mas não era tão fácil assim chegar aonde tudo havia começado, pois, para que fosse possível a invocação, era necessária uma quantidade absurda de almas que deveriam ser sacrificadas. Assim, sem pensar, os antigos reis sacrificaram cem mil prisioneiros das raças inimigas, que eram na maioria Orcs e Mettalicans, sem se importar se entre eles havia muitas mulheres ou crianças. Isso criou um ódio mortal entre essas raças, que reverbera até a atualidade.

"Para terminar a contagem, que deveria ser de 170.071 almas, eles sacrificaram uma grande quantidade de Primogênitos, raça que surgiu da miscigenação entre Elfos, Homens e Middians. Os Primogênitos no passado eram caçados e extremamente discriminados pelos Primordiais, e é daí que começou a surgir o ódio lendário entre eles."

— Então é daí que surgiu o ódio entre ambos. Primogênitos e Primordiais — disse Sette, com uma surpresa evidente em seus olhos.

O mago seguiu com a história:

— Sim. Mas voltando: o ser que deveria ter sido invocado era um querubim chamado Ezequiel, um ser dimensional de extremo poder. Mas, quando os sacrifícios terminaram, quando o ritual chegou ao fim, quem surgiu foi ele, o Pai da Mentira, o Príncipe dos Demônios, Lúcifer. Ao aparecer com sua prole de anjos caídos, ele rapidamente começou a destruir o mundo com seu poder.

"Diz a história que, com o surgimento dos Anjos Caídos, os viventes dos nove continentes enlouqueceram e começaram a se matar, a fazer loucuras uns contra os outros. Os pais matavam os filhos. Os filhos matavam os pais. Os vizinhos se destruíam, as pessoas se suicidavam das maneiras mais bizarras, e então o mundo enlouqueceu. O Inferno reinou sobre a Terra. E o resto da história você sabe."

Sette, ao entender o que acontecera no passado, olhou para o vazio e afirmou:

— Entendo. Mas e o sacrifício? Onde eles encontraram 170.071 almas para serem sacrificadas assim? Hoje o mundo mudou, as leis são outras, a mentalidade do ser humano evoluiu. É impossível algo do tipo. De uma forma ou de outra os Scars vão falhar.

Mas Edward, ao olhar nos olhos do companheiro com extrema seriedade, falou com a voz cheia de suspense:

— Já me encontrei com eles. Os Scars não fazem nada por acaso. Eles são fortes, muito organizados e extremamente devotados às suas causas. Deve haver algo mais no fim de tudo. Com os Scars sempre há algo mais.

Sette, diante da fala do mago, entendeu que os Scars não eram pessoas quaisquer. Assim, acometido pela curiosidade do encontro que Edward teve com esses seres, o caçador indagou, com ânimo:

— E como foi? Como eles eram? Pode me contar como foi lutar contra eles?

Entretanto, Edward, diante das perguntas do jovem caçador, levantou-se, olhou para o céu estrelado e respondeu:

— Já é tarde, devemos dormir. Mas, para exemplificar: se fosse uma missão buscar e exterminar os Scars, todos eles, nenhum dinheiro do mundo compensaria tal loucura.

Depois de dizer isso, o mago se aconchegou numa árvore próxima, enquanto Sette, decepcionado, apagou o fogo e também se ajeitou como pôde.

No entanto, Edward, ao deitar-se, lembrou que havia algo estranho no bolso de seu manto, então retirou duas cartas: uma estava com seu nome e a outra tinha o nome de Sette. Ao abrir a endereçada a ele próprio, o mago encontrou um pequeno comprimido.

Quando viu o comprimido, Edward olhou-o fixamente, e num instante o engoliu e dormiu. Acabou sonhando com Zelot, que estava todo de branco, numa sala da mesma cor. O mestre caçador, enquanto se afastava para o infinito, disse:

— Sette não pode saber o que vou dizer, de forma alguma ele pode saber. Eu o amo como filho. Mas, se não houver opção, no momento certo você deve entregar a ele a carta. — Após essas palavras, continuou, com grande tenacidade: — O Leão não é uma ameaça. Ele foi enviado para morrer pelos Anciãos, pois estes têm medo do que aquele pode se tornar.

O coração de Sette é a chave. O Leão não é uma ameaça. Os mandarins perseguiam a vocês, não mim, porque os Anciãos o querem morto. Tomem cuidado: inimigos entres os próprios caçadores podem surgir no caminho. Tenham cuidado.

Com o fim do sonho, Edward acordou, e já era de manhã. O mago disse a si mesmo: *O que foi isso?* E por um longo tempo manteve-se com o pensamento preso na mensagem de Zelot.

Com o passar dos dias, Edward e Sette se aproximaram mais, conversaram sobre as dificuldades da vida e riram sobre coisas belas e tolas. O jovem caçador adorava falar sobre os foras que levara e os momentos felizes que teve em muitos festivais e festas pelo mundo. Ele também sempre falava muito de como era divertido fazer parte do Clã Blue Dragon.

Já o mago era mais reservado e procurava mais ouvir do que falar, enquanto pensava seriamente na mensagem de Zelot. Refletia sobre o que aquilo significava, o que de fato queria dizer. Mas, com o passar do tempo, sem nada de diferente a acontecer, o mago relaxou e esqueceu a mensagem.

Ambos sentiam que, ao longo dos dias, uma amizade entre eles começava a surgir, e isso dava mais força para suportarem o peso do momento. Edward, à medida que passava tempo ao lado do companheiro, admirava-o mais e mais por sua força de vontade e alegria de viver. E pouco a pouco ele foi conhecendo um caçador diferente do que iniciara a jornada, pois agora Sette se mostrava um jovem sonhador e confiante, e dia após dia apresentava um sorriso que parecia desafiar o mundo mais e mais. Assim, Edward foi se esquecendo vagamente do que Zelot lhe dissera em sonho.

Já Sette sentia que a dor do mago ainda estava viva no semblante do companheiro, mas mesmo assim não desistia de animar o irmão de companhia, o qual pouco a pouco sorria mais despreocupado.

Tudo seguiu tranquilo, até que, após alguns dias de viagem descansando pouco e caminhando muito, eles finalmente avistaram o tão apavorante Estreito de Carrum.

Ao o verem, ambos respiraram fundo e, com coragem em seus passos, rapidamente desceram o caminho arenoso, até chegarem ao local. A grama alta e as árvores ficaram para trás, e agora os dois olhavam para um estreito de pedra que dividia a floresta. Diferentemente do que haviam pensado, tudo estava em completo silêncio e paz.

O guardião

O caminho seguia arenoso e solitário. Dessa vez Edward e Sette caminhavam sem descanso. O silêncio e a atenção os acompanhavam a todo instante, e eles seguiam sempre observando cada milímetro daquele lugar, vidrados no menor barulho que fosse.

Caminharam o dia todo, até o anoitecer, sempre quietos devido ao momento de pura angústia. A noite no estreito era silenciosa. Os animais da floresta sombria faziam barulhos estranhos, e por vezes um grunhido mais forte ou o som das folhas se mexendo faziam com que ambos se assustassem e entrassem em posição de batalha.

Diante da madrugada fria, eles seguiam lentamente, alucinados pela atmosfera medonha. Até que então viram ao longe uma pequena clareira iluminada pela lua. O clima de terror e o cheiro de morte exalavam pelo ar. A sinestesia do momento era pesada, e o gosto de sangue inundava a boca de cada um.

Edward ia à frente, Sette ia um pouco mais atrás. Ao aproximarem-se da clareira, os dois ouviram um estranho choro, como de uma criança que havia perdido o brinquedo. Em sequência, o mago olhou para Sette com uma expressão séria e disse:

— Creio que esta seja a hora! — E o caçador, com um acenar de cabeça e um olhar firme, concordou com o colega de jornada. Ambos continuaram a se aproximar abaixados, sem causar muito alarde, presos em uma atmosfera de loucura e medo.

Quanto mais se aproximavam, mais alto eles ouviam o grotesco choro, que agora tinha um tom diabólico, como numa cena de horror. Com extremo receio do que eles poderiam encontrar, puseram as armas em punho e seguiram até quase entrar na clareira.

Um misto de medo, coragem e ansiedade fazia os viajantes suarem. Por fim, eles estagnaram a poucos passos de seu objetivo. Mas, quebrando todo o suspense e agindo de impulso, adentraram a clareia de uma vez e, quando entraram, encontraram apenas um Cavaleiro Negro, o qual, sentado em uma pedra, lamentava-se com lágrimas incessantes, como uma alma amaldiçoada que espera por perdão e paz.

Sette e Edward, ao verem o estranho ser, olharam fixamente para ele, que parecia não se importar com a presença dos outros dois e continuava a chorar copiosamente, dizendo:

— Meu rei está morto! Meu rei não vai voltar! O Primogênito está morto!

A voz do cavaleiro era inocente, como a de uma criança que não entendia o porquê das coisas. Era essa maneira inocente de falar que dava um tom diabólico àquela criatura.

Ao identificarem o possível inimigo, os viajantes ficaram imóveis por alguns segundos, presos em um clima de insanidade e medo, esperando o momento certo para se aproximarem. Mas, de repente, o Cavaleiro Negro tomou a iniciativa, ficou em pé e começou a caminhar lentamente na direção dos dois rapazes, enquanto falava coisas sem sentido, como um louco.

Quando viram que a armadura se aproximava, Sette e Edward se colocaram em posição de batalha. Seus corações batiam rápido, suas pupilas estavam dilatadas e seus músculos se enrijeciam, esperando o momento em que tudo se resumiria a violência e ossos quebrados.

Edward permanecia com o cajado à frente do corpo. Sette, por sua vez, segurava a espada e aguardava o pior. Na face de ambos, um olhar fulminante encarava a estranha criatura.

Na grande clareira o silêncio se fazia absoluto, e apenas os passos da criatura ecoavam no espaço. Mas então, quebrando toda a tensão do momento, o mago foi invadido por um lampejo de consciência e, na tentativa de impedir que uma batalha prematura acontecesse, precipitou-se com firmeza:

— Não somos inimigos, somos aliados de seu rei! E queremos apenas passagem segura para Vermont!

Ao ouvir o mago, a armadura parou perto dos viajantes, agachou-se perante eles e começou a falar sozinha algo que só ela podia escutar. Aproveitando-se da proximidade do inimigo, Sette e Edward vislumbraram a bela armadura do Cavaleiro Negro, esquecendo-se do momento sombrio.

Negra como a noite e adornada com panos vermelhos bem vivos e o brasão de um reino desconhecido, a armadura se mostrava. Nela, os traços eram finos, e os detalhes em ouro e prata davam um tom magnífico. No entanto, sua aparência diabólica — somada ao fato de existirem pedaços que estavam sendo consumidos pela ferrugem — fazia com que os viajantes tremessem até os ossos.

Era impossível saber se havia alguém ou algo debaixo daquela armadura, pois dos pés à cabeça ela cobria o ser que a habitava. Nas costas, apresentava-se uma maça medieval dourada e reluzente, que aparentava ser muito pesada.

Durante o tempo em que ambos observavam a criatura, ela começou a aumentar o tom de voz, perguntando várias e várias vezes:

— Mas meu rei está vivo? Ou vocês o mataram? Mas meu rei está vivo? Ou vocês o mataram?

Enquanto o Cavaleiro Negro repetia as mesmas palavras, Edward, sem entender o que ele realmente queria dizer, precipitou-se e falou:

— Somos apenas aliados e pedimos passagem segura para Vermont!

Após a resposta do mago, a armadura pensou por um instante, olhou para os dois viajantes e começou a dizer inocentemente:

— Eles não vão me matar? Meu rei já está morto. Agora só tenho de deixá-los passar! Não tenho mais nada para fazer aqui. Meu rei está morto. — Após o breve diálogo consigo mesmo, a armadura se levantou e declarou: — Vocês são bem-vindos. Meu rei está morto, mas quer falar com vocês. Não sei por que vieram, mas saibam que vocês são bem-vindos. — Com o fim da conversa, a armadura se retirou de lado e deu passagem aos viajantes, enquanto continuava a chorar copiosamente, demonstrando a grande angústia que sentia.

Quando viram aquela atitude, Edward e Sette imaginaram que não seria tão fácil passar em paz. Relutaram por alguns segundos, mas, como a criatura permanecia imóvel, resolveram continuar. Pressionados pela tensão do momento, ambos respiraram fundo, guardaram as armas e seguiram, desconfiados de tudo que acontecia.

Seus corações batiam forte, e em suas mentes eles não acreditavam no que estava ocorrendo. Seus músculos estavam totalmente rígidos, esperando pelo pior. Ao passarem pelo Cavaleiro Negro, um extenso calafrio tomou conta de seus corpos.

Os dois seguiram com extremo receio e angústia, atormentados pela atmosfera de suspense. Mas, após alguns segundos, sentiram-se aliviados, pois já estavam quase na metade do caminho para sair da clareira. Agora seus corações estavam mais calmos, e em seus lábios um sorriso discreto começava a surgir.

Entretanto, algo diabólico aconteceu: quando os viajantes estavam a poucos metros de sair dali, a armadura, que antes uivava de dor de maneira imóvel, deu um grotesco grito de ódio:

— Morte! –. E, jogando-se no chão, começou a gritar e a se contorcer, encenando um intenso ataque epilético.

Edward e Sette, diante da atitude da criatura, sentiram uma aura violenta a lhes invadir o corpo, como se algo estivesse esmagando suas almas e deixando-os extremamente em alerta.

Agora, o tom de voz do Cavaleiro Negro era diabólico, pesado, como o de um espírito maligno. Consumido por um ódio incomensurável, ele se contorcia no chão enquanto gritava:

— Vocês mataram meu reiii. Meu rei está morto! Vocês vão morrer! Vocês pagarão pela morte do meu reiiii!

Os viajantes observavam tudo, imóveis, extasiados. Mas, após alguns segundos, a criatura se levantou, correu cambaleando alguns metros e deu um grande salto, caindo nas costas de Edward e Sette, o que os impediu de continuar. Ao aterrissar, a armadura caiu derrapando pelo chão e rugiu brutalmente de dor e de ódio, como alma amaldiçoada que era.

Ao ficarem frente a frente com o Cavaleiro Negro, ambos entenderam que agora não havia mais volta, então jogaram as bagagens no chão e tiraram as capas.

Em sequência, Sette sacou a espada e pôs-se em posição de ataque. Já Edward colocou o cajado à sua frente e disse:

— Vamos acabar com isso de uma vez. Você distrai essa criatura, enquanto eu preparo algo grande. — E se abaixou com um dos joelhos, criou uma esfera de energia ao seu redor e começou a recitar um estranho encantamento, enquanto mantinha os olhos fechados.

Todos ficaram imóveis por alguns segundos, massacrados pela ansiedade do momento, esperando a sutileza que os levaria a um frenesi incontrolável.

Os olhos do caçador estavam firmes em sua presa. E cada músculo do corpo dele pedia por isso. Cada gota de suor em sua carne esperava por aquele momento, o momento em que tudo se resumiria a violência e membros decepados.

Por fim, quebrando o suspense do instante e tomando a iniciativa, Sette olhou para o mago confiantemente, sorriu como se estivesse desafiando o mundo e afirmou:

— Já que é assim, então vamos! — E, sem se preocupar com as consequências ou com a morte, o caçador partiu para o tudo ou nada.

Sette, com grande velocidade, num piscar de olhos se lançou para cima do inimigo, que permanecia imóvel. Mas, quando ele se aproximou o suficiente e contraiu o braço, pronto para arrancar a cabeça da criatura com a espada, no último instante o Cavaleiro Negro sacou a maça e contra-atacou.

Ambos trocaram golpes acirradamente, usando energia para potencializar os ataques. Tudo acontecia em alta velocidade. Tudo acontecia com uma precisão cirúrgica, mostrando que o menor erro que fosse poderia ser fatal. Enquanto isso, a lua e o faiscar das armas os iluminavam. E o som de aço contra aço era a trilha sonora daquela cena.

A luta seguiu equilibrada por alguns segundos, golpe a golpe, movimento a movimento, sem indicar qual seria o vencedor. Mas, aproveitando-se de uma brecha na postura do inimigo, Sette concentrou uma grande quantidade de energia no braço direito, fazendo sua espada brilhar.

Em sequência, impulsionado por um grito feroz, ele acertou precisamente o oponente, arremessando-o longe. O ataque do caçador só não foi mortal, porque atingiu a pesada blindagem da armadura em cheio.

Ao receber o ataque de peito aberto, a criatura foi arremessada, mas, recuperando-se num instante, girou o corpo ainda no ar e caiu derrapando em pé no solo arenoso.

Sem deixar de graça o golpe recebido, num instante o Cavaleiro Negro avançou cambaleando contra o caçador, até que na metade do caminho saltou, segurou com as duas mãos a maça sobre a cabeça e preparou-se para dar um potente golpe banhado em energia, o que fez a maça brilhar intensamente.

Sette, ao avistar a armadura com a guarda aberta sobre si, contraiu o braço e preparou-se para contra-atacar, antes que a criatura tocasse o chão. Contudo, ela acelerou a queda e caiu como um meteoro sobre o inimigo. Sette, usando o instinto, no último instante saltou para trás e esquivou-se por milímetros, evitando ser esmagado.

Por ter acelerado a queda e golpeado o chão com energia, o Cavaleiro Negro criou um grande estrondo, rachou a terra e levantou uma leve cortina de detritos. Ao recuperar-se num instante, ele cortou a cortina de poeira e partiu para cima de Sette, que se mantinha com a guarda aberta, pois havia se desequilibrado com o golpe do adversário.

Tudo aconteceu muito rápido, numa fração de segundos, e nada parecia impedir o ataque mortal que acertaria o caçador em cheio. Este, em sua mente, já se preparava para o ataque que destruiria suas costelas e o levaria à morte. A maça, ao cortar o espaço, zuniu madrugada adentro, mostrando o quão potente seria o golpe infligido ao jovem.

Mas, quando a criatura estava para atingir o viajante e despedaçá-lo, Edward apareceu e tocou o inimigo com o cajado, criando uma grande explosão de luz, que arremessou a armadura contra as paredes de pedra do estreito e fez um enorme estrondo, além de ter levantado uma grande cortina de poeira.

Sette, ao ver que o mago havia surgido no último instante, saiu de sua posição defensiva aliviado. Edward virou com seriedade para o companheiro e falou:

— Vamos mandar esse demônio para o inferno. Mais alguns segundos, e tudo estará consumado.

Enquanto o mago dizia essas palavras, porém, tiros traçantes de pura energia, vindos da espessa cortina de poeira, zuniram sobre os viajantes e alvejaram ambos simultaneamente. Os dois fugiram para os lados, procurando abrigo nas rochas próximas.

Em sequência, com a dispersão da camada de detritos, tanto Sette quanto Edward puderam ver que a armadura estava no chão, como uma aranha, e disparava a esmo os projéteis pela boca.

Lutando contra a ameaça, o mago começou a revidar com o cajado, lançando tiros de pura energia que tinham potências equivalentes ao ataque do Cavaleiro Negro. Sette também se levantou e começou a atirar flechas traçantes contra o inimigo, tornando a clareira totalmente iluminada pelos rastros de luz e tomada pelo som da intensa troca de disparos.

Havia beleza nas luzes. Havia movimento, cores, explosões e violência, mas havia beleza em tudo aquilo, ao mesmo tempo. Beleza no momento, no sentimento e na necessidade de vencer a todo custo. Todos lutavam dando o seu melhor, mas apenas um lado se sagraria vencedor.

Sette atirava e se escondia, sempre mudando de posição. Edward o seguia, movimentando-se de forma parecida. Já a estranha criatura recebia os violentos disparos de peito aberto, que ricocheteavam em sua espessa blindagem.

Diante da intensa troca de disparos, que durou alguns minutos, Edward e Sette começaram a sentir que suas energias caíam drasticamente. Então, na tentativa de contornar a situação, o caçador se escondeu atrás de algumas pedras e gritou:

— Edward! Edward! Vou criar uma distração, aí você bate nele com força. Com muita força!

O mago, ao ouvir o caçador, pegou uma das adagas entregues pelo rei da montanha, jogou-a para Sette e disse:

— Vai! O feitiço de antes está quase pronto. Vamos!! Temos de acabar logo com isso!

Então, Sette rapidamente guardou o arco e se preparou. Em seguida, de uma bolsa que ficava na sua cintura, pegou um frasco com um líquido vermelho e, olhando-o fixamente, disse:

— Chegou a hora!

O frasco continha um pouco de sangue dos Homens-Lobos, bichos ferozes e de reputação medonha, conhecidos pela regeneração ferrenha e pela velocidade animalesca. Tinham corpos com forma humanoide, cobertos por pelos, e na face dentes afiados e olhos vermelhos se mostravam.

Sette era um Usuário, um dos três tipos de caçadores existentes. O Caçador Usuário era aquele que utilizava poções ou partes de animais e assumia as habilidades destes por um breve período, tornando-se extremamente potente em batalha.

Ao pegar o frasco, Sette o levou à boca e bebeu todo o sangue que existia ali. Num instante, sentiu seu corpo estremecer e uma grande quantidade de energia tomar conta de seus ossos.

Então, seguindo o plano, enquanto Edward distraía a armadura, o caçador saiu do esconderijo e se aproximou rapidamente, correndo abaixado pela esquerda, na tentativa de flanquear o inimigo. Mas, após alguns segundos, o Cavaleiro Negro percebeu a intenção do caçador e começou a alvejá-lo com disparos.

Edward, aproveitando-se do momento, escondeu-se atrás de uma pedra e continuou a recitar um encantamento em voz baixa, povoando o céu com espessas nuvens.

Enquanto isso, Sette ganhou espaço e, esquivando-se dos ataques de seu inimigo, pulou nas costas do Cavaleiro Negro e enfiou na cabeça deste a adaga dada pelo mago. A criatura gritou ferozmente de dor, contorcendo-se em agonia.

Porém, a armadura agarrou Sette e o jogou para longe. O caçador, ao ser arremessado, caiu rolando pelo chão, levantou-se, procurou abrigo e gritou, com um sorriso desafiador no rosto:

— Vai!

Ao ouvir o colega de jornada, Edward percebeu que a criatura estava vulnerável e, com um olhar para o céu, levantou-se, ergueu o cajado e o bateu no chão com força, gritando:

— Queime, seu maldito! — Então, em sequência, um círculo mágico dourado e reluzente apareceu ao redor do mago, seguido por um flash que cegou a todos. Uma fração de segundo depois, o som ensurdecedor de um trovão ecoou pela clareira.

Num instante, um grande e animalesco raio perfurou as pesadas nuvens, caindo em cheio sobre a criatura. O raio fez o chão tremer como num terremoto, levantando uma enorme cortina de fumaça branca. A clareira na qual estavam se iluminou com a força daquela magia, e o cheiro de carne podre queimada tomou conta de todo o lugar. Após isso, não se ouviam mais gritos de dor nem choro, apenas o eco longínquo do trovão.

Com o fim do ataque devastador, Sette e Edward se reuniram e imaginaram que a luta havia acabado ali. O mago, que observava a fumaça atentamente, logo deu suas costas para o local no qual o raio caíra e disse:

— Já não temos mais nada para fazer aqui.

Ao ouvir o companheiro, Sette, com um olhar desconfiado, respondeu:

— Será que foi tão fácil assim?

E Edward, sem olhar para o caçador, falou:

— Nada pode ter...

Mas, antes que ele terminasse a frase, uma voz horrenda surgiu de dentro da fumaça que invadia a clareira. Uma voz sombria e doentia, carregada de ódio, que dizia, ou melhor, gritava, ensandecidamente:

— Queimar! Eu queimarei vocês! Queimarei vocês até os ossos! Seus malditos! — Então, uma aura vermelha explodiu ao redor da criatura, afastando toda a fumaça que dominava aquele lugar.

Quando a fumaça abaixou, já não se escutava mais nenhum choro ou gemido. Agora apenas se via a mesma armadura negra de antes, consumida em chamas, como se tivesse ressurgido do Inferno.

Ela parecia estar mais lúcida, mais ágil e com uma aura negra muito mais feroz e pesada do que antes. O cheiro de carne podre queimando era insuportável. E, se antes ela parecia ser indestrutível, agora estava com algumas partes totalmente derretidas, mas nada que fosse o suficiente para mostrar o que estava por baixo.

Surpreso por ver que a criatura havia sobrevivido, Sette disse:

— Mas que demônio é esse?

Mas, cortando o caçador, uma nova voz, sedutora, ardilosa e com um leve tom de amarelo, surgiu de dentro da armadura consumida em chamas:

— Olá, como é bom ter novos convidados. Já faz tempo que não vejo pessoas por este caminho. Meu nome é Lutter, e aquilo que vocês veem não sou eu. Mas o que vocês ouvem é a minha voz.

"Esta é apenas uma das minhas muitas marionetes. Peço desculpa pelos meus modos, no entanto ainda existe algo neste reino que deve ficar oculto, longe de olhares curiosos. Foi interessante ver como uma de minhas criações reagiu contra vocês. Por isso, agora deixarei ambos se destruírem em paz, pois sei que o que vocês procuram não é aquilo que protejo. E sei também que aquilo que vocês buscam não me desperta interesse algum. Agora, podem continuar a se matar. Boa viagem! E até algum dia!"

E a voz se calou, deixando Edward e Sette em total silêncio. Em sequência, a estranha armadura começou a chorar e a gritar de dor como antes, enquanto as chamas se extinguiam.

Ao ouvir com total atenção as palavras da estranha voz e ao ver a maneira como a armadura reagia, o mago teve um lampejo de consciência. Olhando para Sette com os olhos arregalados, como se agora tudo fizesse sentido, ele falou:

— Agora sei o que é nosso inimigo, agora tudo se encaixou. Este é um Ritual de Aprisionamento. E, para que esse ritual aconteça, é necessário um hospedeiro, que pode ser qualquer corpo sem vida, de animais a humanos. Depois, é preciso fazer um sacrifício de morte para aprisionar a alma do sacrificado em um objeto muito querido por ele, deixando-o em agonia e dor pela eternidade. Assim, quando se une esse objeto a um corpo sem vida, cria-se um Aprisionado. O Aprisionado não sente dor, não tem sentimentos. Ele é apenas um corpo programável.

Edward abaixou a cabeça e pareceu se lembrar de algo que havia lhe acontecido, trazendo escuridão à própria face. Mas, retomando a consciência, o mago falou, com um ódio incomensurável no olhar:

— Magia nojenta essa, e é uma Magia Proibida, que já fez milhares de pessoas sofrerem nas mãos de magos egoístas. Ela foi banida pelo Conselho das Nove Ordens da Luz há muito tempo.

Enquanto Edward explicava sobre o feitiço proibido, a armadura parou de chorar por um instante, e novamente a doce e sedutora voz de antes surgiu, dizendo:

— Isso é verdade! Mas só posso dizer que melhorei um pouco essa magia e agora consigo fazer com que o Aprisionado responda aos meus comandos como uma marionete, mesmo que com alguma resistência. — E gargalhadas vieram da armadura. Gargalhadas de uma alma torta, que se deliciava de prazer. Que adorava observar o sofrimento e a angústia alheia. Que adorava infligir dor e sentir o cheiro disso.

Edward presenciava tudo e, enchendo-se de nojo com a ardilosa voz, não se conteve e respondeu:

— O Conselho vai te caçar até o Inferno! E eu serei o seu juiz e executor! Seu infeliz! Seu verme!! — Os olhos do mago transpareceram um olhar frio e doentio por alguns segundos, o olhar de um assassino. E ele olhava fixamente para a criatura.

Logo, a ponta do seu cajado começou a brilhar fortemente. Até que, em um ato de desespero, Edward, sem pensar ou dizer palavra alguma, investiu de maneira feroz contra a criatura, a qual gritava e chorava coisas sem nexo.

Mas ao mesmo tempo a armadura se abaixou e avançou rapidamente com sua maça, na tentativa de despedaçar o mago. Sem medo no olhar, ambos se encontraram e iniciaram uma intensa e acirrada troca de golpes. As explosões de luz de Edward iluminavam a noite, enquanto a maça do inimigo rasgava a madrugada à procura de sangue, ossos e carne. Tudo acontecia em pé de igualdade, tudo acontecia numa velocidade absurda, e o menor erro de qualquer um dos lados resultaria em morte ou desmembramento.

Sette, que observava tudo com muita atenção, pressentiu que aquele seria o momento decisivo, então pegou no bolso uma escama negra e a colocou embaixo da língua. A escama era de um dos animais mais fortes da Terra Erma, o Loren, animal muito parecido com um gorila, mas que, em vez de pele e pelos, tinha o corpo coberto por escamas cinzas. Essas escamas eram tão duras quanto o aço, com um alto grau de regeneração.

Ao engolir as escamas, pouco a pouco a pele de Sette transformou-se nas escamas do Loren e, quando tomou o poder dessa criatura, o caçador uniu-se ao mago, avançando em uma violenta e brutal troca de golpes contra a armadura.

Sette atacava com a espada e Edward, com os golpes de luz. Mas nada disso parecia afetar a espessa blindagem do inimigo, que a cada golpe recebido se enfurecia cada vez mais. O caçador e o mago lutavam com exímia maestria e sincronismo, usando grande velocidade e habilidade. Enquanto isso, a armadura combatia de modo grosseiro, atacando a esmo com sua maça, mas não de forma totalmente desleixada: havia velocidade e potência em cada um de seus ataques.

A luta seguiu acirrada por alguns minutos, sem um aparente vencedor. Mas, em um milésimo de descuido de Edward, a criatura se afastou e, abrindo a mão em forma de lança, desferiu um ataque mortal contra o mago, que se viu sem chance de defesa, enquanto o punho do inimigo rasgava a madrugada.

No último instante, porém, quando Edward estava prestes a ser empalado no peito, Sette tomou o lugar do mago por impulso e recebeu o ataque mortal, de maneira que o lado esquerdo de seu peito foi atravessado violentamente.

O caçador, ao sentir o ataque que lhe despedaçou o coração, gemeu de dor, e de sua boca uma abundante quantidade de sangue começou a sair. Entretanto, o poder da escama o protegia, fazendo com que o ferimento se regenerasse constantemente, não o deixando morrer.

Assim, empregando um esforço sobre-humano, Sette segurou com as duas mãos o braço da armadura que estava atravessado em seu peito e gritou:

— Agora! — Enquanto isso, a armadura diabólica estendeu o outro braço para cima, no intuito de, com a maça, dar o golpe de misericórdia no caçador, um golpe que arrancaria a cabeça dele.

Mas, no último instante, quando a morte se tornava uma certeza, Edward pegou o cajado e disse:

— Afiar. — E a ponta do instrumento virou uma espada. Dessa forma, antes que o braço da criatura descesse sobre Sette, Edward o arrancou com um único golpe, salvando o caçador por um triz.

Para arrancar o braço do Cavaleiro Negro, o mago imbuiu uma enorme quantidade de energia no cajado.

Ao ter o braço arrancado, a armadura berrou de dor. Aproveitando-se disso, Edward segurou firmemente a cabeça do inimigo com uma das mãos e logo começou a dizer palavras mágicas em voz alta, como um exorcista. Ao mesmo tempo, Sette gemia de dor na tentativa de segurar a criatura. Esta, ao ouvir as palavras do mago, começou a se contorcer de modo frenético, buscando se soltar.

Logo Edward começou a aumentar gradativamente o tom de voz, até tomar conta de toda a clareira. Quanto mais altas as palavras do mago ficavam, com mais rapidez a criatura se contorcia, como se estivesse tendo um ataque epilético. Os espasmos eram agitados, e havia angústia e ansiedade em cada um dos movimentos.

De repente, porém, o corpo do Cavaleiro Negro, que antes se movia em pura loucura, parou e caiu inerte no chão. Ao ver que o encantamento havia dado resultado, Edward ficou em silêncio, enquanto Sette caiu deitado, de peito aberto.

O caçador sentia fortíssimas dores e percebia que suas forças, vindas do poder do Loren, estavam se esvaindo, trazendo seu corpo de volta à normalidade. Seus olhos se tornaram pesados, e seu sangue começou a lavar o chão daquele lugar.

Diante do que acontecia, Edward abraçou o companheiro e pegou no bolso do próprio manto um Elixir de Prata. Quando o mago despejou um pouco do líquido sobre o ferimento de Sette, a ferida começou a se fechar.

Para a surpresa de todos, enquanto Sette terminava de se recuperar, uma doce e assustada voz de criança surgiu de dentro da armadura, perguntando:

— Onde estão meus pais? Onde estou? — Sette e Edward foram ao encontro da armadura. Ao ficarem diante dela, novamente eles escutaram a mesma voz, que disse: — Quem são vocês? Onde está minha mãe? Por favor, eu não aguento mais, eu quero minha mãe!

O caçador e o mago arrepiaram-se e ficaram sem palavras. Seus corações bateram forte, e um misto de pena e ódio tomou conta de suas almas. Só agora, com a doce voz a se revelar, eles entenderam que a alma aprisionada naquela armadura era de uma criança inocente, que ficara ali em desespero por anos a fio.

Edward, no intuito de libertar aquela doce alma de seu horrível destino, agachou diante da armadura e, ao tocar em sua cabeça, falou:

— Foi para a liberdade que Deus te fez. E, quebrando esta maldição, eu te liberto. — Em seguida, a armadura, que antes era indestrutível, começou a se desfazer em cinzas reluzentes, e estas lentamente foram levadas pelo vento e desapareceram no ar. Pouco a pouco a armadura deixou de existir, num espetáculo de cores e luzes.

Com o fim daquela triste cena, no vazio uma doce voz surgiu, dizendo:

— Agora posso descansar em paz. Obrigado. Muito obrigado! — Depois disso, um silêncio mortal se fez na clareira iluminada pela lua.

Vendo que tudo já estava consumado, Sette respirou fundo, olhou para o céu, encarou a lua e afirmou:

— É triste o que um homem pode fazer com outro. Muito triste. Por que é tão difícil viver em paz? Por que a ganância destrói tudo?

Edward, ao ouvir seu companheiro, respirou fundo, abaixou a cabeça em sinal de tristeza e respondeu:

— Isso não cabe a nós entender! Acho que apenas podemos defender quem amamos e continuar. Continuar a lutar dia após dia, pois, como dizia Isaac, um dos grandes mestres de nossa ordem: "A verdadeira felicidade só se encontra em Deus". — E ambos ficaram em silêncio, desabando em cansaço.

Após isto, Sette, com um olhar de fé e coragem direcionado aos céus, disse em voz alta:

— Eu preciso mudar isso. Eu, com minha força, tenho que fazer a diferença. Eu fiz uma promessa e não posso desistir. Eu fiz a promessa para quem eu mais amei, não posso desistir.

O mago olhava o companheiro com um leve desdém, sem transparecer o que sentia, mas refletindo: *Ele me salvou sem pensar. Ele me salvou sem pensar.*

Enquanto Sette terminava de falar e Edward mantinha-se absorto em sua amargura, uma silhueta humana feita de sombras e fagulhas de fogo surgiu diante dos viajantes.

Ao verem a silhueta, os dois rapazes levantaram-se e prepararam-se para a batalha, pegando em armas. Entretanto, no rosto do possível inimigo, um sorriso surgiu e ele disse, com um tom tranquilo e despreocupado:

— Minha vontade é destruir vocês, mas precisamos de pessoas talentosas do nosso lado.

— Quem está falando? E diga sem rodeios o que quer! — disse Edward rispidamente.

— É Lutter quem fala com vocês. E vim fazer um convite. Precisamos de pessoas talentosas para lutar ao nosso lado. Edward, você e o caçador estão convidados a se unir à nossa causa. O futuro é nosso, ninguém pode nos parar, o rei há muito caído vai retornar ao seu lugar de direito, e nada nem ninguém pode impedi-lo.

— Não sei qual é o seu plano. E nem sei quem são vocês de fato, mas o mundo não vai aceitar calado algo do tipo — respondeu Edward, olhando-o de maneira fulminante.

— Somos muitos e vamos usar a força para conquistar o nosso objetivo. Pessoas que vocês amam estão do nosso lado, pessoas que vocês veneram e nem imaginam acolheram a nossa causa. E, como eu disse antes, o mundo será nosso, e vocês podem estar do lado vencedor ou no fim se tornarem escravos, a escolha é de vocês.

— A liberdade é o que nos faz vivos. Sem a liberdade não há vida, não queremos fazer parte dessa loucura — afirmou Sette, com extremo ódio no olhar.

— Há muito que vocês nem podem imaginar. Há muito que vocês têm de aprender. As abelhas não colhem como vocês imaginam. As flores não são tão belas a ponto de serem eternas. E o meu senhor toma o que ele quer sem plantar. Há muito venho à procura de potenciais lordes para reinar ao lado de meu rei. Há muito venho à procura de seres dignos de chefiar as hostes de meu senhor, e vocês são mais que dignos. Se aceitarem se transformar em nós, receberemos os dois de braços abertos — falou Lutter, que continuava com seu sorriso escancarado no rosto.

Edward, vendo que a situação era séria e que um novo inimigo dos povos livres podia estar surgindo nas sombras, olhou com seriedade para a penumbra e disse:

— Você deveria procurar na escória. Entre Caçadores Renegados, Magos das Trevas e Adoradores do Mal, não em lugares onde a luz reina. Ou nem o mal quis apreciar a sua loucura? — E essas últimas palavras continham um leve desdém.

— Meu rei e senhor não busca carniceiros para sua horda. Estes não são dignos de honra — declarou Lutter, também com um pouco de desdém nas palavras. — Buscamos alianças verdadeiras com homens de moral. Com homens de bem. Vocês arriscam suas vidas pelo mundo, existe moral maior que essa?

Sette, diante das palavras do suposto inimigo, ficou intrigado. Pensou em entender o que eles realmente queriam. No entanto, retornando à realidade, ele se enfureceu e disse:

— Repito quantas vezes for preciso: não nos interessam suas verdades!

Então, Lutter sorriu e em tom despreocupado respondeu:

— Entendo, mas quero que saibam que o convite está feito. Pensem bem, pensem com carinho e, quando o coração de vocês estiver convicto do que escolher, procurem-nos. Esperaremos de braços abertos. E transformaremos ambos em nós. As abelhas não colhem como vocês imaginam. As flores não são tão belas a ponto de serem eternas. Meu senhor toma o que ele quer sem plantar, e o mundo é o seu pomar, seu jardim particular. A utopia que tanto sonhamos é a que queremos compartilhar com vocês. Não se esqueçam, estaremos de braços abertos, e nosso sonho está à espera de seus corações. — Com um sorriso no rosto, ele continuou: — É claro, se sobreviverem ao Inferno! — Então, Lutter desapareceu com o vento, e o silêncio tomou conta daquele lugar.

Com o fim da breve e estranha conversa, os viajantes voltaram a se sentar e descansaram um pouco, enquanto pensavam no que estava acontecendo com o mundo. No rosto de Edward uma expressão fria de ódio se mostrava. Já Sette parecia pensativo e em seu coração uma leve preocupação o consumia.

Após se recuperarem, logo se prepararam para continuar. Enquanto se ajeitavam, Sette gargalhou despreocupadamente. Edward, ao ver a atitude do companheiro, olhou-o com estranhamento e questionou:

— O que foi?

Sette, com um leve sorriso no rosto, olhou para o mago e falou:

— Salvei sua vida, agora você me deve uma. — O caçador gargalhou com alegria, e Edward sorriu, sentindo que a confiança do caçador o animava a continuar.

Diante de tudo o que aconteceu, o mago pensava mais uma vez: *Ele me salvou sem pensar. Ele me salvou sem pensar.* Mas, depois de refletir um pouco, mantendo-se descrente, porque a vida lhe havia ensinado a ser assim, ele disse a si mesmo: *Ele só me protegeu, pois estava com o poder do Loren. É isso! Caso contrário, ele me deixaria morrer. Pessoas que se sacrificam pelo próximo não existem.* E, com a mentalidade pessimista de que o mundo não podia ser melhor, Edward se pôs a caminhar.

Após o descanso, os dois continuaram lentamente por algumas horas, até que chegaram ao fim do Estreito e, por estarem com o Anel no dedo, viram almas penitentes quando adentraram o Reino de Vermont. As almas vagavam com grandes pesos nas costas, gemendo de dor e angústia.

Da paisagem era possível ver apenas um grande vazio. Edward estava ao lado de Sette e, ao ver aquele lugar sombrio, disse:

— É agora que a verdadeira batalha começa. Agora que saberemos o que é dor mesmo. — Ao proferir essas palavras, o mago se sentou sobre uma pedra que estava próxima e respirou profundamente.

Sette ajoelhou-se, pegou um pouco de terra nas mãos, esfregou-as uma contra a outra, cheirou-a e declarou:

— A terra está morta. A terra está podre. Nada pode nascer aqui. Que Deus guie nossos passos!

Edward, que olhava para a imensidão daquele vazio, retirou a garrafa de conhaque que trouxera consigo, bebeu e ofereceu ao companheiro, respondendo:

— A justiça de Deus é terrível. A justiça de Deus é terrível. Que Ele tenha misericórdia de nós.

O grande Reino de Vermont

Ao saírem do Estreito, caminharam por mais alguns minutos através daquela terra morta, sem vida. Já eram quase cinco da manhã. A noite ainda reinava absoluta, e o céu naquele lugar era vermelho e cinza. Ao longe se ouviam trovões ameaçadores, mas a terra era seca, a terra era podre, e parecia que não chovia ali havia muito tempo.

Seguiram por uma trilha estreita, rodeada por cada um dos lados de árvores secas e mortas, como numa floresta apodrecida. Isso dava àquele lugar um tom macabro e sinistro, algo só visto em filmes de terror. Ao adentrar a floresta, um silêncio perpétuo os abraçou. Por fim, quando estavam envoltos pelas árvores, começaram a escutar gritos de socorro, dor e agonia, vindos de dentro da floresta.

Logo silhuetas retorcidas surgiram entre as árvores, e era possível ver pessoas com mantos negros que escondiam seus corpos, trazendo uma atmosfera macabra para aquele lugar. Os heróis sabiam que eram pessoas mortas, almas amaldiçoadas, e com coragem seguiam tentando esconder o medo que sentiam, não os olhando diretamente nos olhos.

Após quase duas horas de caminhada, deixaram a floresta para trás e chegaram a uma pequena cidade em escombros. Tudo ali estava em ruínas, e, por mais que os heróis caminhassem, não era possível ver nada em perfeito estado. As antigas construções estavam destruídas e desfaziam-se como se fossem de areia, e foi em uma dessas construções que eles passaram o resto da noite, aconchegando-se como podiam e escondendo-se ao máximo.

Na manhã seguinte, em um dia que nasceu sem sol, pois as nuvens eram espessas e muito pouco de luz passava por entre elas, Sette observou seu redor, tentando entender o que tinha acontecido ali. Tudo estava destruído, havia sangue por toda parte, corpos apodrecidos, e uma aura pesada tomava conta daquele lugar.

Perguntas sobre o etéreo tomaram a mente de ambos, perguntas sobre o infinito, sobre Deus e o Inferno, mas, após um tempo sem encontrar respostas, o caçador foi até a bolsa, retirou uma nova camisa e substituiu a rasgada. Edward, por outro lado, tentando se refrescar, jogou um pouco de água no rosto, já que a sensação térmica daquele lugar era de quase cinquenta graus.

— Devemos continuar — disse Sette em voz alta, dando um leve toque no ombro do mago, que respondeu:

— Só mais um pouco, preciso descansar só mais um pouco, gastei muita energia ontem.

Então, Sette sentou-se de novo, enquanto ambos olhavam para aquele local completamente destruído. Edward, fitando o vazio e lembrando-se da ameaça que o mundo enfrentava, contou uma história relacionada com aqueles que buscavam pelo Apocalipse:

— Eu era jovem e saí em uma missão solo de nível extremamente fácil. Uma missão simples: buscar poções mágicas em uma cidade a poucos dias de viagem. Mas, quando estava na metade do caminho, recebi uma mensagem que chegou por meio de um pássaro: "Caminhe até a cidade de Aldebaram, que fica na região costeira de Lesfalat. Na praça central você deve encontrar um representante de nossa Ordem". Estava perto dali e inocentemente caminhei por algumas horas até chegar à cidade, onde encontrei Helldar, Talagon, Luiz Diogo (Caçador Lendário, conhecido como o Velho do Rio), Angelina Alberinano (Grã-Mestre da Ordem da Montanha Branca, conhecida por sua magia de cura e proteção) e Willians Aragon (Mestre Cavaleiro do reino de Umbundur, conhecido como o cavaleiro mais forte do mundo).

Ao ouvir esses nomes, Sette arregalou os olhos e mirou Edward com espanto. O mago, olhando de volta, continuou:

— Ali estava eu, um iniciante da Ordem dos Magos do Exílio Errante, um qualquer entre os dez ou quinze homens mais fortes do mundo. Quando cheguei à praça, Angelina me abordou rapidamente e, olhando para mim com seriedade, disse: "Prepare-se, vamos entrar naquela taverna no outro lado da rua. Agora, independentemente do que acontecer ou do que você vir, não demonstre fraqueza, pois, se fraquejar, eles vão engolir você. Eles vão engoli-lo vivo". Essas palavras me fizeram gelar a espinha. Mas, sem tempo para pensar, apenas segui.

"Imediatamente seguimos o plano. Eu, sem entender, fechei o rosto e continuei caminhando na retaguarda de todos. Todos estavam com o semblante sério e seguiam com uma aura pesada em torno de si, como que estivessem se preparando para a guerra. Eu não sabia o que iria enfrentar, nem o que estava acontecendo. Quando atravessamos a rua e a porta da taverna foi aberta, vi treze homens e duas mulheres de preto, e todos estavam se falando com calma. Entramos e o silêncio reinou, um olhar sinistro tomou conta dos desconhecidos. Helldar, Talagon e o Velho do Rio puxaram cadeiras e se sentaram tranquilamente de frente às quinze pessoas, e Angelina, Willians e eu ficamos na porta bloqueando o caminho. Não entendia o que estava acontecendo e imaginava que era apenas um encontro de negócios. Mas então Talagon começou a gargalhar insanamente, como um louco, e, quando parou, olhou com ódio para os quinze e disse: 'Scars!'."

Sette, ao ouvir aquele nome, arregalou os olhos e com um tom animado perguntou:

— Realmente eram eles?

— Quinze membros — afirmou Edward, que seguiu narrando: — Quando viram quem eram seus oponentes, os seis mais fortes, os líderes, caminharam à frente e colocaram-se próximos a Helldar, Talagon e o Velho do Rio. Três deles também se sentaram bem próximos: Papuí Ruda, tribal assassino, lendário devorador de tribos e canibal; Calibus Alpion, um caçador que deixou a humanidade para trás, trocando seu corpo por o de um lendário animal de criação e tomando a aparência de um demônio; o cavaleiro Cristian Roeva, o cruzado e guerreiro mais forte e habilidoso do mundo conhecido. Em pé ao lado deles, ficaram Elrick Paladiny, conhecido por trocar de corpos e estar entre os sete magos mais fortes do mundo (ali, ele vestia o corpo de uma criança de mais ou menos 7 anos). Nattaly Aluzam Luzi, a bruxa satânica, a mãe de todo o mal, aquela que adora incitar o suicídio. E, por último, tomando a frente de todos, o único membro fundador na ativa, o imortal e líder da fúria, Gustav Estradivarius Lima. Todos tinham aparências sinistras, todos tinham auras medonhas, mas quem mais chamava a atenção era Gustav, que tinha o rosto tatuado com uma caveira sinistra, e Papuí, que tinha um grande alargador de madeira na boca, tatuagens pelo pescoço e os olhos completamente pretos. Lembro que Gustav foi o último a se apresentar e, ao se sentar em frente a Talagon, disse: "O que querem?".

"'Informações', recordo-me de Talagon responder. Apesar de tudo, ele estava com um sorriso despreocupado no rosto. E Gustav indagou: 'A que custo?'.

"'Querem permanecer vivos?', falou Talagon, e o que mais me impressionava é que ele continuava calmo demais para aquele momento. E depois me lembro de ele emendar: 'Esse é o pagamento'.

"'Com quem acha que está falando?', retrucou Gustav. 'Nós somos aqueles que Deus Pai abandonou. Nós somos aqueles que buscam por vingança, pela eterna vingança que nunca nos trará paz. Nós somos os inocentes que o mundo estuprou e manipulou; somos aqueles nos quais o mundo cuspiu; somos aqueles para os quais o mundo mentiu. Nós somos seu sentimento de culpa, seu tormento, seu sacrilégio mais sinistro. Nós somos o pecado, o pecador e a justiça. Nós somos a dor. Nós somos a morte. Nós somos Scaaaaars!!!!'. E me lembro perfeitamente de Gustav se levantar e gritar as últimas palavras no rosto de Talagon, com uma fúria mortal nos olhos.

"Eu gelei até a alma quando isso aconteceu. Eu estava no meio dos homens e das mulheres mais fortes do mundo, sem nem ao menos ter terminado todo o meu treinamento. Eu pensei que morreria ali. Sério, pensei mesmo que morreria ali."

Edward falou isso olhando com os olhos arregalados para Sette. Em seguida, continuou:

— Diante do gesto de Gustav, todos os Scars ficaram em alerta. E eu senti que o clima tinha ficado tão pesado, que estava difícil de respirar. Mas logo Talagon gargalhou, quebrando a tensão do momento e dizendo: "Estamos no meio de uma grande cidade. Para derrotar vocês, teríamos de destruí-la por inteiro e mesmo assim correríamos o risco de ficarmos com sequelas para o resto da vida".

"Gustav ao ver a atitude do mago, sentou-se como se nada estivesse acontecendo, gargalhou calmamente e falou: 'Mago, você tem razão. Mas ainda quero me reencontrar com você, para lutarmos novamente. Aquele empate não me deixou satisfeito'.

"Talagon, ao ouvir Gustav, sorriu e pensou em continuar a conversa. Porém, eu me lembro de que o Velho do Rio tomou a frente e afirmou: 'Entendo que vocês ainda tenham negócios para resolver. Mas não vamos perder o foco'.

"'Vamos, o caçador tem razão. Não queremos perder tempo também, sejam curtos e rápidos. O que querem?', perguntou Nattaly, olhando seriamente para todos nós.

"Gustav, após a pergunta de Nattaly, começou a rir, chamando a atenção dos presentes, e aos poucos começou a gargalhar sem parar, como um louco."

Edward seguia contando, como se a cena estivesse passando à sua frente:

— E lembro-me de que Eligos ria sem parar, ficou de pé, respirou fundo para retomar o fôlego e gritou: "Em posição!!". Num instante, todos os Scars se colocaram em posição de batalha. Então, do nada, dois homens caíram do teto como meteoros, destruindo tudo, e num piscar de olhos uma batalha brutal se iniciou. Os dois homens, ao caírem do teto, criaram uma grande nuvem de poeira, ao mesmo tempo que explosões, disparos traçantes e cortes imbuídos em energia começaram a destruir todo o arredor. Os dois que caíram eram Luan Grimom, Monge-mestre do mosteiro de Lesgolat, e o lendário Legionário de Lesfalat, Marcus Aurelius.

"Com o início da luta, eu não sabia o que fazer. Abri a porta para buscar mais espaço, mas, quando saí do bar, dei de cara com um deserto enorme e entendi que nossos aliados teletransportaram o bar e a todos, para que não houvesse feridos. Mas, ao sair, eu me distraí por um segundo e, quando percebi, seria fatiado em dois por Gustav. No último momento, fui salvo por Angelina, que defendeu o ataque do Scars, me teletransportou para uma cidade próxima e disse: 'Busque ajuda, o quanto antes'. E após isso ela desapareceu.

"Lembro-me de que mandei mensagem o mais rápido possível, mas, quando chegamos ao local onde estávamos, os Scars já haviam fugido."

Edward falou isso olhando para o céu. E Sette indagou:

— Eles lutaram de igual para igual com monstros como Marcus Aurelius e o Velho do Rio?

— Sim, e fugiram sem nenhum arranhão. É como eu disse a você, caçador: eles não são pessoas que estão ali e não sabem o que fazem. Eles são potentes e extremamente organizados. Para isso acontecer, para eles tentarem trazer Lúcifer de volta, eles devem ter um plano. Uma carta que não nos foi revelada — afirmou Edward, levantando-se. — Está na hora! Devemos seguir pela grande cidade por alguns dias, esse é o caminho. — Então, ambos pegaram suas coisas e seguiram.

Com o passar das horas, ao adentrarem cada vez mais o país em ruínas, os dois viram coisas estranhas em movimento, almas se contorcendo, e gritos de dor e agonia vindos de lugar nenhum. Acometidos pelo clima pesado e pelos gritos de desespero, eles seguiram em silêncio, prestando atenção a tudo o que acontecia, enquanto suas mentes fervilhavam em angústia. Iam em fila, o mago na frente e o caçador atrás, esgueirando-se como ratos nas construções despedaçadas.

A loucura daquela terra os envenenava, os comia pouco a pouco. E ambos caminhavam pelas ruínas daquele lugar sempre passando despercebidos pelas criaturas grotescas que vagavam pela terra morta, chorando e amaldiçoando seus antepassados.

A caminhada era sombria, e Edward e Sette gradualmente começaram a ver mais e mais almas pelo caminho, almas que choravam de dor e se contorciam de agonia. Almas penitentes, que seguiam em peregrinação para lugar nenhum, e alma destruídas, que se mutilavam sem parar.

O calor era muito forte, e, apesar de não haver sol diretamente naquele lugar, o mormaço os castigava de uma forma nunca sentida. Os dois viajantes caminharam até o início da tarde, sempre passando por construções em ruínas e palácios destruídos, até que pararam em uma casa abandonada, tentando se esconder das criaturas estranhas que vagavam chorando em angústia.

Sette e Edward, ao entrarem na casa, observaram todo o lugar e se espantaram com aquela cena de filme de terror.

A casa na qual entraram estava totalmente revirada, como se alguém tivesse entrado ali e destruído tudo. Havia marcas de sangue no chão e nas paredes, e em uma das paredes as marcas de sangue eram de uma pequena mão, parecida a de uma criança. Do quarto onde havia um berço, um choro de criança surgia, mas, quando eles chegaram lá, não havia nada.

Após não encontrarem ninguém, sentaram-se no chão da cozinha e ficaram em silêncio, até que o jovem caçador respirou fundo e disse:

— O que aconteceu com essa terra? Parece que as portas do Inferno reinaram sobre este lugar.

— Dizem que sem Deus não há vida. Se Deus realmente abandonou esta terra, não devemos encontrar ninguém aqui. Apenas rastros de dor e morte, e nada mais — respondeu Edward, com uma expressão fechada.

Suas almas estavam pesadas e seus corpos pareciam buscar por violência a todo custo. Com o passar do tempo naquela casa, uma voz começou a lhes cutucar as mentes, pedindo para que eles se matassem, pedindo para que cortassem suas gargantas e bebessem o sangue um do outro. O desejo por dor e vingança pouco a pouco começou a consumi-los. E Sette era o que mais se sentia estranho naquele lugar.

Até que então, sem aviso algum, o jovem caçador disse algo do fundo de sua alma, algo que fez com que o mago se arrepiasse:

— Quer saber? Eu mais do que ninguém quero salvar o mundo. E não me importo de matar para conseguir isso, que se foda o politicamente correto. Que se fodam os direitos de uma alma. Quero matar todos que destroem a paz e fazem deste mundo o lixo que é hoje. E, no fim, quando tudo estiver consumado, quero ouro, glória, fama e poder. — Enquanto dizia essas palavras, uma expressão sedenta por sangue tomava o semblante do jovem caçador, que continuou: — Que haja a guerra final, que todo o mal seja erradicado. E, sinceramente, que se fodam os puros de coração que vão perecer com essa guerra, que se fodam todos eles. O que eu quero é ser rico, ter poder e viver em paz.

Ao ouvir o discurso do companheiro, Edward notou que aquela terra os estava afetando e tentou acalmar o jovem caçador, dizendo:

— Acalme-se, assim você está sendo egoísta. A vida é muito mais complicada do que is...

— Que se fodam você e suas mentiras, seu mago escroto, você é tão egoísta quanto eu! — interrompeu Sette.

Edward, ao ver a atitude do caçador, também caiu na loucura daquela terra e respondeu agressivamente:

— Eu me tornei o mago que sou para destruir vermes egoístas como você, seu infeliz!

— Foi como eu disse, você se tornou um assassino para se vingar. Você finge ser alguém que nunca foi. E saiba que também não sou um qualquer, seu arrombado! Quer saber? Que se foda isso tudo! Que se foda! — afirmou Sette, levantando-se e sacando a espada, enquanto Edward também se levantava e punha o cajado diante do próprio corpo. Ambos ficaram se encarando e esperando o momento certo para se atacarem.

Nos olhos dos dois havia seriedade e nos lábios um sorriso doentio os acompanhava. Tudo se encaminhava para uma tragédia. Até que então, antes que um desastre acontecesse, o choro agudo da criança morta os trouxe à realidade, e naquele instante os viajantes recolheram as armas, colocaram as mãos sobre os joelhos e respiraram ofegantes.

Sette, com um olhar surpreso, encarou o mago e disse:
— Onde fica o fosso?
— Talvez a um dia e meio de viagem — respondeu Edward, enquanto buscava o ar com dificuldade e olhava estranhamente para o companheiro.

Ao ouvir o colega de jornada, Sette respirou fundo e com um leve desespero no olhar disse:
— Então, devemos partir o mais rápido possível. A escuridão está nos afetando. Está nos deixando loucos! Você viu, começamos a falar coisas sem sentido e quase nos matamos. A gente vai acabar fazendo besteira. — Edward viu que o jovem caçador tinha razão, então pegaram suas coisas e partiram.

Caminharam diante daquela terra morta por algumas horas, esgueirando-se e fugindo das criaturas tortas e deformadas que choravam em angústia. As construções em ruínas eram abrigos, e lentamente os dois ganharam terreno, sempre se escondendo como ratos. Com o passar do tempo, pouco a pouco a noite começou a cair. Então, os viajantes colocaram os Anéis da Noite Clara e viram de novo almas penitentes que perambulavam e se contorciam de dor, como se estivessem tentando redimir seus pecados.

O vento frio castigava-os com brutalidade. E, apesar do manto que os protegia, nada parecia segurar o vento gelado que vinha de todas as direções. Caminharam por algumas horas sobre os escombros daquele lugar, e agora as construções eram maiores e belamente elaboradas, mostrando que estavam em uma parte importante da cidade.

Edward e Sette passaram por grandes construções, como fóruns, coliseus, prefeituras e belíssimas estátuas, que estavam maculadas. Viram de perto a total destruição que havia acontecido ali e sentiram na alma o sofrimento daquele povo, que morreu em pecado mortal. Então, bem antes do esperado, chegaram ao fim da grande cidade.

A partir dali, eles entraram numa grande floresta negra de árvores mortas e galhos retorcidos e, ao ficarem diante das árvores sombrias, foram envoltos por uma espessa neblina, que trouxe consigo uma aura macabra. Sette, com um arrepio a lhe atravessar o corpo, falou:

— Fomos pegos em uma armadilha. Devemos nos preparar.

A floresta macabra

A névoa surgiu num instante e abraçou os viajantes, enquanto eles sentiam a escuridão tomando-lhe os ossos, mesclada a um cheiro doce e sedutor. O mago pôs-se em posição de batalha, e Sette sacou seu arco e apontou-o para a neblina, que lentamente começou a se dissolver, criando um caminho que seguia pela floresta morta. Mas, em sincronia com a névoa, um trotar metalizado foi ouvido, mostrando que alguém se aproximava.

A incerteza consumia-os, e naquele momento preferiram esperar, com o terror a lhes consumir a alma. Então, cavalo e cavaleiro apareceram, e este, ao ver os viajantes prontos para a batalha, abaixou a cabeça em sinal de respeito, parou e disse:

— Venho em paz.

Edward retrucou:

— O que você quer? Quem é você? E como pode vir em paz já que caminhamos pelo inferno?

— Há muito luto pela minha redenção, e essa é a maneira que encontrei de me redimir. — Após descer do cavalo, ele aproximou-se, ajoelhou-se e continuou falando: — Eu sou Marechal Cassius, Cassius Francisco, o guia das almas de coração puro. Se estiverem dispostos a pagar o preço, estarei a serviço.

O cavalo dele era imponente e protegido em cota de malha e armadura de placas. O animal era negro e tinha músculos exuberantes, um exímio cavalo de guerra. O cavaleiro, por sua vez, tinha uma belíssima armadura reluzente, em conjunto com uma espessa pele de lobo branco, que nas costas se mesclava com uma longa capa verde e marrom. No peito, via-se o brasão do Reino de Vermont e a armadura cobria o cavaleiro da cabeça aos pés, enquanto uma aura sinistra rodeava-o, mostrando que ele era um espírito.

— Entendo, mas por que precisamos de proteção? — questionou Edward, sabendo que falava com uma alma penada, mergulhado em uma atmosfera obscura.

E o Marechal respondeu, trazendo suspense:

— Não sei aonde vão. Mas, num caminho à frente, vocês serão tentados, provados e atacados. E, se sucumbirem, serão mortos e ficarão presos nesta terra pela eternidade. — Levantando-se, o cavaleiro continuou: — No outro percurso, vocês serão forçados a participar de um jogo. No fim, serão perseguidos, atacados e, se sucumbirem, serão mortos e terão as almas tomadas pela seita que habita sobre esta terra. Mas, se estiverem dispostos a pagar, eu os levarei aos seus destinos em segurança e os protegerei.

— Entendo, mas a que preço? E como podemos confiar em você? — indagou Edward, olhando-o com seriedade.

Num instante o Marechal respondeu:

— É como eu disse antes, essa é a maneira que encontrei de me redimir.

— Mas e quanto ao seu preço? — perguntou Sette.

Cassius prosseguiu:

— Peço uma oração para a minha alma. Apenas uma oração, e nada mais. Na capela mais próxima, devem fazer uma oferta em meu nome e depois uma oração para minha alma. Esse é o meu preço.

Ao ouvir o suposto guia, ambos ficaram em silêncio, pensando nos prós e nos contras, enquanto uma aura macabra atormentava-os. Eles sabiam que aquela criatura estava morta e de certa forma duvidavam de sua retidão. No entanto, algo nos corações dos viajantes, uma intuição, dizia que o cavaleiro era bom, uma alma boa.

Após pensarem, os dois se olharam e acenaram com a cabeça, mostrando certeza. Em sequência, Edward olhou para o cavaleiro e falou:

— Aceitamos as condições. Mas saiba que temos pressa.

E Sette emendou:

— Verdade, e buscamos o antigo fosso.

— Não se preocupem, vocês estão no caminho certo. Quando a floresta acabar e passarmos pelas barreiras de pedra e aço, chegaremos à prisão antiga. — E, com o fim dessas palavras, o Marechal chamou: — Ei! Ei! — Mais dois cavalos com armaduras completas surgiram, e o cavaleiro emendou: — Seremos três contra um exército de almas amaldiçoadas e criaturas vis, então devemos ser rápidos. Precisamos seguir lutando ferrenhamente e fugindo como se nossas almas dependessem disso. Agora montem em seus cavalos e sigam-me floresta adentro.

Seguindo o conselho, Edward e Sette montaram em seus cavalos e seguiram de perto o Marechal, que trotava em silêncio rumo à floresta amaldiçoada. A madrugada era fria e seguia macabra, pois os gritos de socorro vindos das árvores eram arrepiantes, e de vez em quando dezenas de corpos enforcados apareciam e depois sumiam em relance, pendurados nas árvores retorcidas.

Diante daquelas cenas de puro horror, Sette, arrepiado por todo o corpo, perguntou:

— O que houve? Por que tanta dor? Tanta loucura?

— As seitas devoram-se, pois as almas há muito buscam esperança. — Em seguida, Cassius continuou a contar a história sinistra, o ciclo interminável das almas que buscavam por perdão: — Por serem amaldiçoadas e condenadas a permanecer nesta terra, a loucura consumiu-as, até que elas perderam a humanidade por completo, esquecendo-se do que foram um dia. Então, seitas e facções surgiram, criando uma ordem no intuito de as almas permanecerem unidas a um propósito e dando-lhe uma impressão de vivência ou futuro.

"Estamos indo para a prisão, passaremos pelo território da Seita de Télemã. Se eu estiver certo, eles já sabem que estamos aqui e com certeza estão se preparando para possuir nossas almas. Mas o pior é que, se eles têm essa consciência, em simultâneo a Facção dos Subjugados, a Doutrina de Aramês e o Bando do Galgal também virão para cima de nós com força. Teremos de ser rápidos e lutar com tudo que temos. A madrugada vai ser quente e, se morrermos nessa floresta, nossas almas serão tomadas por nossos inimigos.

— Entendo, então estamos em perigo mortal — retrucou o jovem caçador.

Cassius continuou, com o mistério a consumir sua voz:

— Quando virem as almas retorcidas e tortas, que se deformaram e continuam a se transformar, entenderão o que digo. São criaturas vis que perderam a humanidade tanto na aparência quanto na psique.

— Entendo. Entendo. Mas, pelo que deduzi quando ouvia a história deste lugar, as lendas contam que somente as almas em pecado mortal ficaram presas nesta terra, e creio que você seja uma delas. Estou certo, cavaleiro? — questionou Edward, duvidando da índole do cavaleiro.

Ao ouvir a pergunta do mago, Cassius ficou em silêncio, tentando amenizar a verdade que seria dita. Entretanto, sem se conter, ele falou sobre si e sobre o passado obscuro que o rodeava:

— Fui um marechal, e muitas vezes decisões difíceis e injustas fizeram parte da minha rotina. Em guerra, matei inimigos sem piedade e sacrifiquei aqueles sobre o meu comando para ganhar batalhas e subir na hierarquia de meu país. Fui infiel com minha esposa, com minha família. Eu me esqueci de Deus e neguei o amor d'Ele, rendendo-me ao pecado. Hoje, sou uma alma penada, um espírito sem propósito, que luta por perdão. Errei e só hoje vejo a consequência do pecado que cometi, mas é como disse antes: eu me arrependi, e essa é a maneira que encontrei de me redimir.

Ao ouvir a verdade, os dois viajantes ficaram em silêncio, remoendo no coração a incontestável certeza de que todos somos pecadores e somente a misericórdia de Deus pode nos salvar. Seguiram presos em pensamentos etéreos sobre o inferno, o paraíso e a misericórdia. Por fim, algo os incomodou.

A floresta seguia quieta, quieta até demais. E isso torturava os viajantes e lhes causava angústia. Mas, buscando entender o que acontecia, Sette perguntou:

— Por que o silêncio? Por que tudo ficou tão quieto de repente?

E Cassius respondeu:

— Eles sabem que estamos aqui, e o silêncio existe porque se preparam para a guerra. A multidão de transformados reúne-se e vem com tudo.

Com o fim das palavras do Marechal, a preocupação tomou o coração do mago, que perguntou:

— Pela forma que diz, encontraremos um exército de espíritos. Então, se isso é verdade, como daremos conta de uma multidão tão grande?

— Se vamos ao Fosso, quer dizer que encontraremos pelo caminho as antigas proteções da prisão de Vermont, as barreiras de pedra e aço que isolavam a área externa do farol. Seus cavaleiros ainda lá residem — falou Cassius, com altivez. — De acordo com o que avançamos, essas barreiras vão nos proteger, deixando as almas presas atrás de nós.

— Mas como uma proteção física vai nos afastar de seres não corpóreos? — indagou Edward.

O Marechal respondeu, com seriedade:

— E quem disse que eles não caminham entre nós, valendo-se de carne e sangue? — Em seguida, Cassius olhou para trás, encarando o mago e o caçador, os quais, por uma breve fresta na armadura, observaram que o Marechal tinha um olho vermelho como o sangue e outro azul como o mar. Após encarar seus companheiros, a alma penada gargalhou diabolicamente e afirmou:

— Não confie nos segredos e nas artes obscuras de um Paladino, aqueles que mesclam força e magia, brutalidade e inteligência.

Após as palavras do guia amaldiçoado, Edward arrepiou-se por completo e ficou em silêncio, pois sabia que a arte de ser um mago da classe Paladino era para poucos. Com o fim da conversa, a qual havia mostrado seu valor, todos seguiram pela floresta amaldiçoada, que permanecia quieta ao extremo.

Quanto mais adentravam a floresta diabólica, calafrios arrebatavam os viajantes, que sacaram suas armas esperando pelo pior. Seguiram assim por alguns minutos, até que uma criança meiga, vestida de branco e de cabelos negros, parou à frente dos três, impedindo-os de continuar.

Com um sorriso meigo e diabólico, ela começou a dizer:

— Vocês vieram brincar! Eu sei que vocês vieram brincar! — Em sequência, seu rosto começou a pegar fogo, em uma cena horrível, e ela saiu gritando floresta adentro. Quando a garota desapareceu, gargalhadas pesadas como a de um espírito possuído surgiram no espaço.

Diante do acontecido, Cassius olhou ao redor e em tom de urgência disse:

— Começou! — Então, das árvores próximas, cinco corpos mutilados, com dentes afiados e olhos sedentos por sangue, pularam sobre os viajantes como animais, atacando-os com as mãos nuas e dando início à loucura, à fuga frenética até a prisão dos apodrecidos.

Sette, que seguia com o arco em mãos, num instante acertou três com flechadas na cabeça, e o mago, com o cajado, despedaçou os outros dois. Naquele momento, o cavalo de Cassius empinou e saiu em disparada. Então, seguindo madrugada adentro, eles fugiram a mil pela floresta macabra, enquanto criaturas estranhas começaram a surgir, perseguindo-os pela copa das árvores.

Sette e Edward cuidavam da retaguarda, alvejando a multidão de inimigos apodrecidos que surgiam de todos os lados, pulando sobre eles como animais desvairados à procura de carne humana. Em pouco minutos, os viajantes que fugiam alucinados começaram a ser cercados por uma horda de mortos-vivos, que se espremiam e avançavam freneticamente, no encalço dos três.

Os dentes daquelas criaturas eram pontiagudos, e todas elas estavam nuas. Jovens, crianças, mulheres e idosos mesclavam-se, criando uma multidão enraivecida que buscava sangue a todo custo. Sua pele não existia e seu olhos eram vermelhos e seguiam vidrados nas presas, trazendo desespero a Edward e Sette.

A adrenalina tomava as veias dos viajantes, os ataques vinham de todos os lados. Cassius, acelerando ao máximo com seu cavalo e escudo, sacou a lança e, imbuindo-a de energia, abriu caminho diante de uma infinidade de zumbis e corpos mutilados, que se aglomeravam em massa, despedaçando e empalando os que estavam no caminho.

Como uma flecha, aqueles seres cortaram a madrugada, mostrando que os cavalos eram amaldiçoados, e avançavam com o ódio a consumi-los. Até que então rapidamente Edward, Sette e Cassius ganharam distância dos inimigos e chegaram a um campo aberto.

No descampado, os três viram ao longe o grande farol de pedra, do qual emanava uma aura escura e medonha no horizonte. Mas, enquanto olhavam hipnotizados para seu destino, foram surpreendidos por seres metade homem, metade cavalo, que avançavam com armaduras negras abarrotadas de espinhos.

Aquelas criaturas estavam em cinco e com rapidez avançavam, como se o chicote de seu mestre estivesse estralando nas costas. Berrando como loucos e bufando freneticamente, aproximaram-se com velocidade.

Os disparos do mago e as flechas de Sette de nada adiantavam, pois a espessa blindagem de seus inimigos os defendia, ricocheteando para o horizonte os ataques dos viajantes. Por fim, Cassius pegou, uma em cada mão, duas bestas que estavam no cavalo. Em seguida, acertou um dos inimigos com dois tiros seguidos, transformando a cabeça dele em fumaça. O cavaleiro então gritou:

— Vocês têm de acertar disparos explosivos em sequência, só assim vão vencer a blindagem reativa!

Seguindo alucinados e ouvindo o conselho do antigo Marechal, Edward e Sette começaram a trocar ferrenhos disparos contra os inimigos, causando danos na pesada blindagem dos centauros de aço. Em contrapartida, os centauros se dispersaram e, usando bestas, começaram a contra-atacar com disparos traçantes de pura energia.

Seguia frenética a busca pelo fosso amaldiçoado. Os viajantes atiravam e se abaixavam, enquanto os centauros contra-atacavam à distância e mudavam de posição. Vários deles começaram a surgir como uma praga, deixando os viajantes em desvantagem de um para dez.

Quando percebeu que logo os três seriam cercados, Cassius gritou:

— Acelerem, a floresta está perto! — E, com os cavalos bufando como loucos, eles adentraram a floresta a mil e se misturaram com as árvores secas que estavam pelo caminho, amenizando a pressão do ataque inimigo.

Preocupado com o rumo que aquela frenética fuga tomava, Edward gritou, enquanto, abaixado, escondia-se dos disparos dos oponentes:

— Cassius, qual é o plano? Pois, se continuar assim, vamos cair!

E o Marechal, sem olhar para trás, respondeu:

— Estamos quase na muralha! Estamos chegando! — Então, sem outra opção a não ser seguir, os três continuaram abaixados e, entre as árvores, fugiam dos disparos intermináveis, com o coração acelerado. Por fim, a pressão estava a mil, e eles saíram da floresta e chegaram a um amplo descampado. À frente, a cerca de três quilômetros, viram uma enorme muralha negra, com um grande portão de aço vermelho.

Mas, atraindo ainda mais desespero sobre os viajantes, gigantes apodrecidos com grandes maças e armaduras pesadas surgiram pelos lados, berrando como loucos desvairados, em busca de carne humana.

As criaturas de tom diabólico avançavam, cortavam o vento com velocidade e, ao ter os intrusos próximos a eles, partiram com tudo para o ataque. Suas maças zuniam pela madrugada, enquanto os viajantes seguiam desviando abaixados, pressionados pela quantidade de inimigos, os quais os mantinham na defensiva.

Então, quando estavam perto o suficiente da muralha, Cassius pegou um bastão de madeira no lado de seu cavalo e, ao apontá-lo para os céus, sete disparos de luz surgiram, como um sinal.

Após isso, os portões da muralha, antes selados com ramos de trepadeira seca, começaram a se abrir, estalando e rangendo, e do lado de dentro apareceu uma névoa branca, criando suspense. Ao mesmo tempo, do alto de suas paredes e por todas as frestas do muro, cavaleiros armados com flechas acesas com um estranho fogo verde surgiram e alvejaram os inimigos que se aproximavam.

As flechas rasgavam a madrugada com potência e penetravam a armadura dos centauros e gigantes como faca na manteiga. Vários deles caíram, um a um, enquanto os que restaram debandaram rapidamente em retirada, sem olhar para trás e uivando em sofrimento.

Em sequência, acelerando ao máximo, Sette e Edward rasgaram a névoa e adentraram o portão da muralha depois de Cassius, sem medo do que poderiam encontrar.

Quando entraram, chegaram a um grande pátio escuro e triste, com uma pequena fogueira. Sentado ali, estava um altivo cavaleiro abraçado a uma espada. As paredes da muralha eram negras, e a escuridão reinava naquele lugar, enquanto trepadeiras de ramos secos e escombros davam um ar de abandono para a fortaleza.

411

dward, Sette e Cassius chegaram acelerados e, vendo a fogueira e o cavaleiro à frente, pararam bruscamente, com uma estranheza a consumi-los.

Ao ver os viajantes, o cavaleiro fantasma continuou quieto, com o mistério a envolvê-lo. Por fim, Cassius respirou fundo e disse com autoridade:

— Pedimos passagem pela muralha e seguimos à procura da torre dos apodrecidos.

Ao ouvir Cassius, a alma penada respondeu sem olhar para ele:

— Foram vocês que acenderam as luzes? Foram vocês que pediram ajuda?

— Sim, sou Marechal Cassius Francisco e peço passagem até a prisão! — respondeu o cavaleiro com seriedade.

— Se é a morte que procuram, sigam em frente, não os impedirei de perder suas vidas — afirmou o cavaleiro da muralha, que continuava abraçado à espada e fitava a brasa. Ele emendou, com firmeza: — Mas, se dão valor às suas almas, deem meia-volta e fujam.

Cassius o olhou com seriedade e perguntou:

— Mas por que diz isso?

E a alma penada, ainda sem olhar diretamente para o Marechal, respondeu:

— As almas desta parte da muralha não são como as que vocês encontraram. Em vida, elas eram demônios e agora, na morte, transformaram-se por completo neles. Aqui, elas marcham em conjunto e com certeza sabem que vocês estão aqui. Elas seguem ordens, são inteligentes e passaram por tal mudança, que se tornaram mortais ao extremo. Infelizmente, sozinhos vocês nunca vão conseguir.

— Avançaremos como uma flecha e seguiremos sem pausa, nada pode nos parar agora — declarou Cassius, com extrema seriedade.

Mas o cavaleiro que estava perto da fogueira olhou para o Marechal com altivez e retrucou:

— Eu sou o coronel desta muralha. Eu sou Alexander Pryos e conheço bem o que reside dentro destes muros, pois por noites a fio enfrentei as almas que buscam fugir dos meus domínios. Esse é o meu trabalho, essa é a minha sina. Por isso, digo com propriedade: aquilo que enfrentaram não reflete o que vão encontrar.

Com o fim dessas palavras, Cassius e Alexander ficaram se olhando em silêncio, como se tentassem achar uma solução entre si. O suspense emanava no ar, enquanto uma escuridão sinistra parecia entremear as paredes da guarnição.

Sette, movido pela emoção, tomou a frente e falou:

— Entendemos a gravidade da situação, mas precisamos passar. O mundo depende de nós. Não temos o luxo de falhar.

Edward, vibrando na mesma frequência, completou:

— O caçador diz a verdade, não temos outra escolha. Nós somos a esperança que ainda resta. — Em sequência, tentando comover a alma penada, declarou: — Vocês já foram homens um dia, já tiveram esperança. Já tiveram sonhos.

Alexander, ao notar a coragem dos viajantes, gargalhou levemente e, diante de um anseio nostálgico a tomar-lhe a alma, respondeu:

— Ainda temos esperança, não nos esquecemos de como é ter fé. Esperança não é algo que só se tem em vida. A esperança é algo que nos move e não nos deixa perder a razão. Mas a esperança dos vivos é diferente da nossa, pois há muito tempo esperamos uma oração. Há muito tempo esperamos uma esmola por nossas almas. Gestos simples que consolam o espírito. Gestos simples para os quais, em vida, viramos as costas.

Sette, ao ver a agonia que tomava conta daquela pobre alma, olhou o cavaleiro com seriedade e fez uma promessa. A promessa de uma oração:

— Se é por oração que esperam, oferecei a liturgia das horas por dez anos em seus nomes. Se é por esmola que pedem, oferecei ouro, incenso e moeda pedindo por suas almas. Mas precisamos de ajuda, não podemos parar.

Depois de ouvir a oferta, Alexander se levantou, enquanto do alto das construções e por todos os lados cavaleiros começaram a surgir, movidos pela esperança, em uma comovente cena de almas esquecidas que buscavam por perdão.

Naquele momento tão esperado, todos ficaram em silêncio, com a apreensão a consumi-los. Até que então Alexander respirou fundo e disse:

— Não brinque conosco, por favor. Não minta para nós. Não nos dê falsas esperanças. Há muito esperamos por uma simples oração que seja, mas há tempos ninguém se lembra de nós.

Mas Sette, com extrema seriedade, olhou para o coronel com os olhos semicerrados e afirmou:

— Essa é a nossa promessa. Eu nunca brincaria com isso! — Enquanto ele dizia essas palavras, os três foram cercados por vários cavaleiros, almas esquecidas que lutavam por redenção.

A palavra "oração" despertou naqueles seres coragem, força e compaixão. Então, com todos os quatrocentos e onze cavaleiros reunidos, Alexander respirou fundo e gritou:

— Esse é o nosso momento! Valeu a esperança que guardamos no coração! — E continuou: — Em ordem de batalha! Formação de escolta! Temos uma missão, e o pagamento é mais do que merecido! As guarnições do Leste e do Oeste devem se unir a nós. Os mensageiros devem partir imediatamente e avisar que precisamos de apoio nos flancos e que o pagamento será ouro, incenso e moeda para nossas almas, além de dez anos de oração em nossos nomes. Eles devem partir às três da manhã, e no centro da floresta nos encontraremos para a batalha.

Os mensageiros partiram, e os vários cavaleiros que ali estavam vibraram de alegria e começaram a cantar canções de batalha, balançando as paredes daquele lugar. Movidos por essa inspiração, seguiram pela guarnição e se armaram ao extremo, no intuito de enfrentar o inferno.

Todos montaram em seus cavalos de guerra e levavam consigo de duas a três espadas, além de adagas imbuídas em magia, escudos pesados, de quatro a cinco lanças longas, bestas de guerra e arcos longos. Também havia munições pesadas, como esferas incendiárias, esferas de gás venenoso e esferas explosivas. Enquanto se armavam, cantavam marchas de guerra e se aqueciam com cânticos de vitória e salmos de batalha.

Uma atmosfera eufórica tomava a alma de todos, e a tropa dos cavaleiros amaldiçoados fazia o chão tremer com o trotar de seus cavalos, os quais se reuniram num grande pátio com as pesadas nuvens a encobri-los, diante do portão de saída. Sette e Edward participavam daquela marcha fantasma com apreensão, e em seu íntimo aguardavam a tudo com extrema ansiedade.

Mas, quando a última canção foi cantada e o silêncio reinou, Alexander se colocou no meio dos cavaleiros e com altivez disse:

— Às três horas da manhã iniciaremos a marcha até o Fosso. Todos os esforços devem ser feitos para que os convidados cheguem à antiga prisão, pois eles são a nossa esperança. Agora, falta meia hora até as três. Então devemos aguardar em silêncio, concentrando-nos totalmente na missão.

Assim, todos se aconchegaram, e tanto Cassius quanto Alexander se aproximaram dos viajantes e ficaram quietos, até que o coronel fez as perguntas que intrigavam os presentes:

— O que está acontecendo com o mundo? Qual é o motivo de estarem aqui? — Após essas perguntas, todos os cavaleiros voltaram a atenção aos viajantes, tentando entender o que estava ocorrendo.

Então, Edward e Sette se uniram e contaram o que se passava no continente e a escuridão que pairava sobre o mundo. E foi só após isso que eles entenderam que toda a humanidade dependia de seus esforços. Todos os cavaleiros ficaram abismados com a história contatada, mas isso os motivou ainda mais, pois a recompensa para suas almas seria grande.

Em sequência, ainda perplexo com o que havia sido contado, Cassius falou:

— Então, isso é maior que todos nós... — Mas, quando o Marechal fantasma ia terminar seu pensamento, sinos badalaram no horizonte, mostrando a todos que as três horas da manhã havia chegado.

Sette e Edward ficaram sem entender de onde o badalar fantasma vinha. Vendo, porém, ser a hora marcada, Alexander ergueu a voz mais uma vez:

— Chegou a hora!! Vamos com tudo, não podemos parar. Em vida treinamos e ainda hoje sabemos como fazer! Aos seus postos, e sigam em frente sempre. Vamos! Vamos!

A partir disso, todos cantaram canções sobre guerra, redenção e morte. Saíram em fila pelos portões e se colocaram em posição de batalha, dividindo-se em três filas. No centro da última, protegidos por todos os cavalos e cavaleiros, estavam Cassius, Edward e Sette.

As flâmulas de batalha balançavam no ar, e Alexander, que estava no centro da formação, protegendo os viajantes com seu corpo, falou com altivez:

— Seguiremos marchando em formação até a floresta e, quando entrarmos lá, avançaremos com tudo que temos. Devemos dispersar para confundir o inimigo, que deve atacar com tudo o que eles têm. Mas, independentemente do que os perseguir pela floresta ou do que estiver à frente, é essencial continuar sempre avante. E não se esqueçam: se forem capturados, vocês devem se autodestruir para não serem transformados. — A última frase foi para os cavaleiros fantasmas.

O coronel continuou:

— Quando sairmos da floresta, os viajantes devem seguir em frente, com a terceira linha ficando para trás, contendo os ataques da retaguarda. A segunda linha deve se unir à terceira e proteger os flancos, enquanto a primeira deve se dividir, formando duas linhas, e seguir em V pelo descampado, cortando a segunda faixa da floresta como uma flecha. Os viajantes não devem reagir, devem sempre seguir em frente, sem se importar com o que acontece ao redor. Independentemente do que virem, amanhã às três da madrugada, a esta mesma hora, estaremos amaldiçoados a renascer em nosso posto de comando. —Alexander gargalhou como um ser amaldiçoado, mostrando a todos que ele era uma alma penada. Seguindo seu exemplo, todos que ali estavam gargalharam da mesma forma, causando um arrepio extremo aos viajantes.

Ao fim das risadas, Alexander ergueu o braço e deu a ordem:

— Avancem! Batalha! Avancem! — E lentamente as linhas começaram a avançar rumo a uma floresta densa, a uns oitocentos metros à frente. À medida que a tropa avançava, as árvores começaram a ser povoadas pela névoa.

Mas, desafiando as criaturas que espreitavam na escuridão, Alexander gritou:

— A névoa não me assusta. É uma alma penada que avança! — E gargalhou como um louco, enquanto a tropa gritava ordenadamente: "War! War! War!". E o gritos faziam o chão tremer e enchiam de orgulho o espírito do coronel.

Impulsionada pelos gritos, a tropa avançou sem medo e Alexandre gritou, aproveitando-se da moral elevada:

— Destruam as árvores! Destruam as árvores!

Então, o líder de cada linha deu a ordem:

— Espaçar e atirar! Espaçar e atirar! — Daquela forma, as três linhas em sincronismo abriram espaço, secaram os arcos e começaram a disparar flechas traçantes a esmo, destruindo as árvores à frente. Em sequência, gritos de horror começaram a surgir das árvores, mostrando que os cavaleiros haviam atingido algo.

Eles avançavam em trote lento e alvejam com potência as árvores no caminho. Até que então, quando faltavam alguns metros para a floresta, Alexander gritou:

— Escudos! Escudos! — Então os cavaleiros pegaram os escudos e as lanças, enquanto avançavam. O coronel gritou: — Vão! Vão!

Arrancando com fúria e impulsionados pelo ódio, aqueles seres seguiram como o vento e, sem se importar com a formação, entraram na floreta negra, passando com extrema velocidade por árvores mortas e galhos caídos.

Mergulharam com tudo no desconhecido e continuaram a avançar, como se suas vidas dependessem daquilo. Mas, alguns segundos depois, o inferno caiu sobre eles, pois homens, mulheres velhos e crianças de corpos mutilados e psique destruída partiram para cima dos cavaleiros como animais, perseguindo-os com tudo. Movidas pelo cheiro de sangue e sedentas por carne, as almas transformadas iniciaram o primeiro contato, avançando desvairadas.

Seus olhos brilhavam no escuro, mostrando que eram criaturas da noite. Seus gritos faziam os viajantes se arrepiarem. Aquelas criaturas eram rápidas e rugiam em busca de carne e ossos. Logo, a multidão de zumbis que os perseguia começou a cercar Cassius, Edward e Sette, e o primeiro gargalhou pesado, dando a ordem:

— Queimem todos!! Queimem todos!!

Então, usando arcos e bestas, os cavaleiros atacaram com tudo, destruindo a horda de apodrecidos que surgia pelos flancos. As flechas dos cavaleiros rasgavam os inimigos como papel, enquanto o exército aliado dos viajantes acelerava a mil pela floresta, que pouco a pouco era tomada pela neblina.

Aproveitando-se da névoa e transparecendo inteligência mínima em seus movimentos, os mutilados começaram a surgir das árvores, atacando os cavaleiros por todos os lados.

Sette e Edward seguiam abaixados, com o medo a consumi-los, pois a neblina não os deixava enxergar um palmo à frente do nariz. Corroborando ainda mais com a tensão do momento, pesadas explosões foram ouvidas, transformando a escolta em uma zona de guerra.

As explosões eram granadas incendiárias usadas pelos cavaleiros, e os gritos de dor dos apodrecidos que sucumbiam fizeram os heróis estremecerem.

Os cavaleiros seguiam sempre em frente, destruindo todos que se punham em seu caminho. Eles limparam a floresta por completo, num massacre brutal, destruindo sem piedade os transformados que os perseguiam. Restavam apenas poucos, que fugiram gritando de dor e medo.

Vencendo esse primeiro embate, um sorriso surgiu no rosto de todos, enquanto o exército seguia rápido pela noite macabra, que parecia não ter fim. Mas, quando os presentes saíram num grande descampado completamente envolto pela neblina da madrugada, Alexander parou imediatamente e gritou:

— Manobra de batalha! O plano mudou! Formação parede de escudo! Cavaleiros de assalto à frente, escudos em riste e lanças em punho!

"Segunda linha, arqueiros de combate, concentrem-se para um ataque de extrema potência, e preparem-se para o tudo ou nada!

"E terceira linha, suporte. Paladinos na retaguarda, e sem demora vocês devem iniciar encantamentos defensivos para a primeira linha e encantamentos de potencialização para a segunda linha! — Essa foi a última ordem de Alexander, que olhava para neblina com espanto.

Guerra!

Num instante, os cavaleiros manobraram em completa sintonia. Com a formação pronta, todos ficaram apreensivos, olhando para o horizonte enquanto uma atmosfera sombria dominava a alma dos viajantes. Até que então, com a neblina a se dispersar lentamente, ao longe se viu a silhueta de três mulheres, vestidas da cabeça aos pés.

Uma estava de branco, com uma coroa na cabeça. Essa era a noiva.

A outra estava de preto, e na cabeça também havia uma coroa. Essa era a viúva.

E a outra mulher, que também tinha uma coroa sobre si, era a virgem, e ela vestia vermelho.

Todas as três mantinham seus rostos velados, trazendo um ar sombrio sobre elas.

Os viajantes, ao verem as mulheres com a alma em danação, arrepiaram-se. Em sequência, a noiva tomou a frente e gritou de dor e agonia. Enquanto seu grito ecoava no horizonte, a neblina se foi, e todos puderam ver a força de ataque dos amaldiçoados, que vinha para o tudo ou nada. A força era macabra, sete vezes maior que a dos cavaleiros de bom coração.

    Na frente, estavam as mulheres amaldiçoadas, e atrás uma legião de almas apodrecidas, feras de forma humanoide sem pele e de corpo avermelhado. Estes se mantinham de quatro como cães, e nas mãos garras de ferro eram suas armas principais. No rosto, dentes pontiagudos e espessos traziam um ar de demônio para aquelas criaturas, que, sem os olhos e com o cérebro à mostra, perseguiam as vítimas pelo cheiro.

    Na linha de frente, criaturas estranhas, metade homem, metade crustáceo, uivavam de dor e desespero. Suas seis patas eram pontiagudas, e o corpo era protegido por aço e ferro. No rosto, havia um sorriso sarcástico, e a aparência humana fora embora há muito, pois carne e aço se mesclavam em algo arrojado e aterrorizante. Nas mãos, lanças pontiagudas e espadas afiadas eram a ameaça, e aquelas criaturas deviam ter quase três metros de altura e quatro braços.

    Na retaguarda, um gigante com quase sete metros de altura, metade homem e metade cobra, sorria diante daquele momento. Em seu corpo, uma bela armadura dourada e uma grande foice reluzente mostravam que ele era um potente inimigo. Ele era o príncipe, de nome Armaduck, filho da viúva, a qual era casada com o Senhor dos Apodrecidos.

    Ao lado do príncipe, duas criaturas estranhas faziam parte da retaguarda, demônios de asas curtas, pernas pequenas e quadris largos. Seus abdômens eram exuberantes e a pele de seus corpos, cobertas por um pelo espesso e negro, em conjunto com uma armadura reluzente, a qual protegia algumas partes do corpo.

    Na cabeça daquelas criaturas, havia chifres, enquanto um sorriso sarcástico lhes tomava o rosto. As mãos, aliadas aos quatro braços, traziam duas grandes massas de ferro. Eles eram irmãos gêmeos da viúva, Karin e Nirak.

E, na retaguarda de todos, na última linha de defesa, uma árvore com mais de vinte metros de altura e tronco espesso, tomada por galhos secos e negros que se moviam em uma dança macabra, trazia almas enforcadas pedindo por ajuda, criando um coro diabólico em toda a sua extensão. De suas raízes, sangue escoava para a terra podre.

O tronco da árvore era cascudo e espesso, e suas raízes, profundas e negras. E a grande árvore macabra era pai e senhor de todos eles, o Lorde das Trevas, o Príncipe do Caos, Cananium.

Ao observar a força inimiga, Alexander sorriu e disse:

— Eles vêm com tudo! Mas eles se esqueceram de que somos como eles, não podemos morrer, por isso não temos medo de nada.

Enquanto dizia essas palavras, porém, algo estranho aconteceu: os inimigos, que choravam e uivavam como loucos, ficaram em silêncio e se voltaram para a árvore, como se estivessem hipnotizados.

Naquele silêncio, surgiu da árvore macabra o grito estridente de uma mulher possuída, e em consequência o céu se abriu, mostrando uma lua vermelha. E então um raio laranja-avermelhado vindo da árvore cortou o firmamento, abrindo uma fenda gigantesca. Dali apareceu um olho gigante de íris vermelha como o do diabo, e uma energia estranha consumiu os apodrecidos, tornando-os agressivos e cheios de energia, dando-lhes força e violência.

Ao observar o olho macabro e as criaturas vis e deformadas que os atacariam, os viajantes ficaram sem palavras e se arrepiaram ainda mais, imaginando como seria o Inferno. Um mal-estar pesado os dominava, enquanto eles pareciam não acreditar no que viam diante de seus olhos.

Chamando a atenção de todos, disparos de luz tanto do leste quanto do oeste brilharam no céu. Com o brilho dos vários sinalizadores, a tropa que de frente encarava os mortos-vivos gritou de alegria, pois o apoio acabara de chegar.

Cavalgando rapidamente e em exímia sincronia, os cavaleiros do Leste, comandados pela Capitã Catharina Aldova, uniram-se à formação, constituindo três grandes fileiras. E do Oeste os cavaleiros liderados pelo Capitão Darius Moratori também se colocaram à disposição do Coronel Alexander. Assim, a tropa dos cavaleiros fantasmas se transformou em quase dois mil combatentes, 1.981 cavaleiros e cavalos, para ser mais exato.

Os três líderes se reuniram e se cumprimentaram com um leve aceno de cabeça, e Catharina disse:

— As Hostes do Inferno nos encaram frente a frente. Eles vêm com tudo, mas acredito que, com a força que temos, de forma alguma podemos vencer.

Alexander olhando a ambos nos olhos, com seriedade continuou:

— Não temos nada a perder. É sério, que se foda tudo e todos. Que se fodam as estratégias, que se fodam nossas antigas lições de combate. Amanhã, às três da manhã, nesta mesma hora, estaremos condenados a retornar, estaremos condenados a renascer em nossas guarnições. Então, se é o inferno que eles querem, daremos uma amostra do que podemos fazer.

Absorvendo essa ideia com todas as forças, Darius, após uma gargalhada diabólica, sorriu como um louco e afirmou:

— Alexander tem razão! Ele tem razão! Chegou a hora do embate dos embates, de nos sacrificarmos pela tão sonhada oração que há muito buscamos. O momento chegou! Vamos com tudo! Vamos de frente! Vamos sem estratégia! Guiados pela loucura, movidos apenas pela carnificina, e nada mais.

— Entendo, entendo! Se é assim, seguindo a loucura e buscando o avanço dos viajantes a todo custo — falou Catharina —, vamos mandar a primeira linha para um ataque frontal, um ataque suicida, um ataque do qual não se retorna. Enquanto isso, pelos flancos, nós nos dividimos e atacamos com lanças e flechas. Enquanto a loucura e a carnificina dominam o campo de batalha, escolheremos sete cavaleiros, os mais habilidosos entre nós, os melhores, para abrir caminho pelo lado, seguindo por toda essa loucura, até a prisão dos apodrecidos.

Com o fim das palavras de Catharina, gargalhadas diabólicas vieram dos três, mostrando que abraçavam a mesma ideia, a ideia de um suicídio em massa, de um sacrifício desvairado em prol da oração com a qual tanto sonhavam. Seguindo então o plano, Alexander gritou para a linha de frente:

— Primeira linha! Sinalizadores! Sinalizadores!

E eles todos gritaram:

— Morte!

Em sequência, todos pegaram os sinalizadores. Ao acenderem, estes emanaram uma luz vermelha muito forte, junto com uma enorme quantidade de fumaça da mesma cor, que escondeu todo o exército dos cavaleiros.

Com a onda de fumaça a tomar conta do exército, os cavalos começaram a agir de maneira diferente. Ficaram inquietos, ensandecidos, seus olhos se avermelharam, a boca se encheu de espuma. Os cavaleiros, ao inalarem aquele gás que se propagava no ar, também foram tomados por um ódio animalesco, que só seria saciado com a morte do inimigo.

Vendo que tudo estava quase consumado, Alexander deu a ordem:

— Segunda e terceira linhas! Atenção! Atenção! Com o avanço suicida da primeira linha, vocês devem se dividir pelos flancos, avançar a uma distância segura e atacar com flechas para nos dar cobertura. Enquanto isso, eu, Catharina e Darius seguiremos com os viajantes até a prisão dos apodrecidos. — O Coronel continuou: — Após o primeiro movimento, o segundo em comando, o Major Valmont, vai guiar vocês para a vitória. Agora se preparem, pois o alívio para nossas almas está por vir, e nada e nem ninguém pode nos parar agora.

Com o fim dessas palavras, gritos de vitória fizeram o chão tremer, trazendo euforia e coragem. Ouvindo as ordens do Coronel, Sette, Cassius e Edward ainda estavam incrédulos com tudo o que acontecia e foram para trás da formação, enquanto Alexander, Darius e Catharina ficaram à frente com mais quatro cavaleiros, formando o esquadrão de sete.

Percebendo que o momento havia chegado, Alexander deu a ordem:

— Primeira linha, ataque! Ataque! — Então, com os sinalizadores ainda em punho, a primeira linha jogou os instrumentos para frente, criando uma cortina de fumaça que encobriu a todos.

Os apodrecidos, diante do movimento, arrepiaram-se e ficaram em prontidão. A noiva, que estava à frente de todos, gritou de maneira arrepiante, como um animal. Quando ouviram o som grotesco, todos se colocaram em alerta.

O silêncio reinou no campo de batalha por alguns segundos, mostrando que a hora da carnificina tinha chegado. Mas, após isso, escutou-se um enorme coro gritando:

— War! War! War!

Em sequência, com sangue nos olhos e partindo a toda velocidade, os cavaleiros cortaram a fumaça vermelha e avançaram em V, rumo à horda dos apodrecidos.

O exército fantasma preparou-se para a batalha: a primeira fila foi de encontro aos cavaleiros. Mas, valendo-se de energia e potencializados pela fumaça vermelha, os cavaleiros aceleraram ao máximo e, como um trem desgovernado, passaram por cima dos animais sem pele e garras de metal, como se aquelas criaturas não fossem nada.

O exército aliado dos viajantes vibrou ao empalar os inimigos e dizimar a primeira fila com extrema facilidade. Agindo de impulso, na sequência encontraram de frente o exército dos apodrecidos, rompendo as linhas de defesa e começando uma batalha ferrenha.

Por causa do avançado dos cavaleiros, a segunda e a terceira linha surgiram pelos flancos e atacaram o exército inimigo usando flechas e lanças, dizimando centenas em pouco tempo de batalha.

Muitos caíram, desmembrados pelas espadas e pelos machados de guerra. Os cavaleiros marchavam pesado, sem parar, como um trem desgovernado. Desvairados pelo estranho gás vermelho, lutavam enraivecidos, atacando com energia e potência.

Porém, devido a uma quantidade de combatentes maior, os apodrecidos seguiram em frente e criaram um embate mortífero e brutal contra o exército dos cavaleiros, que ainda tiveram de lutar contra os inimigos gigantes.

O olho diabólico observava a tudo com atenção, enquanto uma carnificina sem precedentes acontecia, mostrando aos viajantes que eles realmente estavam em uma terra apodrecida, esquecida por Deus.

Mas, seguindo em frente e fugindo de tudo isso, Alexander deu a ordem após o avanço dos cavaleiros:

— Avante pelo flanco! Avante! — Quando ouviram o Coronel, todos partiram com extrema velocidade, montados em seus cavalos. Cortaram o campo de batalha em V como um raio. Por fim, deixaram tudo para trás e adentraram uma floresta macabra.

Em rota de fuga pela floresta morta de galhos retorcidos, o pequeno grupo logo encontrou uma trilha que seguia por uma grande vila totalmente abandonada, onde ossos, escombros e sangue eram os elementos que mais chamavam a atenção.

Os cavaleiros avançavam com velocidade, enquanto no horizonte, bem no alto, via-se uma torre negra, o Farol de Vermont, banhado pela lua de sangue. Os viajantes sabiam que agora faltava pouco, por isso continuaram, sem olhar para trás. Sem se importar com o passado.

Mas gritos arrepiantes pelos céus fizeram os heróis estremecerem, então, quando olharam para trás, viram que estavam sendo seguidos por uma revoada de morcegos gigantes, que se aproximava rapidamente. Os animais, vindos do próprio Inferno, tinham uma aparência grotesca, e as presas enormes e os gritos arrepiantes eram os cartões de visita deles.

Os quatro cavaleiros, ao verem a ameça que surgia sobre eles, gritaram:

— AVANCEM! AVANCEM! NÓS CUIDAREMOS DE TUDO! VAMOS, AVANCEM!

Seguindo em frente sem arrependimentos, Alexander, Darius, Catharina e Cassius avançaram para proteger Edward e Sette com o próprio corpo. Os quatro mudaram de direção, então, levando os ratos voadores com eles.

Uma aura medonha dominava aquela madrugada, mas, com o coração a mil, os viajantes tentavam apenas se concentrar no caminho. Cortaram a vila abandonada pouco depois e logo entraram em outra floresta macabra, cheia de árvores mortas e de corpos enforcados, que, dependurados, gritavam por socorro e misericórdia. Então, abençoados pelo coro macabro, chegaram a uma trilha larga e extensa, que fez com que Alexander falasse:

— Agora falta pouco! Essa é a trilha que tanto almejávamos! Logo chegaremos ao Fosso dos Apodrecidos.

Seguiram em alta velocidade pelo caminho obscuro, e agora nada nem ninguém parecia que ia conseguir impedi-los. Mas, após um tempo, uma pesada neblina formou-se na trilha, e todos os seis pararam.

Cassius disse:

— Sinto a presença, elas estão aqui novamente! As três mulheres amaldiçoadas voltaram!

Então, a neblina se foi num instante, sendo levada pelo vento da madrugada. Em sequência, todos puderam ver as três mulheres de antes: a noiva, a viúva e a virgem. A aparição repentina delas assustou os viajantes ao extremo, deixando-os incrédulos.

Diante dos inimigos, Alexander, Darius e Catharina deram um passo à frente, envoltos em uma atmosfera de suspense. Alexander falou:

— Vão! E sigam sem olhar para trás, agora falta pouco!

E Darius completou:

— Sigam sempre em frente! Entrem na floresta e fujam sem parar, independentemente do que os perseguir!

Por fim, Catharina, olhando para os viajantes, prosseguiu:

— Pois estes que nos perseguem eram prisioneiros do Fosso e, quando vocês entrarem em seus domínios, quando chegarem aos portões daquele lugar amaldiçoado, não os perseguirão lá. As almas abominam aquele lugar. E vocês também deveriam ter medo e respeito, porque um acordo escuso foi feito, e coisas estranhas acontecem ali! Agora vão, e sejam a nossa esperança!

Ouvindo os cavaleiros, Cassius acenou com a cabeça, empinou o cavalo e partiu. Edward e Sette o seguiram, embrenhando-se na floresta em alta velocidade, rumo ao Fosso, que agora parecia cada vez mais perto. Após alguns segundos, os três ouviram explosões, e cortes imbuídos com energia destruíram tudo ao redor, mostrando que a batalha contra as mulheres em danação se iniciou.

Faltava pouco, e os viajantes avançavam, sempre observando tudo ao redor, com o coração a mil e medo de que novos inimigos surgissem. Até que sombras, fagulhas e fumaças em forma de crianças começaram a persegui-los em alta velocidade.

Os sorrisos delas eram diabólicos, e como fumaça aquelas criaturas apareciam e desapareciam sobre os viajantes, atacando-os com unhas e dentes. Mas Cassius, usando a espada e algumas explosões de luz (que a própria arma criava), afastou os inimigos, enquanto tudo acontecia freneticamente, em alta velocidade.

Logo várias e várias sombras começaram a surgir, até que um exército se formou, perseguindo-os de maneira ferrenha. Tudo acontecia enquanto uma angústia interminável os consumia.

Entretanto, quando tudo parecia estar perdido, quando o desespero tomava por completo o coração dos viajantes e a esperança já não existia mais, a floresta terminou, e eles se viram diante de um imponente muro, o muro do tão sonhado e ao mesmo tempo amaldiçoado Fosso de Vermont.

Fosso de Vermont

Ao se verem diante do fosso, Edward, Sette e Cassius sentiram que uma aura espessa tomava conta de suas entranhas e, quando olharam para trás, viram as crianças em forma de sombra e luz se afastarem e permanecerem escondidas na floresta, com medo daquele lugar amaldiçoado. Apenas os olhos luminosos e os sorrisos escrachados delas eram vistos pelos viajantes, trazendo uma atmosfera doentia para aquele local.

Vendo que agora nada poderia alcançá-los, Cassius desceu do cavalo e disse:

— Chegamos! Agora vão, sigam seus destinos, que eu os esperarei aqui. — Então, o Marechal juntou alguns poucos gravetos, acendeu uma fogueira e se encostou nos muros do Fosso, ficando pacientemente em silêncio e deixando os viajantes seguirem caminho.

Naquele momento, Edward e Sette, compenetrados na missão, acenaram positivamente com a cabeça e em silêncio continuaram, sem medo do que poderiam encontrar.

De longe era possível sentir a aura obscura que emanava daquele lugar. Suas paredes eram altas, negras e feitas em pedra, e o muro externo formava um perfeito círculo. Além disso, a circunferência daquele local era gigantesca.

Na entrada, havia um pesado portão de aço preto com algumas inscrições mágicas e o brasão do Reino de Vermont. O gigantesco portão que guardava o interior da fortaleza parecia ser impenetrável.

O silêncio naquele lugar era mortal, e ali só era possível ouvir o vento frio que uivava constantemente. Sette e Edward contemplaram a escuridão daquele lugar com espanto e respeito, pois sabiam que aquela prisão era um local amaldiçoado, lar de almas obscuras. Mas, tomando coragem, os dois empurraram com grande esforço o enorme e pesado portão de aço, o qual fez um rangido que tomou conta daquele ambiente.

Ao entrarem, viram diante deles uma pequena ponte de pedra, enquanto ao redor havia um abismo que parecia circundar todo o lugar. Ao chegarem à passagem, tiveram um pouco de receio de cruzá-la. Por fim, o mago tomou coragem e cruzou primeiro, e o caçador o acompanhou. Os passos de ambos eram temerosos, e em suas mentes algo os deixava sempre em alerta. Quando estavam na metade do caminho, os dois começaram a ouvir um coro de vozes em desespero, que pedia por ajuda, perdão e paz, e essas vozes vinham do fundo do abismo.

Concentrando-se apenas na missão, esqueceram o que acontecia ao redor, e logo chegaram ao fim da ponte. Ali, Edward e Sette viram uma longa e estreita escadaria, que os levaria para baixo, rumo à entrada da torre. E em ambos os lados da escadaria havia um gigantesco abismo, igual ao anterior.

Com receio, os viajantes caminharam pela estreita escadaria com extremo cuidado e por todo o caminho foram acompanhados pelo coro de vozes que pedia por misericórdia e paz.

Por fim, chegaram ao grande portão de aço da torre, idêntico ao da entrada da fortaleza. Diante da torre, juntos eles abriram o portão e, ao colocarem os Anéis da Noite Clara, viram um corredor estreito de paredes úmidas e negras, que levava para o centro da fortaleza. Naquele corredor, mal dava para passar uma pessoa.

Sem opção, seguiram cautelosamente pelo estreito corredor de pedra, esgueirando-se como ratos. Caminharam por ali durante alguns minutos, com extrema atenção e medo. O suspense tomava conta de suas almas, e o silêncio e o calor extremo daquele lugar eram atordoantes. Ao mesmo tempo uma atmosfera de morte os consumia.

Quanto mais os viajantes caminhavam para dentro da torre negra, mais abafado e obscuro aquele local se tornava. Preocupado com onde eles estavam, Sette perguntou:

— Realmente estamos no lugar certo?

Edward, compenetrado no caminho, respondeu:

— Creio que sim.

Após a resposta do mago, os dois chegaram ao fim do corredor, que terminava diante de mais uma reforçada e estreita porta de aço negro. Edward, que caminhava à frente, logo a empurrou com cuidado, e, ao abri-la, os heróis viram um espaço amplo com mesas e algumas cadeiras. O local estava repleto de poeira, como se por muito tempo nada tivesse estado ali. Na frente da sala havia uma escada estreita que levava ao topo do farol. E na parede ao lado havia uma grande porta de pedra e aço.

Sette, ao adentrar o lugar, rapidamente caminhou por ali e, vendo que há tempos o recinto estava abandonado, calmamente disse:

— O que faremos agora?

Edward, que observava o local, olhou com coragem para o caçador e retrucou:

— Vamos acender as luzes! — Logo, o mago caminhou para a grande e estreita escadaria que levava ao topo do farol. E ambos iniciaram uma dolorosa e difícil subida.

Seguiram por alguns minutos a muito custo e chegaram ao topo exaustos. Então, os dois viram uma grande sala circular com paredes de vidro. No centro da grande sala, havia um enorme recipiente de aço com madeira de Pinho Celeste, muito resistente, que podia ser consumida pelo fogo por anos a fio sem acabar. Em frente ao recipiente de madeira, estava a lente do farol.

O mago, ao contemplar aquela sala, olhou para Sette com seriedade e afirmou:

— Vamos acender o fogo. Chega de caminhar no escuro.
— Então, Edward afastou-se, pegou o cajado, tocou na madeira, e ela começou a queimar devagar. A luz de todo o local lentamente se acendeu, de cima a baixo.

Os viajantes, ao verem as luzes, pouco a pouco foram tomados por um misto de coragem e alegria. Sette, quando percebeu que a luz estava entre eles outra vez, sorriu e falou:

— Agora podemos continuar.

Edward observou a grandiosidade daquele lugar, lembrou-se da importância de o farol estar aceso e com altivez seguiu dizendo:

— É possível ver este farol de todos os quatro reinos. Isso se você subir na mais alta torre de cada um dos Reinos da Luz. Logo a notícia de que chegamos ao Fosso de Vermont vai se espalhar!

Ao ouvir as palavras do mago, o caçador sorriu largamente e comentou:

— Estamos muito perto agora, nada pode nos... — Mas de repente um urro violento emergiu da escuridão e estremeceu por completo o farol. Um berro pesado, como o de um animal violento, sedento por sangue.

Instantaneamente os sorrisos e a alegria se desfizeram, e Sette, perplexo com o que acontecia, indagou:

— Mas que demônio é esse?!

Edward, que também estava assustado, respondeu:

— Não sei. Mas devemos apenas seguir. Logo saberemos o que nos espera. — Dessa forma, com o coração cheio de dúvidas, os dois desceram a estreita escadaria, chegaram novamente à grande sala e continuaram.

Ao abrirem a pesada porta, eles viram o grande e magnífico Fosso, de quase duzentos metros de circunferência, que estava dentro de uma sala enorme e iluminada, mas estreita por causa da ocupação do local.

Ao olharem para o interior, os viajantes avistaram algumas luzes, mas não o fim do ambiente. Na borda, havia apenas uma escada estreita sem corrimão, que seguia em espiral as paredes do antigo fosso e ia até onde os olhos podiam ver. Quando observaram a escuridão que existia ali, os dois sentiram-se tentados a desistir, consumidos por uma atmosfera de desespero e angústia.

Mas, em silêncio, ambos retomaram a coragem e iniciaram a dolorosa descida.

Guiados pela escuridão

Sette e Edward iniciaram a descida com extrema cautela e silêncio. A escadaria era estreita, e seus degraus eram íngremes e muito próximos. Como o risco de cair era imenso, a atenção era mais do que necessária. Após alguns minutos de descida, a escuridão reinou, e eles tiveram de recorrer aos seus Anéis da Noite Clara.

A loucura daquele lugar lhes infligia a alma, seus sentidos e psique ficavam em alerta ao extremo, deixando-os muito exaustos. O calor e a sensação de abandono os consumiam, e após algumas horas seguidas de descida ambos estavam vencidos pelo cansaço e aconchegaram-se como puderam na íngreme escadaria, ficando em silêncio por um tempo e apreciando uma leve refeição fria. Até que Edward disse:

— Já fomos longe demais e ainda falta muito para chegarmos ao fim.

Sette concordou com um breve aceno de cabeça e continuou:

— Peço perdão pelo que disse antes. Este lugar e tudo que está acontecendo me fizeram perder a razão.

— Nem você nem eu tivemos culpa de nada daquilo. Estávamos sobre o efeito desta terra. Você mesmo viu quanta loucura enfrentamos — respondeu Edward, olhando para o vazio. E ficaram em silêncio por um tempo, relembrando as almas que dependiam de suas orações.

Por fim, Sette, ainda encarando o nada, perguntou:

— Mago, do que você tem medo?

Edward, que até então também olhava para o vazio, fechou os olhos como se estivesse olhando para o próprio interior e respondeu:

— Nunca tive medo do escuro quando criança. Mas, depois de tudo que vi e vivi, aprendi a ter. Quantas e quantas vezes invadimos covis de magos sombrios e encontramos crianças em cativeiro, prontas para o abate? Quantas e quantas vezes invadimos abrigos de Caçadores Renegados e encontramos experiências irreversíveis entre humanos e animais? Tribos canibais banqueteando-se com inocentes? Assassinos que matavam por prazer, quantas e quantas loucuras. Mortes e mais mortes, carnificina e mais carnificina. Tudo isso mexeu muito comigo.

"Pais sacrificando seus filhos por dinheiro. Filhos matando seus pais por fama. Quanta loucura, quanta insanidade. E o que mais me deixa com medo é que muitos eram como eu, pessoas que perderam a esperança, massacrados por um círculo vicioso de violência, podridão e pecado. E se eu for o próximo? — O mago olhou para suas mãos e continuou: — E se a vida me levar a ser como eles? Quando Cristina se foi, a luz no fim do túnel apagou-se para mim. Perdê-la foi o golpe final que me deixou assim, sem fé na humanidade e em dias melhores. Luto para salvar o mundo, mas há muito perdi a fé na humanidade."

— Entendo, consigo imaginar o que você sentiu! Eu também fui assim. Eu também perdi as esperanças quando era escravo. Mas Tereza nunca me deixou desanimar, ela sempre me dizia que dias melhores viriam e me fez prometer que, se eu a amasse de verdade como mãe, eu nunca deveria perder essa esperança, tornando-me um herói, alguém que mudaria corações. E guardo essa promessa comigo. — Quando terminou de dizer aquelas palavras, Sette olhou nos olhos do mago seriamente e disse, com toda a sinceridade: — Eu serei esse herói um dia, alguém que vai unir verdadeiramente os corações. Mas, enquanto esse dia não chega, começarei por você, mago. Eu vou trazer de volta a esperança que você perdeu.

As últimas palavras do caçador foram ditas de maneira espaçada, com autoridade e poder, e elas ecoaram profundamente em Edward, deixando-o sem ter o que dizer. Sette, após terminar de falar, sorriu como se estivesse desafiando o mundo, com aquele sorriso que sempre o acompanhava, e continuou:

— Quando tudo acabar, quando reunirmos as Relíquias e vencermos, vou procurar pessoas com a mesma ideia que a minha, pessoas que acreditam no bem, que acreditam na liberdade, e vou uni-las em torno de uma única bandeira, no intuito de vencer a escuridão.

Ao escutar isso, Edward olhou para o companheiro com estranheza e admiração, enquanto Sette continuou comentando:

— As Ordens Mágicas da Luz, o Conselho dos Caçadores, as Tribos da Floresta, os Reinos da Luz, todas essas organizações, como tantas outras, têm segredos e objetivos, mas independentemente disso buscam a paz. Acontece que elas não se ajudam e muitas vezes alimentam rixas entre si. Meu sonho é unir todos numa só bandeira, com um só objetivo: trazer paz ao mundo. Uma organização formada pela força de cada Ordem, Reino e Tribos da Orla Conhecida, criando assim uma aliança que combaterá o mal antes que ele surja das sombras. Algo que vai nos libertar, algo que vai nos trazer a paz.

O mago, diante daquela atitude, olhou-o com admiração. Mas, tomado pela desesperança, balançou a cabeça em desaprovação e respondeu:

— Já tentamos isso antes. E é muito difícil criar algo desse tamanho. Todos somos orgulhosos e altivos ao extremo. Somos humanos, e o egoísmo e o orgulho muitas vezes nos unem, mas ao mesmo tempo nos afastam.

No entanto, quase que imediatamente o caçador respondeu, com o mesmo sorriso desafiador no rosto:

— Eu sei o quanto isso pode ser difícil, mas não posso desistir, pois esse sonho pode mudar o mundo. Pode salvar vidas. Você lembra? Eu fiz a promessa de que seria melhor, de que faria o meu melhor, de que seria um herói. E esse é o melhor sonho que pude ter, um mundo liberto, um mundo livre das correntes do medo. Eu fiz uma promessa que pode ser que nunca consiga cumprir, mas não posso desistir, pois sou escravo desse objetivo.

Com o fim da fala de Sette, Edward sentiu o coração aquecido e em silêncio admirou ainda mais o companheiro. Após a breve conversa, ambos permaneceram quietos, presos em seus pensamentos. Sette imaginava como seria o mundo se seu sonho fosse possível. Ao passo que Edward, com o coração endurecido por todo o mal testemunhado, dizia a si mesmo que o mundo nunca mudaria, mas no fundo ele sentia que a esperança do jovem caçador começava a contagiá-lo.

Por fim, gritos de dor e agonias vieram do fundo do fosso, evidenciando que aquele lugar era amaldiçoado. Os dois, porém, tentaram evitar aquela loucura e manter-se calmos, até que pegaram no sono.

Algumas horas depois, os viajantes levantaram-se, e Sette olhou para baixo, mas, mesmo com o Anel da Noite

Clara, não viu muito à sua frente, pois a escuridão era perpétua. No entanto, as luzes que antes se mostravam distantes agora estavam mais próximas.

Após se prepararem, os dois seguiram descendo por quase dois dias, dormindo pouco e caminhando muito, sofrendo com o calor e a sensação de abandono, e castigados pelos gritos intermináveis, que os faziam arrepiar. Seguiam como ratos, esgueirando-se, escondendo-se, camuflando seus rastros ao máximo. Visões de morte e pensamentos suicidas dominavam suas noites, mas os viajantes permaneciam firmes mentalmente, ignorando a tudo com maestria. Então, chegaram a um grande tablado de madeira.

No tablado, havia tochas de fogo que iluminavam o lugar, e nas extremidades das paredes havia duas portas também de madeira. No canto direito estavam mesas e cadeiras e, nas paredes, mapas do grande Reino de Vermont.

Quando chegou ao local, Edward abriu as portas. Elas estavam trancadas, portanto ele arrombou as fechaduras. Em uma delas, havia apenas suprimentos apodrecidos e uma bica com água fresca, na qual o mago encheu seu cantil e banhou o rosto. Na outra, havia vários tipos de armas, todas enferrujadas.

Já Sette caminhou pelo local e viu que no centro existia um grande alçapão, dentro do qual estava um alçapão menor, que, ao ser aberto, mostrou uma sacada esculpida na pedra. Ela rodeava todo o poço. No centro, havia uma grande ponte de madeiras, a qual ligava um lado ao outro. Nas paredes abaixo, havia várias e várias grades de aço com selos mágicos, e tudo ficava a uns trinta metros abaixo de onde os viajantes estavam, e uma escada de ferro tipo marinheiro dava acesso ao nível inferior.

Edward, ao terminar de vasculhar o local, encontrou-se com Sette no centro do grande tablado. Tudo parecia caminhar perfeitamente, e ambos estavam até felizes por chegarem tão longe, mesmo após tanto sofrimento. Mas, de repente, um berro feroz veio das profundezas daquele calabouço, fazendo com que o mago e o caçador tremessem junto com as paredes do fosso.

Depois que ouviu o grotesco som, Sette olhou para Edward com espanto e disse:

— Ele sabe que estamos chegando!

— Verdade, e devemos nos preparar. — Então, os heróis seguiram para o canto da grande sala em silêncio e aconchegaram-se no intuito de descansar.

Edward, após alguns minutos quieto, pegou a garrafa de whisky que trazia consigo, bebeu um gole generoso e deu-a para seu companheiro. O jovem caçador bebeu e ficou quieto, até que o mago desabafou:

— Esses dias sonhei com Cristina, e foi como se ela estivesse viva. Foi ótimo estar em seus braços. Por mais que eu soubesse que tudo era um sonho, eu não queria acordar.

— Como ela era?

Edward sorriu e contou:

— Ela era linda, seus cabelos eram negros e longos, sua boca era carnuda, e seus olhos eram castanhos e cativantes. Nossa, o sorriso dela era perfeito, e a voz me trazia uma paz impressionante. Era bom demais me deitar no colo dela aos domingos e ver as nuvens passarem tranquilamente. Ela me trazia paz.

Após a descrição da amada, a saudade corroeu o ser do mago, e ele, no intuito de amenizar a dor, tomou mais alguns goles da garrafa de whisky e falou:

— Mas agora tudo é passado. — Então, entregou a garrafa para o companheiro, virou-se e tentou pegar no sono, enquanto lutava com a saudade no peito.

Sette, diante daquela atitude, ficou em silêncio, enquanto dizia a si mesmo: *Eles levaram a única coisa que o mantinha vivo de verdade. Um homem sem sonhos não é nada.* E logo ambos adormeceram.

O Galado

Após descansarem, os dois seguiram para o alçapão que ficava no centro da sala, rodeados por suspense. Ao abri-lo, desceram a escada de aço com cautela, enquanto seus corações batiam forte. Chegaram enfim à ponte de madeira.

No nível inferior, com armas em punho, eles observaram as várias e várias celas que existiam ali, e as que se misturavam com a penumbra estavam completamente vazias. Ao olharem para baixo, ambos viram aproximadamente dez andares iguais àqueles onde estavam, e todos os andares com celas eram ligados por uma estreita ponte de madeira. A iluminação daquele local era precária e o silêncio, perpétuo.

Sette e Edward caminharam em silêncio averiguando tudo ao redor e seguindo com extrema cautela e receio. Mas, de repente, o mesmo berro violento de antes surgiu na escuridão e estremeceu o fosso por completo, de cima para baixo, causando um extenso arrepio nos viajantes. Diante do som ensurdecedor, o caçador e o mago correram até a sacada e olharam para baixo, no intuito de ver seu inimigo. Enquanto olhavam intrigados e assustados, Sette disse:

— Mas que demônio é esse?

No entanto, das costas de ambos, uma voz rouca surgiu, rodeada pelo mistério e pela escuridão.

— Não sei realmente o que é, mas sei que é muito forte e que o urro vem do terceiro nível.

Quando ouviram a estranha voz vinda das sombras, o mago e o caçador se espantaram e se aproximaram lentamente de uma das grades, com extrema cautela e forçando um pouco a visão. Até que viram um homem magro e de pele parda sentado no chão com a cabeça baixa, exalando mistério e morte.

Suas pernas estavam cruzadas, e delas saíam pequenas e finas raízes, que se incrustavam no chão de pedra. Os pés estavam descalços, e o homem vestia somente uma calça laranja. Muito pouco podia se ver do prisioneiro, pois a escuridão o protegia, trazendo uma aura densa para o suposto condenado.

Ao ver a silhueta daquele homem, Edward, com um olhar sério e receoso, indagou:

— Qual é o seu nome? Quem é você? E por que só restou você aqui?

O homem ouviu o mago e continuou com a cabeça baixa. Então respirou fundo e respondeu, com mistério:

— Eu me chamo Kiary. Sou um tribal do Continente Verde, da Tribo Navarro. Fui preso aqui por aqueles que comandam este lugar. E peço encarecidamente que me libertem. — Logo o tribal levantou o rosto, e os viajantes puderam ver, vagamente, apenas os olhos frios e vazios daquele homem, olhos de um assassino impiedoso. E eles não viram nada além disso, pois sua face parecia estar escondida atrás de uma máscara de madeira.

O mago, diante daquela cena, continuou receoso, rodeado por um pressentimento ruim, mas logo voltou a si e falou:

— Como vou confiar em você se está preso em uma das prisões mais antigas dos nove continentes?

— Juro, fui preso injustamente. Sou um homem bom! Já fiquei muito tempo aqui. Não aguento mais. Se me libertarem, ajudo vocês no que for preciso. Eu prometo! — respondeu Kiary, com a voz piedosa, tentando convencer os viajantes ao apelar para o sentimentalismo.

Entretanto, num instante o caçador lembrou-se do nome Kiary e, tomado pelo ódio, reconhecendo quem aquele homem verdadeiramente era, Sette com violência falou:

— Um homem bom? Kiary, você é um Galado de Alta Patente. Um assassino! Você está no Ranking dos Renegados!

Assustado por ser reconhecido, Kiary, com vergonha no olhar, rapidamente emendou:

— Posso ser um Galado. Contudo, o motivo de eu estar aqui é nobre! Agora eu mudei, já não sou o homem que um dia eu fui — respondeu o tribal, olhando seriamente para Sette. — Eu juro! Por tudo que é mais sagrado, eu juro que meu motivo é justo!

Mas o caçador, sem piedade, continuou:

— Nobre? Vocês são a escória do mundo. Diga para mim: quantas crianças você matou por causa de sua crença sem sentido? Quantas mulheres você massacrou por causa de sua falsa religião? Sem contar que fracassados como você nunca mudam!

Ao ouvir o jovem, Kiary engoliu seco, pois sabia que de certa forma ele tinha razão. Então, aquele homem se levantou, ficou de joelhos, com a testa no chão, e em sinal de submissão falou:

— Eu juro, eu mudei. Todos os anos que passei aqui me fizeram ver o quanto errei. As pessoas que matei, as mortes na minha conta. Os rostos me atormentam. Por favor, eu só quero paz.

Mas o jovem viajante, diante da atitude do tribal, aproximou-se da grade com o ódio a consumi-lo e falou:

— Galados nunca mudam. Galados nunca se rendem. — E, sem pensar, Sette guardou a espada, passou a mão em seu arco e se preparou para acabar com a vida de Kiary.

No entanto, Edward afastou o caçador da grade e com seriedade falou:

— Só a verdade importa para mim. Só a verdade, e nada mais. Vou lhe dar mais uma chance, Galado. Se mentir de novo, vou queimar você vivo! Eu juro! — O mago havia feito aquilo pois sabia que o tribal poderia ser útil.

Ouvindo as palavras de Edward, os olhos de Kiary se encheram de tristeza, enquanto a aura assassina do mago tomou aquele lugar. Mas, não se deixando levar, o tribal se sentou e calmamente disse:

— Você tem razão, mentir e omitir no fim é a mesma coisa.

O tribal então olhou para Edward com piedade e contou sua versão da história:

— Eu me chamo Kiary e sou um Escolhido dos Galados do Norte. Estou em missão e já devo ter sido considerado morto por meus companheiros. Fui enviado pessoalmente pelo Eleito Divino, Faleas Gardevor, para investigar movimentações suspeitas nos Continentes Azul e Amarelo. Vocês já devem ter ouvido sobre desaparecimentos súbitos e corpos mutilados.

— Se você se refere aos desaparecimentos no Continente Azul e aos massacres no Continente Verde, sim, ouvimos falar. Mas o que me intriga é que, se você saiu a mando do líder supremo, então quer dizer que algo sério devia estar acontecendo aqui — afirmou Sette, com mistério e seriedade no olhar.

Kiary acenou positivamente e continuou:

— Sim, o rastro de sangue me trouxe até aqui. Segui algumas pistas que encontrei pelo caminho e cheguei à Região Fantasma. Caminhando com extremo cuidado, fugindo das almas que vagam por este lugar, consegui chegar ao Fosso. Quando desci, no começo nada vi de diferente, pois as celas estavam completamente vazias, então segui desbravando esse lugar. Até que cheguei ao terceiro nível e vi vários corpos de pessoas desaparecidas, há muito tempo.

— Quais corpos? Não entendo — indagou Edward, com um olhar penetrante, mostrando curiosidade.

— Olha, não sei responder ao certo como isso foi possível. Mas falo de guerreiros famosos que há muito estão mortos ou que desapareceram subitamente — respondeu o tribal, com a voz rouca. E emendou: — No entanto, não tive muito tempo para terminar a investigação, já que das sombras duas celas se abriram, e fui atacado de surpresa por dois guerreiros há anos desaparecidos. Um deles era Golden, e o outro era Jax. Após isso, não me lembro de mais nada. Quando acordei, estava nesta cela, sem minha casca de batalha principal.

Sette e Edward, ao ouvirem a história do Galado, ficaram em silêncio por um momento, tentando decifrar o que estava acontecendo ali e tragados totalmente pelo mistério. Mas, retornando para o presente, o mago esqueceu em partes o que havia dito e, com um tom de desconfiança, falou:

— Bom. Então por que ninguém veio te resgatar? Um Galado como você, um Escolhido, nunca é deixado para trás.

— Em primeiro lugar, saí em segredo. Apenas eu e o Eleito sabíamos aonde eu iria. Em segundo lugar, já faz mais de sete anos que estou aqui, e agora já devo ter sido considerado morto — respondeu Kiary, olhando seriamente para o mago, demonstrando verdade.

Ainda desconfiado, porém, Edward pensou em silêncio por alguns segundos, pois sabia que o prisioneiro seria útil. Remoeu essa ideia em sua cabeça, mas não foi a razão que falou em seu coração, e sim os sentimentos. Assim, logo após achar uma solução, o viajante falou:

— Tenho uma proposta para você. Posso libertá-lo, com duas condições. A primeira é que preciso que você seja nosso guia. E a segunda é que colocarei em você uma magia condicional. A condição é: se você tentar atacar tanto Sette quanto eu, uma lâmina será autoinvocada dentro do cérebro e causará sua morte na hora.

Ao ouvir o mago, Kiary respirou fundo e pensou na proposta feita a ele. Sem muitas opções, respondeu:

— Eu aceito, mas com uma condição: quando isso tudo acabar, vocês me libertarão!

— Feito! — disse Edward, com seriedade e um leve entusiasmo.

Logo Kiary que se levantou com um leve sorriso. Ao ver que o tribal estava pronto, Edward se aproximou das grades e cortou o próprio dedo com um punhal. Sette estava achando tudo muito estranho e precipitado, mas, sem pestanejar, preferiu confiar no companheiro de jornada.

Usando o próprio sangue, o mago fez um pequeno círculo com algumas inscrições na testa de Kiary e se concentrou nas palavras mágicas. Quando tudo acabou, Edward olhou para o tribal e disse:

— Agora preciso de que você coloque sua mão sobre a inscrição e diga "Eu prometo".

Kiary fez o que ele mandou.

— Eu prometo. — Ao dizer essas palavras, o símbolo do mago desapareceu, e, firmando o pacto, o viajante pegou o cajado, colocou-o sobre a inscrição mágica que estava na frente da cela, e instantaneamente aquela desapareceu.

Após estar livre, o tribal caminhou em direção à grade e se projetou na pouca iluminação daquele lugar. Então, Sette e Edward puderam ver que o corpo daquele homem era protegido por uma Casca de Batalha — nada mais do que uma armadura feita de madeira, que funcionava como proteção para Kiary, consumindo sua energia em troca. Era feita de madeira viva.

A madeira era tratada com magia e técnicas tribais e no fim se transformava numa armadura viva, que se fundia ao seu usuário, aumentando drasticamente a força, a energia, o reflexo, a durabilidade em batalha etc. Criava-se, assim, uma simbiose perfeita.

Kiary usava somente calças, mais nada. Nas juntas dos dedos e nas articulações, havia pequenos espaços para que ele pudesse se mover, e no rosto apenas seus olhos ficavam à mostra. No lugar da boca, um desenho de grandes dentes como os de tubarão representava seu sorriso.

Sette, ao ver o corpo do tribal, espantou-se e olhou fixamente para ele, no intuito de entender que tipo era aquele. Kiary, quando percebeu o olhar atento do caçador, disse com um leve sarcasmo na voz:

— Nunca viu um corpo de Carvalho Negro?

Edward, ouvindo aquele nome, ficou surpreso:

— Carvalho Negro? A árvore perdida?

E Kiary, com um tom de superioridade, respondeu:

— Não fui um dos Escolhidos dos Galados do Norte por ser um tribal qualquer. Tenho muitos mistérios e segredos.

Por fim, aquele homem usou os músculos para entortar as barras de ferro. Em seguida, passou pelas grades e falou:

— Mas, isso não vem ao caso agora.

Após se soltar, ele se aproximou dos viajantes, e Sette, diante do novo companheiro, disse seriamente:

— Espero que você entenda que ainda não confiamos plenamente em você. Mas, por agora, vamos esquecer o que passou.

Edward completou:

— Verdade, agora precisamos de informação. Vamos, diga o que você sabe.

Ao ouvir o tom de curiosidade do mago, Kiary sentou-se e, olhando seriamente para Sette, contou:

— Primeiro, vamos esclarecer como funciona esta prisão. Ela é dividida em três níveis. Estamos no primeiro. Ao fim do terceiro, existe um grande abismo que leva para algum lugar. Fui atacado no começo do terceiro nível e lá perdi minha casca de batalha principal. E estou preso aqui já faz mais de sete anos e sobrevivi todo esse tempo usando minha casca de batalha auxiliar.

Após ouvir as explicações do tribal, Edward se sentou de frente para ele e comentou:

— Fico admirado com o fato de você não ter ficado louco nem ter sido torturado por seus inimigos.

— Por incrível que pareça, perdi a consciência por algumas horas, quando me prenderam. Entretanto, ao acordar, notei que a prisão ainda estava viva. Com o passar dos dias, ela foi abandonada por completo, com uma fuga em massa de todos que viviam aqui. E fui deixado para morrer. Para poupar energia e não ficar louco, fiquei em modo de hibernação e dormi por quase todo esse tempo, até que vocês me acordaram — respondeu o tribal, com seriedade no olhar.

Sette ouvia atentamente as explicações do tribal, sentou-se, franzindo o cenho, e disse:

— O que encontraremos pela frente? E como você desceu até o terceiro nível?

— Por agora, creio que não encontraremos nada no caminho. Mas devemos ser sorrateiros em nossa descida, pois o que nos espera no fim é algo extremamente perigoso — afirmou Kiary, que continuou, com seriedade e mistério: — Lembro que, para descer até o terceiro nível, eu me aproveitei do escuro deste lugar. Depois de cinco dias de descida, cheguei ao ponto no qual fui capturado.

— Então, ainda temos muito a caminhar — afirmou Edward, olhando para o vazio, na tentativa de imaginar o quanto ainda faltava para a Relíquia.

Naquele momento, Kiary ficou receoso, pois sabia que ainda não tinha a confiança dos viajantes. Mas, relevando tudo isso, ele perguntou, cheio de dúvidas:

— Mas, e vocês, o que procuram aqui?

Edward rapidamente respondeu:

— As Relíquias Infernais.

E Kiary sorriu marotamente e continuou:

— Vocês estão ficando loucos? Essas Relíquias não passam de uma lenda!

Então, o mago olhou nos olhos dele e contou tudo que estava havendo no mundo lá fora. Falou sobre Verônica, os corpos em chamas e as bestas de guerra que se amontoavam na capital do Norte. Falou também sobre a guerra, os Scars e Ungastar.

Quando Edward terminou de contar, Kiary não conseguia digerir tudo que havia ouvido, então se levantou, andou em círculos por alguns segundos e, lembrando-se de uma antiga história, indagou:

— Por que Ungastar, que era um Galado, resolveu efetuar algo tão contrário aos próprios valores? Por isso o Livro de Invocação dos Primordiais sumiu junto com ele! Maldito seja pela eternidade!

O tribal, olhando profundamente para os viajantes, continuou contando os acontecimentos passados, que só agora tinham resolução:

— Como toda organização formada por homens, nós, a Salvação, vulgarmente chamados de Galados, também erramos. Dentro de nossa religião, existem aqueles que são extremistas, aqueles que buscam violentamente obrigar as pessoas a viverem conforme os valores de nossa religião. Também há, entre nós, os Pacifistas, aqueles que lutam para que haja uma conversão de certa forma pacífica. Entretanto, se isso não acontecer, eles recorrem à erradicação dos infiéis.

— Disso sabemos — completou Edward, sem muito alarde.

— Verdade, isso não é segredo para ninguém — falou Kiary, emendando. — Estes que eu citei antes, os Extremistas, são a base de nossa religião. Mas, entre nós, também há aqueles que se unem aos Galados apenas por poder, pois somos uma grande miscigenação de povos, e nosso conhecimento e nossa força são vastos. Essas pessoas entram apenas no intuito de se fortalecerem.

Após a pequena explicação, o tribal ficou em silêncio por alguns segundos, culpando-se pelas atitudes de Ungastar, mas logo ele continuou:

— No entanto, por mais estranho que pareça, Ungastar era um Extremista. Ele comia como nós. Ele rezava como nós. Ele se sacrificava extremamente por Deus e, mesmo sem ninguém saber do seu passado, era muito admirado. Com os anos, pouco a pouco foi conquistando o próprio espaço, até que um dia se tornou um Escolhido, um Galado de Alta Patente. E tudo permaneceu em paz. Então, aconteceu a festa da criação de nossa religião, feita em nossa sede.

Kiary, tragado para aquele momento, começou a narrar o que havia acontecido em detalhes:

— Eram cinco e cinquenta e cinco da manhã, e todos estávamos no salão principal, após três dias de vigília e oração, quando sentimos uma energia densa tomando o salão. Num segundo, o sol piscou, e o escuro nasceu e morreu num instante. Ao olhar ao redor, estávamos em outra dimensão. O céu ficou vermelho e um eclipse de sangue se mostrava diante das ruínas de um templo pagão destruído. Em contraponto com a lua de sangue, a Hass surgiu.

Sette se assustou com descrição do que havia acontecido, enquanto Edward pensava: *Uma energia brutal foi gasta para que eles mudassem de dimensão.*

— Lembro que todos ficaram de pé, e do nada um eclipse de sangue tomou o céu. Enviados para outra dimensão, vimos o céu se tornar cor de sangue. — Kiary continuou a história, trazendo ainda mais suspense: — Fomos atacados pela Tríplice Coroa Infernal e sua lendária força de ataque, a Hass. Pelos Scars, estavam os Fúria, sua linha de frente mais brutal e consagrada, e os presentes ali eram: Eligos, o Assassino Imortal; o Viking

Uhrogin; o Monge Renegado Agon; o Palhaço Stolas; o Samurai das Trevas Amon; o Paladino Berith; o Cavaleiro Cruzado Cristian Roeva; o Mago dos Vários Corpos Elrick Paladiny; o Caçador Metamorfo Calibus Alpion; e o Tribal Telecanis Yakecan. Pelos Abyss, foram mandados os Anjos Negros Palhares, Dr. Lua e a Bruxa Catharina Santiago. E, pelos Voids, os magos especializados em proteção e cura, Romanov e o Monge Schneider.

— Essa com certeza era uma missão de suma importância para eles, que só mandaram os melhores e mais potentes em batalha — disse Edward, com seriedade.

Kiary completou:

— Verdade, e ali foi travada uma batalha brutal, que durou cerca de uma hora. Não esperávamos algo tão ousado. Lutei contra Stolas e garanto que sua fama de ser um dos maiores assassinos que o mundo já viu é verdadeira. Sua velocidade e habilidade o tornam um inimigo invencível.

— E os Abyss e os Voids? — perguntou Sette, um pouco surpreso.

— Fizeram papel de suporte usando magias de cura e reforço, tornando os Scars mais implacáveis — respondeu Kiary, com seriedade no olhar.

— Entendo. Mas, e no fim, o que aconteceu? — indagou Edward, intrigado pelo plano ousado dos Scars.

— A batalha seguiu acirrada. Não houve feridos graves do nosso lado nem do deles. Mas, quando a luta estava no ápice, todos os nossos inimigos partiram em retirada sem aviso algum, e junto com eles Ungastar sumiu. Só após vários dias nos demos conta do sumiço do Livro de Invocação dos Primordiais. Após o sumiço de Ungastar, muitos se uniram para tentar encontrá-lo. Pensávamos que ele havia sido capturado. Entretanto, ninguém o viu e ele caiu no esquecimento. Até agora. Saibam que tudo que contei foi há muito tempo, já que, quando me perdi aqui, já fazia alguns anos que Ungastar estava desaparecido.

— Então foi assim que tudo começou — comentou o mago, que prestava muita atenção ao que o tribal falava. Após isso, um leve silêncio pairou entre todos os presentes.

— Sim, e só agora foi possível entender o quadro todo. O que na realidade aconteceu é que Ungastar desde o início agiu como espião, e só agora ele mostrou a que veio — respondeu Kiary, enquanto Sette olhava-o, perplexo.

O caçador, com expressão de espanto, falou:

— Mas vocês não sabiam nada sobre o passado dele e ainda assim o admitiram como um de vocês?

Com pesar, Kiary disse:

— Acreditamos que, quando um homem se converte, seu passado fica para trás. Por isso, não tivemos necessidade de saber nada sobre ele.

Ao ouvirem a resposta daquele homem, os dois viajantes ficaram quietos por alguns segundos, contidos nos próprios pensamentos.

Por fim, o mago, ainda preocupado com o que poderiam encontrar no fim daquele lugar, questionou:

— Bom, agora entendo o quadro todo, mas, mudando de assunto, você sabe algo sobre aqueles que o aprisionam aqui? Você ficou aqui por sete anos e não ouviu falar nada sobre eles?

Kiary respondeu:

— Quando fazia mais ou menos duas semanas que eu estava aqui, do dia para a noite a prisão foi totalmente evacuada. E fiquei aqui onde estou, sozinho. Mas lembro que, com o passar dos dias, um grande animal desceu como um raio para o profundo do fosso e ficou por lá por um tempo. Ele sempre ia e vinha durante esses anos e sempre me acordava.

— E o Escolhido apenas mandou você em missão sem lhe dar uma pista? — questionou o mago.

— O que o Escolhido me disse sobre a missão é que eu só devia recolher o máximo de informações possíveis e que, quando eu voltasse e dependendo do que eu dissesse, ele contaria se algo perigoso estava para acontecer ou não, pois nem ele sabia o que realmente estava acontecendo.

Sette, mudando de assunto, perguntou:

— Entendo. Mas ao menos você conseguiu ver como o estranho animal era?

O tribal, olhando sinceramente para o caçador, respondeu:

— Infelizmente não. Contudo, só posso dizer que ele tem asas, pois sempre passa muito rápido por aqui.

Após as palavras de Kiary, todos ficaram contidos nos próprios pensamentos, no intuito de entender o que estava acontecendo ali. Até que o tribal se levantou bruscamente e, para chamar a atenção dos viajantes, disse:

— Acho que devemos ir! Chegou a hora! — Ao ouvirem o tribal, os viajantes se levantaram e seguiram em frente.

O calor era insuportável, e Sette e Edward pareciam sofrer com a extrema temperatura daquele lugar. Já Kiary se sentia à vontade, de certa forma. A escadaria pela qual desciam era muito parecida com a que usaram para chegar até ali, e, ao descerem, eles passaram por dez subníveis como aquele. Por fim, deixaram o primeiro nível para trás.

Doralice

Ao passarem pelo primeiro nível, os três continuaram pela escadaria que circundava o fosso, até que rapidamente a escuridão começou a envolvê-los de novo. Mas, antes que ela ficasse perpétua, os viajantes chegaram a uma pequena e estreita porta de aço que ficava na parede do fosso.

Kiary seguia à frente e, ao ver a pequena porta olhou para seus companheiros, disse:

— Foi por este caminho que desci pela primeira vez. Por aqui ficam as solitárias, e depois daqui há um laboratório com uma pequena biblioteca. Creio que este seja nosso melhor percurso, já que ficaremos protegidos da estranha criatura que habita as profundezas.

Kiary empurrou a porta, e todos se depararam com um extenso corredor extremamente escuro e apertado. As paredes eram negras, e nelas ficavam pequenas celas, nas quais deveriam caber prisioneiros apenas agachados. O cheiro era horrível, pois os presos faziam suas necessidades ali mesmo. Sem contar que naquele lugar havia vários e vários corpos mutilados e em decomposição.

Depois que o tribal entrou, Sette o seguiu e observou tudo com cautela. Apesar de não ver muito à frente, o caçador se arrepiou e afirmou:

— É tão triste que chega a dar pena. É triste o que um homem pode fazer com o outro.

Edward vinha por último e, ao ter a mesma visão do companheiro de jornada, abaixou a cabeça. Sem dizer palavra alguma, fechou a porta, e a escuridão reinou naquele lugar.

No escuro, Sette e Edward logo colocaram os Anéis da Noite Clara, na tentativa de conseguir enxergar. No entanto, não conseguiram usar o poder, então o caçador, preocupado, exclamou:

— Tem algo errado, não consigo ver nada!

Kiary respondeu:

— Existe uma barreira mágica neste local, e acredito que esta barreira funcione somente com objetos mágicos, mas não com magia em si, já que nos níveis mais baixos fui atacado com magia.

Ao ouvir o tribal, Edward retirou seu Anel da Noite Clara e, usando o cajado, acendeu uma fraca luz na ponta. Esta gradualmente foi ficando mais forte. Kiary, precipitando-se diante da atitude do mago, disse:

— Mestre, não se preocupe, eu vou dar um jeito nisso.

Logo o tribal estendeu a mão direita até a altura do próprio rosto, e a madeira de seu corpo começou a estalar, como carvão em brasa. Em sequência, na palma da mão, um buraco em formato esférico surgiu e através dele pequenas criaturas brilhantes começaram a sair, até que pouco a pouco todo o lugar ficou iluminado.

Edward, ao ver os pequenos seres, ficou intrigado e perguntou:

— Que animais são estes?

Kiary respondeu:

— São Vaga-lumes de Fogo da Floresta Nebulosa, que fica no Continente Verde. Eles vivem comigo, dentro de minha casca de batalha, há muitos e muitos anos.

Após ouvir o tribal, Sette e Edward olharam ao redor. Agora, pelo menos o local estava completamente iluminado, então dava para ver o quão horrendo ele era e imaginar quantas e quantas vidas haviam se perdido ali, dando uma aura podre para a prisão.

Os viajantes seguiram por aquele apertado corredor por alguns minutos, e logo o calor extremo e o insuportável mau cheiro começaram a afetá-los, deixando-os ofegantes e nauseados. Mas, como ambos tinham pressa, respiraram fundo e continuaram a se esgueirar por aqueles corredores, até chegarem a uma pequena porta, que, ao ser aberta, levou-os para uma caverna grande, úmida e escura.

De repente, sem aviso, algo estranho aconteceu quando os três pisaram naquele ambiente. Num segundo as luzes da caverna piscaram, e do nada eles se viram em outro lugar, bem diferente da caverna onde estavam.

Ali o céu era cúrcuma, roxo e vermelho. O sol era poente e laranja, e de ambos os lados duas luas prateadas começavam a se mostrar. Edward e Sette estavam em algo como um templo em ruínas, um tempo antigo com línguas e escritos desconhecidos. O local havia sido construído em círculo, e ao redor havia colunas no estilo romano. E o teto tinha desabado.

Os dois perceberam que estavam em uma pequena ilha, com água doce por todos os lados e, nas margens do pequeno lago, havia uma floresta tropical muito densa, cheia de cipós e mato, que o cercava por completo. Uma ponte ligava a pequena ilha com a terra.

Diante daquela cena, Sette afirmou, com extrema seriedade:
— Fomos enganados!

Edward, sem pensar, olhou para Kiary e disse, com uma aura sombria a tomar conta de sua face:
— Você nos trouxe para uma armadilha. Nosso acordo acabou. — E se preparou para acabar com a vida do tribal, com base no contrato que fizeram.

O homem, ao ver os movimentos do mago, antecipou-se e respondeu:
— Atraí vocês para uma armadilha caindo nela? Isso não faz sentido algum.

Mas, após a fala dele, do alto de uma parede em ruínas uma voz doce e sedutora surgiu nas costas dos três:
— O tribal não tem culpa alguma. Essa armadilha foi posta há poucos dias. Não tinha como ele saber.

Ao olharem para trás, viram mais uma vez chamas e sombras em forma humana, e Sette exclamou:
— Lutter!

— Sim, e fico feliz de tê-los encontrado mais uma vez. Mas pena que esta será a nossa última conversa, pois desta armadilha vocês não conseguirão escapar.

— Onde estamos? — perguntou Edward, com um olhar penetrante.

O mago das trevas respondeu:
— Vocês estão em outra dimensão. Caíram numa Armadilha Condicional, feita por mim especialmente para vocês.

— E quais são as condições para sairmos daqui? — indagou Kiary, sério.

— Matem todos os inimigos que surgirem. Quando todos eles morrerem, vocês serão levados de volta. Mais especificamente para o segundo nível — falou Lutter, com uma total despreocupação na voz, como se estivesse contando uma piada de mau gosto.

— E o que vamos enfrentar? — questionou Sette, também com seriedade.

Diante da pergunta do jovem caçador, o manequim de chamas e sombras gargalhou escrachadamente, enquanto respondia:

— Meus bebês, meus prisioneiros. Meus escravos sem cérebro, que amam carne humana e depravação. Ou, melhor dizendo, Doralice, minhas meigas e doces Doralices. — E, após as gargalhadas cessarem, ele continuou: — Não se preocupem, logo vocês as conhecerão, elas já devem estar chegando. Elas amam visitas. Não se preocupem.

Com o fim das palavras do sombrio mago, barulhos estranhos começaram a surgir da mata ao redor da ilha, e os pássaros se agitaram em fuga. De repente, corpos semihumanos deformados, metade homem, metade animal, surgiram timidamente na ponte, ao longe.

O corpo de cada um deles tinha a forma humana, mas a cabeça havia sido substituída pela de um animal estranho, que se parecia muito com uma lagosta de pele azul, e de sua boca tentáculos toscos se mostravam.

Entre eles, havia mulheres, crianças, homens de meia--idade e idosos. Todos estavam nus. Havia vários deles, e todos pareciam pacíficos e um pouco acanhados com os novos visitantes.

Ao ver as próprias criações, Lutter sorriu e falou com orgulho:

— Eu as mesclei com a ajuda de Caçadores Renegados. São híbridos de animais da família dos decápodes, chamados Mallaquiam. Mas nós os chamamos de Doralice, pois a criança meiga que morreu sendo nossa cobaia tinha esse nome, e ela foi o primeiro experimento a vingar.

— Quantas almas você destruiu para fazer isso, mago? — perguntou Kiary, olhando-o com nojo e ódio.

— Muitas, você nem imagina quantas — respondeu o outro, com um sorriso no rosto. — Eles são animais de baixo intelecto, mas, mesclados aos humanos e usando a energia deste, possuem uma ampla força, fúria inimaginável e obediência cega ao seu mestre. Basta eu dizer uma palavra, um acenar de mão ou até um assobio, que eles se voltam com tudo sobre vocês.

Edward, ao ouvir o mago das trevas e ver aquelas criaturas grotescas, enfureceu-se ao extremo e, olhando para o manequim de chamas e sombras, mais uma vez perguntou:

— Kiary fez uma pergunta! Quantas almas você trucidou para essa loucura?

— Nossa, para que tanto espanto? Foram só umas mil pessoas. Só isso! — declarou Lutter, tranquilamente. Ele continuou a falar, mas agora sua voz tinha um tom de seriedade nunca visto, um tom de medo e espanto: — Mas, olha, vou ser sincero, agora vou falar sério mesmo. Nós fizemos o que fizemos. Nós nos orgulhamos dessa loucura. Mas teve um problema que nos deixou assustados, por isso banimos essas criaturas para cá. O problema é que elas se reproduzem muito rápido. Muito, mas muito rápido mesmo.

Ao ver a seriedade e ouvir as palavras do inimigo, todos entenderam o quão grave seria a ameaça que eles enfrentariam. Enquanto os outros ligavam os pontos, o mago das trevas ainda emendou:

— Quando conduzimos o experimento, transformamos mil pessoas, mas na minha última contagem aqui já residem cerca de dez mil dessas criaturas, dentro de um ano. Dá para acreditar? Dentro de um ano! E, a cada dia que passa, elas ficam mais inteligentes e se multiplicam mais e mais, até que um dia se tornarão incontroláveis.

Era visível o medo e a admiração na voz do mago. Os demais também tremeram ao ouvir que dez mil daqueles seres estavam à espera, prontos para atacar.

No íntimo, os viajantes por alguns segundos vacilaram e chegaram a pensar que a busca pelas Relíquias terminaria ali. Mil pensamentos e medos passavam pela cabeça deles, deixando-os em choque, sem saber como prosseguir. Mas, lembrando-se de algo podre dentro de si, algo que recebera para a viagem, selou e se arrependeu de tê-lo feito, Edward respirou fundo e, juntando forças, falou:

— Tem algo que podemos fazer para sairmos daqui. Mas preciso de tempo para preparar nossa iniciativa.

— Qual é o plano? — perguntou Sette.

— A ponte é estreita e vai nos dar uma leve vantagem, aqui os números não fazem diferença.

Ao ouvir Edward, Lutter gargalhou e disse:

— Eles são uma espécie de crustáceos, não vão seguir apenas pela ponte. Na realidade, a água é o real habitat deles.

Mas, sem dar importância para o inimigo, Edward olhou para Kiary com seriedade e afirmou:

— Tribal, já lutei muitas guerras e já vi vocês ferirem na terra e na água. Você sabe do que estou falando, de terra seca e água morta. Você mais do que ninguém sabe disso.

Kiary respondeu:

— Eu sei. Eu também já lutei muitas guerras. — Assim, o tribal abriu frestas nos cotovelos da armadura nos cotovelos e começou a puxar uma grande quantidade de ar. Após isto, ele abriu a vestimenta na parte das mãos e apontou-os para os céus. Em sequência, ecoou um som seco como disparos, e três cabaças foram lançadas ao ar. Quando subiram o mais alto que podiam chegar, explodiram e lançaram por todo o lago uma grande quantidade de sementes.

Com o fim do seu movimento, Kiary falou:

— Em minutos as algas vão crescer, e a maré vermelha tomará conta desse lago. Tudo que estiver na água ou qualquer coisa que tocar nela morrerá. — No fim, ele pegou dois vidros com poções, jogou para seus companheiros e disse: — Tomem esse antídoto, isso vai nos permitir tocar na água. — Mais que imediatamente os outros dois tomaram a poção.

Ao ver que a água logo se tornaria morta, Edward falou para Sette, com seriedade:

— Caçador, e o que nos aconselha?

E Sette, olhando para o companheiro de jornada com um sorriso confiante no rosto, respondeu:

— Mallaquians são um tipo de lagosta de quase um metro e meio de altura. Eles vivem em profundidade abissal. Os tentáculos que saem de sua boca contêm uma substância tóxica e altamente paralisante. Não sei como elas reagiram com os nossos inimigos, pois estamos falando de um animal híbrido produzido em laboratório. Mas acredito que a melhor forma de lidarmos com essa ameaça é sendo rápidos e letais.

Ao terminar de falar, o jovem pegou em sua bolsa três frascos, entregou para os dois companheiros e disse:

— Esse é o antidoto contra o veneno paralisante. Na realidade, ele não é específico para o que enfrentaremos, mas creio que deva funcionar de alguma forma. — E todos beberam do frasco.

Em sequência, o caçador remexeu na bolsa novamente, tirando duas facas de caça. Uma ele a entregou para Kiary, e a outra colocou entre os próprios dentes. Então, com muito cuidado, mais uma vez remexeu na sacola e tirou uma caixa de madeira muito surrada. Após colocá-la no chão e retirar os laços que a fechavam, tirou um frasco com uma substância azul.

O tribal, ao ver o cuidado de Sette com o frasco e o líquido azul reluzente, arregalou os olhos e perguntou:

— Você tem certeza disso? Se for o que eu penso, isso vale milhões no mercado clandestino.

— Não temos escolha. Ou vai, ou racha. — E, com muito cuidado, o caçador desenroscou a ponta do cabo de sua faca e a encheu com a estranha substância. Depois, com o mesmo cuidado, encheu o cabo da faca de Kiary, gastando todo o líquido azul.

Finalizando o ritual, Sette falou:

— Esse é um dos venenos mais letais que o mundo conhece, o veneno de uma urutu-cruzeiro prata. Uma ínfima quantidade pode matar um homem em questão de minutos. Primeiro ela faz a pessoa ter vômito, hemorragia e dificuldade respiratória, depois o indivíduo fica paralisado, até que um ataque anafilático o mata. E o pior, tudo acontece muito rápido. A faca de caça na qual injetei o veneno dispensará uma leve quantidade dele a cada golpe, tornando cada ataque nosso extremamente letal.

— Certo, então estamos prontos. A água está vermelha, e nossos ataques serão letais — comentou Edward, com extrema seriedade. — Segurem essas criaturas, não deixem que elas se aproximem de mim. Vocês têm que confiar no meu julgamento, na minha experiência. Criarei ao meu redor uma barreira mágica e, quando for a hora, darei o sinal, e vocês devem recuar e correr para perto de mim. Aí, quando vocês estiverem no lugar certo, criarei uma barreira tripla ao nosso redor, que vai nos proteger. Não se preocupem, sobreviveremos a isso. Eu calculei os riscos, compensei as variantes.

Ao ouvir o companheiro de jornada falar seriamente, Sette e Kiary confiaram em sua força, fazendo um leve aceno com a cabeça.

Mas Lutter gargalhou e indagou:

— Sério, mago, você está brincando, né? É impossível vocês vencerem. É impossível.

— Cale a boca! Cale a boca! Nada pode sobreviver ao que eu liberarei aqui! Nada! — respondeu Edward, com os olhos arregalados, demonstrando medo e ansiedade. Como desabafo, ele disse a si mesmo, em voz alta: — Que Deus nos proteja. Que Deus nos ajude!

Então, intrigado com aquela resposta e vendo o desespero no rosto dele, Lutter sorriu e, coçando-se para ver quem venceria, falou:

— Se é assim, que comece. Se você pretende se matar e matar a todos, então que comece. Que comece! — Após estas palavras, ele olhou para seus bebês, ergueu os braços e gritou:
— Que a carnificina comece. Que a loucura aconteça. Doralices, meus bebês, venham pegar, venham! O papai trouxe comida para vocês.

Ao ouvir o comando do mago das trevas, os animais ficaram em silêncio e permaneceram imóveis por alguns segundos, como se estivessem congelados.

Sette pegou o arco enquanto Kiary concentrava uma grande quantidade de energia no braço direito. Em seguida, a madeira dessa parte do corpo dele começou a se abrir, e inúmeras esferas de energia douradas surgiram flutuando. O tribal ergueu o braço e apontou o dedo indicador e médio para os inimigos, pronto para disparar os projéteis de luz.

Depois de se prepararem, Kiary e o caçador ficaram à espera, enquanto o silêncio tomava conta daquele lugar, trazendo consigo uma atmosfera densa e angustiante. Tudo era incerto e a ansiedade ditava o ritmo, à medida que os viajantes aguardavam a iniciativa de seus inimigos.

De repente, uma das criaturas saiu de trás de todas as outras, vestida como um homem comum, mas nua da cintura para baixo, o que intrigou a todos, especialmente Edward e Lutter. O mago das trevas, ao ver aquele que era diferente, assustou-se e pensou: *Se eles se espalhassem pelo mundo, reproduzindo-se como se reproduzem, evoluindo a essa velocidade e comendo carne humana, a Orla Conhecida correria grande perigo.*

Voltando à luta, a criatura diferente urrou de ódio, como se estivesse dando ordens. Então, sem aviso algum, mais ou menos vinte deles entraram na água lentamente, avançando pelo lago de sangue e causando suspense.

Ao entrarem, mergulharam e desapareceram, tornando o momento pura apreensão. Mas, instantes depois, seus corpos surgiram boiando na água, inanimados, completamente sem vida. O líder, aquele que estava vestido, gritou mais forte ainda, mostrando a eles que a água estava envenenada e que o único caminho restante seria pela ponte.

Assim, obedecendo cegamente às ordens de seu mestre, um pouco relutantes no início, mas decididos, os transformados partiram sem pensar, como cães raivosos, urrando como loucos e seguindo em alta velocidade pela ponte. O conflito começou.

Ao ver os inimigos avançando com tanta rapidez, o caçador e o tribal franziram os olhos e partiram para o ataque, desmembrando e despedaçando todos em seu caminho, usando fechas traçantes e disparos de pura energia.

A ponte se tornou iluminada pelos rastros de luz, enquanto os corpos dos mutilados eram rasgados com facilidade e caíam imediatamente na água, sem vida. Os dois companheiros de viagem se sentiram à vontade lutando à distância. Por vários minutos, essa foi a maneira como eles seguraram o avanço dos inimigos.

Em pouco tempo, porém, surpreendendo os heróis e usando os corpos em pedaços que estavam na água como passagem, pequenas crianças que urravam loucamente se aproximaram pelos lados, fazendo-os abandonar os ataques à distância e partir para algo mais íntimo, mais próximo.

No corpo a corpo, os viajantes se mostraram rápidos e concisos nos ataques e lutavam em sincronia, defendendo-se e atacando em simultâneo, como numa coreografia voraz. O veneno de Sette os tornava ainda mais rápidos e letais, e o plano seguia nos conformes. Em simultâneo, as Doralices atacavam com os tentáculos e as mãos nuas, aproveitando-se da vantagem numérica. Assim a luta entre os viajantes e os transformados continuou por alguns minutos.

Enquanto isso, perto dali, Edward se concentrou e começou a preparar seu plano. Primeiro, criou uma espessa barreira mágica em torno de si, para que pudesse manter foco total.

Depois, remexeu em sua bolsa e tirou de lá uma pequena caixa de madeira, que estava acorrentada e cheia de selamentos mágicos na tampa. Ao observar o objeto, o mago se arrepiou e se lembrou do passado. Mas, voltando à realidade, colocou-a no chão, ajoelhou-se diante dela e começou a recitar algumas palavras mágicas, como se estivesse fazendo uma oração.

Lentamente, a caixa começou a levitar, as correntes começaram a se quebrar e os selamentos, a se rasgar. De repente, a caixa se abriu, e dela três tubos de ensaio transparentes com uma rolha na ponta surgiram levitando no ar. Um continha uma substância negra; o outro, uma substância azul; e o outro, um líquido vermelho.

Ao olhar para os tubos, Edward arregalou os olhos, e, quando ele os pegou, um arrepio na alma tomou conta do Mago da Luz. Lutter, que observava tudo intrigado, lembrou-se de uma antiga história, uma história na qual heróis e vilões não se distinguiam, e falou com espanto:

— Isso não é o que eu penso que é, é? Mago, vamos, diga a verdade. Se continuar assim, nós todos morreremos. Você ficou louco? Nós todos vamos morrer!

Sem olhar para a sombra que o interrogava, Edward respondeu:

— Quer dizer que o seu corpo está aqui entre nós?

— Sim, estou perto o bastante para materializar minha sombra e escondido o suficiente para que vocês não me vejam — afirmou o outro mago, com medo na voz.

Edward, ao dar-se conta de que Lutter estava entre eles, gargalhou de um jeito sarcástico e respondeu, com uma voz rouca e cheia de escuridão:

— Então você conhece a lenda. A substância mágica do genocídio. A Alquimia dos Suicidas. — E, com aquelas palavras, ele olhou para a sombra com o mesmo sorriso sarcástico e emendou, com um tom macabro: — Então você conhece, Abbatonn!!

Ao ouvir aquele nome, a sombra se arrepiou e falou com angústia:

— Então é verdade, a arma química absoluta. O sonho de todo genocida. — Sem acreditar no que via, continuou: — A arma criada pelos Alquimistas das Trevas de Bhaskkar, com a alma de milhares de inocentes, ainda vive? E sua receita habita com os Magos da Luz? — Após aceitar a verdade, ele sorriu e continuou: — Vocês se dizem Magos da Luz, a esperança dos povos livres, mas no fim são mais podres que nós. Mais podres que qualquer um de nós. Bom, que assim seja! Uma salva de palmas à loucura! Uma salva de palma à morte! — Lutter bateu palmas e gargalhou profundamente.

Sem se importar com o inimigo, Edward, sabendo que ele tinha razão, não se deixou abalar. Então, o Mago da Luz colocou o vidro com a substância negra entre os dentes e guardou os outros dois tubos no bolso, com muito cuidado. Depois, pegou na bolsa uma seringa e, com o maior cuidado do mundo, injetou na rolha a agulha da seringa, puxando a substância que estava no tubo de ensaio.

Com o líquido negro na seringa, ele colocou-a entre os dentes, sentou-se no chão, cruzou as pernas e, entre as mãos, começou a criar uma pequena esfera de energia com paredes extremamente grossas. Fez isso com muita dificuldade, pois o processo gastava muita energia.

Após criar a esfera, Edward ajoelhou-se com um joelho só, segurou a esfera em uma das mãos e, com a outra, pegou a seringa, injetando com muito cuidado a substância dentro da esfera. Ele suava, pois o momento era decisivo: se uma única gota escapasse, todos ao redor morreriam em instantes. Mas, no fim, o mago conseguiu e, quando a última gota caiu na esfera dourada, sua alma ficou mais aliviada. Com o mesmo esmero, ele pegou o fluido azul e o vermelho, e um após o outro os colocou na redoma de energia, usando a seringa.

Dando continuidade ao plano, um grito de dor surgiu de dentro da esfera quando os líquidos se encontraram. Esse grito representava a morte de todas as almas que partiram em sofrimento para que aquela loucura fosse concebida.

O grito fez todos congelarem. Todos, sem exceção. Os transformados pararam. Sette e Kiary também, e olharam para o mago com espanto. Edward e Lutter, vendo de perto o que estava acontecendo, arrepiaram-se até a alma.

Ao ter a esfera em mãos, o mago de luz soltou-a no ar com extremo cuidado, e ela flutuou diante de seus olhos. Em sequência, ele desfez a esfera de proteção e ergueu o cajado imbuído de uma absurda quantidade de energia, enquanto dizia a si mesmo: "Ela tem de ganhar altitude, senão não vai funcionar! Ela tem de ganhar altitude!".

Assim, empregando grande esforço, Edward bateu o cajado no chão com violência, e a esfera de energia que flutuava no ar com extrema dificuldade foi descendo até a terra. Ela desceu bem devagar, como que se estivesse lutando para não chegar ao chão. Mas, quando tocou o solo, o mago puxou o cajado de uma vez, e a esfera estilingou para o céu como uma bala.

Naquele momento, o mago rapidamente bateu o cajado no chão e se concentrou, gastando todo o resto de sua energia e criando no solo três círculos de transmutação reluzentes em volta de si. Quando tudo estava pronto, ele gritou desesperado:

— Agora! Vamos, não temos tempo! Agora!

Ao ouvir aquilo, Kiary e Sette esqueceram-se dos inimigos. Os transformados os seguiram de perto, ao perceber que eles estavam fugindo. Os dois partiram com vantagem, mas logo foram alcançados e começaram a ser segurados e puxados pelas roupas, pelos braços, pelas pernas.

Era angustiante aquela cena, era agonizante ver o que acontecia, enquanto um mar de transformados os seguravam e os puxavam, agarrando-os como uma horda de zumbis. Edward, em desespero, gritava:

— Vamos! Nós morreremos se isso continuar assim, não podemos parar!

Sette e Kiary lutavam como podiam, apunhalando cada mão que os tocava, cada abraço que os segurava. Arrastando-se e lutando, seguiam em frente da melhor forma possível. Mas isso não foi o suficiente, pois em alguns segundos eles foram dragados pela multidão de transformados, que se amontoaram em cima deles, consumindo-os.

Edward arregalou os olhos e gritou, ofegante:

— Não! Não! — Tudo parecia perdido, tudo estava acabado, e por vários segundos eles permaneceram presos ali, engolidos pela massa de transformados.

De repente, contrariando o momento, uma explosão jogou os transformados para o ar, e Kiary e Sette para trás. O caçador caiu com vários ferimentos e queimaduras pelo corpo, enquanto o tribal saiu apenas atordoado. Contudo, apesar do desastre, os dois se soltaram e, zonzos por causa da explosão, seguiram se arrastando com dificuldade e angústia, alucinados pelo momento. Continuaram a fugir dessa forma, enquanto os transformados ainda avançavam, como uma praga, como uma doença.

Vendo que os companheiros de jornada não conseguiriam terminar o percurso, Edward saiu dos círculos de transmutação e, com o cajado em punho, aproximou-se dos colegas, disparando projéteis de pura energia contra os transformados e diminuindo o avanço destes. Quando se aproximou de Sette e Kiary, o mago pegou o jovem caçador pelos braços e o puxou, enquanto Kiary (o qual estava apenas atordoado com a explosão) ajudou a disparar projéteis contra os inimigos.

O desespero consumia os três, que fugiam como se não houvesse amanhã. Mas, de repente, faltando pouco para adentrar o círculo de energia, um grito de dor ecoou pelo céu. Quando os presentes olharam para cima, um feixe de luz iluminou o horizonte, uma potente explosão aconteceu e um cogumelo de fumaça escura se levantou, lançando um tipo de cinza negra pelo ar.

O grito, a explosão e o flash chamaram a atenção de todos, sem exceção. Edward, diante do acontecido, gritou:

— Vai! Vamos rápido! Vamos! — E, com muita urgência, os três fugiram para os círculos dourados que o mago havia criado, seguidos de perto pelos transformados.

Por um fio de cabelo eles conseguiram, e, quando passaram pelos círculos, três barreiras pesadas de luz os protegeram, deixando os transformados para fora.

Quando entraram, Sette desabou ofegante, e Kiary caiu de joelhos, sem entender o que estava acontecendo ali. Mas, para a surpresa de todos, Edward, acelerado pelos acontecimentos, pegou o caçador pelo pescoço e colocou seu cajado na cabeça do companheiro de viagem, pronto para disparar à queima-roupa.

O tribal se assustou, e Sette, sem entender nada, ficou sem reação. Mas o mago, ofegante, gritava:

— Abra os olhos! Abra os olhos! Se você foi contaminado, nós todos estamos mortos!

Sette abriu os olhos, e Edward viu que eles não sangravam. Kiary, diante do acontecido, aproximou-se do mago e disse:

— Mas o que... — Entretanto, ele foi interrompido pelo mago, que largou o caçador no chão, apontou para o tribal, pronto para disparar, e gritou:

— Mostre seus olhos para mim! Vamos, mostre seus olhos para mim!

Quando Kiary se aproximou, Edward viu que os olhos do tribal também não sangravam. Assim, o mago desabou no chão de joelhos e falou:

— Está feito! Está feito!

Mas, quando terminou de proferir essas palavras, a primeira barreira de energia que os protegia se quebrou, e os transformados avançaram para a segunda, amontoando-se sobre ela como uma doença, como uma praga.

Preocupados, os três se levantaram e ficaram apenas olhando, enquanto Lutter, gargalhando, bateu palmas para toda aquela loucura e disse escrachadamente:

— Bravo! Bravo! Mas, mago, acho que você calculou errado. Acho que vocês não vão conseguir.

Edward, enfurecido, virou-se para o manequim de chamas e respondeu:

— Cale a boca! Cale a boca! — Mas, quando ele voltou os olhos para seus inimigos, viu que a segunda barreira havia se rompido, então os transformados e os viajantes ficaram cara a cara, separados apenas pela última barreira de energia.

Sette, ao observar a situação, tomou o Elixir de Prata e se curou. Assim, conseguiu se preparar para a batalha. Os três esperaram com as armas em punho, prontos para o que der e vier. Diante de tudo aquilo, Lutter batia palmas e gargalhava, dizendo:

— Bravo! Bravo! Vamos para o segundo ato!

Mas, quando a barreira estava para se quebrar, quando os viajantes já haviam perdido a esperança, uma belíssima cortina de poeira brilhante em cor de prata caiu sobre os transformados, fazendo-os parar. A chuva prateada caiu por vários e vários quilômetros ao redor.

Edward, ofegante e aliviado, caiu de joelhos e falou:

— Está feito! Está feito! Nós conseguimos!

Dessa forma, os transformados, imóveis como pedra, começaram a gritar e berrar como loucos, enquanto de seus olhos sangue jorrava como em uma cascata. Então, em uma cena de carnificina e loucura extrema, todos começaram a se matar e a se atacar. E toda a cena, sem exceção, acontecia da forma mais brutal e bizarra possível, tornando aquele lugar um vislumbre infernal.

Os presentes ficaram abismados com o que estava ocorrendo. Sette e Kiary, sem entender o que viam, se desesperaram e em seus íntimos disseram: *Isto é o Inferno. O Inferno é aqui.*

Já em Edward, um sentimento de culpa dilacerante o fez chorar e repetir para si mesmo: "Deus, por favor me perdoe. Deus, por favor me perdoe".

Enquanto os viajantes se desesperavam, Lutter passou por um despertar, o despertar de uma ideia suja e bizarra. Enquanto seus filhos se destruíam, ele batia palmas e gargalhava de prazer, falando em voz alta:

— Nasceu da morte a ideia que vai colocar o mundo aos nossos pés. Obrigado, mago. Obrigado a todos que participaram dessa loucura. Vocês podem não ver, mas lágrimas de emoção correm em meus olhos. Obrigado. Obrigado. — E, com o fim dessas palavras, ele desapareceu da mesma forma que surgira.

Praticamente em simultâneo, as luzes se apagaram, e, quando elas voltaram, os três viajantes se depararam com uma grande fenda, que dava acesso ao interior de uma enorme parede de pedra. Então, os heróis entenderam que tinham voltado para o Fosso de Vermont.

Esquecendo, porém, onde eles estavam e focando apenas a loucura que havia acontecido, Kiary olhou assustado para Edward e indagou:

— Mas o que foi isso?

E o mago, encarando com vergonha tanto o caçador quanto o tribal, abaixou a cabeça, virou-se para a fenda, a fim de entrar na caverna, e disse:

— Só sendo um monstro para lutar contra outros monstros. — Assim, dando as costas e seguindo o caminho, continuou: — Vamos! Esqueçam o que passou, ainda temos muito a caminhar.

Mas Sette, ao ver a atitude do mago, puxou-o pelo ombro e comentou:

— Você nos deve uma explicação. O que as Ordens da Luz fizeram?

Quando puxou o companheiro de jornada e o olhou nos olhos, o caçador viu tristeza e arrependimento. Edward respondeu:

— Você acha que eu concordo ou estou feliz com o que eu fiz? Fiz isso, pois era preciso. Fiz isso, pois o mundo depende de nós.

Tomando a frente e tentando amenizar um pouco a situação, Kiary mudou de assunto:

— Foi por aqui que caminhei pela última vez. Estamos no lugar certo. À frente há algumas celas, uma área de pesquisa e uma pequena biblioteca, onde podemos descansar e nos acalmar. Vamos seguir e, quando for a hora, com calma discutiremos o que aconteceu.

Concordando com o tribal, os outros dois também entraram rapidamente pela grande fenda na pedra, onde encontraram um longo corredor muito apertado e, nas paredes, celas pequenas e imundas como as de antes.

Eles caminharam através daqueles estreitos e escuros corredores, esgueirando-se por alguns minutos. Em seguida, depararam-se com uma pequena e singela porta de aço. Ao abri-la, os três se viram em grande sala mal-iluminada e cheia de equipamentos de pesquisa.

Continuaram em silêncio sem dar atenção ao que viam. Logo deixaram o laboratório para trás e seguiram até uma pequena porta de madeira. Ao adentrá-la, viram uma pequena sala mal-iluminada e cheia de livros, e nela havia algumas prateleiras abarrotadas de volumes velhos. Ali também estavam dois sofás aconchegantes, algumas cadeiras, e uma mesa de madeira.

Ao observar o ambiente, Sette viu o confortável sofá vermelho e logo se sentou, tentando se acalmar, enquanto Edward, ainda alucinado, aproximou-se das estantes e começou a examinar livro após livro. Já Kiary se sentou no chão perto do sofá, cruzou as pernas e ficou em silêncio. Todos ficaram calados por alguns minutos.

Por fim, Edward respirou fundo e disse com seriedade:
— No passado, os Alquimistas da Ordem de Bhaskkar escreveram o Livro da Morte, nomeado Abbadon. Nele, havia o passo a passo para criar a substância mais mortal que os nove continentes já viram, o Abbatonn. O Abbatonn foi criado pelos seis da Bhaskkar, os seis maiores e mais geniais alquimistas que o mundo já viu. — Ele olhou para os companheiros e continuou: — Para criar a substância, esses alquimistas pensaram fora da caixa e por anos e anos a fio testaram e estudaram muito, até que conseguiram. O Abbatonn, como viram, faz as pessoas enlouquecerem, mas o que aconteceu ali foi diferente, pois os animais que foram envenenados não eram humanos. Se eles fossem completamente homens, o efeito seria diferente, teriam lutado uns contra os outros, até que o último viesse a se matar.

— Mas como algo tão perigoso ficou nas mãos dos homens? Se me lembro bem, foi declarado que ele havia sido destruído e que a forma de preparar e cozinhar a substância havia sido apagada, assim como todos os seis alquimistas: Alqueres Nanoa, Angelina Rigues, Anthony Davis, Avaré, o pajé das trevas,

Ohana e Malaqhiáh. Eu conheço os nomes, eu conheço a história — falou Kiary, com mistério.

— Essa não é a verdade — afirmou o mago. — Resumindo, quando tudo acabou, quando os seis foram capturados por uma aliança entre Caçadores, Magos, Tribais, Cavaleiros e Vikings, a substância foi destruída junto com o Livro da Morte. Pelo menos era nisso que eu acreditava, mas, na última noite antes de partir para o encontro em Umbundur, o Grão-Mestre da Ordem da Observância de Mileto (a mais brutal e doentia das Ordens da Luz) me procurou, me entregou o Abbatonn e me ensinou a usá-lo.

Edward continuou, com o mistério a envolver sua voz:

— Fiquei relutante, disse que nunca participaria dessa loucura. Mas meu mestre vendo como eu me sentia, se aproximou e me disse algo que quebrou meu mundo. Algo que me fez observar a vida de forma diferente. Ele falou: "Para lutar com monstros, você também deve ser um".

— Verdade, pois, se não fosse por isso, estaríamos mortos, e a missão teria sido em vão — comentou Sette, entendendo que o mago tinha razão.

Após a breve explicação, os três ficaram em silêncio, tentando digerir o que acontecera enquanto pensavam quantas coisas escondidas ainda iam ser reveladas. Assim, naquela sala mal-iluminada, logo eles se aconchegaram como puderam e dormiram por algumas horas.

Kiary, porém, foi invadido por um forte sentimento de culpa e acordou. Começou a pensar em seus pecados e em como iria se redimir com o mundo. Por ficar um longo período preso naquele lugar, o tribal compreendeu que estava no caminho errado e que era a hora de se entregar e se redimir.

Enquanto os viajantes descansavam, as horas se passaram calmamente e tudo se manteve em silêncio por um longo tempo. De repente, um forte berro surgiu das profundezas dali, acordando a todos. O grito fez o fosso tremer por completo.

Sette, ao ouvir o forte grunhido, abriu os olhos e aos poucos começou a se levantar. Já o mago levantou-se num instante. Kiary, que se mantinha meditando, disse assim que notou que os viajantes haviam acordado:

— Chegou a hora, devemos continuar!

Sinais dos tempos

Todos se levantaram e começaram a preparação para partir. Sette estava um pouco cansado, então, enquanto arrumava suas coisas, começou a murmurar:

— Essa bosta que fica berrando como louca deve ser nosso despertador.

— Infelizmente alguém tem de impedir Ungastar e os Scars — afirmou Edward, em tom descontraído.

O caçador, diante da fala do outro companheiro, indagou a Kiary:

— Como era Ungastar?

— Ele era frio, calculista e impiedoso. Extremamente rápido e mortal em batalha, sabia lutar tanto quanto um mago de assalto ou estrategista e era uma enciclopédia humana no quesito feitiços. Sua quantidade de energia era de média a alta, e sua inteligência o tornava um de nossos membros mais brilhantes e potentes em batalha.

Os outros dois se assustaram com a descrição da força do mago, e o tribal emendou:

— No cerco contra os infiéis, nas frias terras do Continente Cinza, lembro que, no primeiro ataque a um castelo pagão, Ungastar sozinho abriu caminho contra as defesas inimigas, lutando contra vikings pesados e balistas de defesa. Passamos vários anos lutando aquela guerra, e ele ganhou o apelido de Uništiti, que significa "destruidor", nas línguas daquele país gelado.

Diante daquela descrição, Edward olhou com um olhar sério para o colega de jornada e disse:

— Se fosse para você colocar Ungastar em uma posição entre os magos mais fortes do mundo conhecido, em que lugar o colocaria?

— Talvez em décimo sétimo ou décimo primeiro — respondeu Kiary, sem pestanejar.

Sette então disse, com um olhar preocupado:

— Ele deve ser um monstro.

Após a breve troca de informações, os três seguiram até uma pequena porta de madeira que ficava no fim da sala. Ao saírem por ela, desceram, esgueirando-se, por uma longa escadaria de pedra, num corredor abafado e extremamente apertado. Acabaram chegando a outra pequena porta de madeira.

Sette, que caminhava à frente, abriu a porta sem receio algum, revelando uma estreita e singela sacada de pedra, além de algumas celas. Tude se assemelhava ao local onde Kiary estivera preso, desde a pouca iluminação até o total abandono.

Ao entrarem, os viajantes caminharam pelo ambiente. Observando rapidamente todas as celas e notando que estavam vazias, eles seguiram pela sacada de pedra e desceram, passando por todos os subníveis.

Ao deixarem o segundo nível para trás, avançaram com cautela, iluminados pelos vaga-lumes de fogo. Para a surpresa de todos, o insuportável calor que os acompanhava desde o início da viagem agora já não existia. Quanto mais eles avançavam, mais a temperatura caía.

Os degraus eram íngremes e a descida, lenta, dolorosa e perigosa. Os heróis caminharam daquela forma por quase dois dias, sempre descansando pouco e andando muito, até chegarem a uma grande plataforma de madeira.

Ali, os três encontraram duas portas e um pequeno alçapão central, que ficava dentro de outro grande alçapão. Uma porta revelou algumas armas enferrujadas, e na outra eles encontraram alguns alimentos estragados e uma bica de água fresca, a qual aproveitaram para encher seus cantis. Em seguida, os viajantes se encontraram no alçapão central.

Ao ficarem de frente uns com os outros, Kiary os olhou nos olhos e disse:

— Estamos agora no terceiro nível. Devemos ter cautela, estamos muito próximos do fim deste lugar. — E abaixou-se, abrindo o alçapão que estava aos seus pés. Ele, Sette e Edward viram uma escada de ferro do tipo marinheiro que levava para uma parte inferior, e abaixo disso eles não conseguiram enxergar muito, pois as luzes daquele lugar estavam totalmente apagadas.

Mas, ao ver o que os esperava, todos ficaram em silêncio, aconchegaram-se e descansaram por algumas horas. Antes de caírem no sono, Kiary perguntou, intrigado:

— Há quanto tempo os Scars vêm se movimentando para isso? Não é possível que ninguém tenha percebido nada.

— Você sabe como eles são. Você sabe mais do que ninguém como a Tríplice Coroa age e como nós, os homens de bem deste mundo, somos desunidos e orgulhosos — afirmou Edward, com seriedade. — Nada disso deve ter sido feito por acaso, há muito tempo essa ideia deve ter sido desenvolvida, planejada e estudada para ser executada. E não só os Scars, mas também a Tríplice Coroa Infernal e as três Seitas do Inferno estão por trás de algo tão grande, com certeza. Acredito que os Scars e os Voids são só a ponta do iceberg e acredito que os mais importantes nisso tudo são os Abysses. — O mago emendou, com a voz cheia de mistério: — Depois que tudo aconteceu, fui ligando os pontos, e agora está mais do que claro que tudo se iniciou há muitos anos, com Ungastar. Mas, antes de sabermos sobre o mago das trevas, acreditávamos que tudo tinha se iniciado três anos atrás, com uma batalha no Continente Verde, a famosa batalha da cidade de Balsamina.

Edward olhava para a escuridão e parecia ver a batalha acontecendo a sua frente, enquanto narrava:

— Às onze e onze da manhã, no centro da cidade de Balsamina. Na praça principal da cidade, guardas do Reino de Godallion perceberam uma movimentação estranha e reportaram que uma grande quantidade de Scars se reunia ali. Ali estavam alvos de alta posição no Ranking dos Renegados, alvos de valor estratégico para os Scars, como Sitri e Orobas, além de sua mais famosa força de batalha, os Lendários Fúria. Três membros do alto escalão. Todos pareciam proteger Orobas, que se mantinha em transe no centro da praça da cidade. Como você deve saber, Orobas é uma peça importantíssima para os Scars, pois tem o poder de ver o passado e prever o futuro. Ela faz tudo de forma involuntária, e sua saúde é extremamente frágil. Não sei ao certo como funcionam seus poderes, mas dizem que, ao chegar a um lugar, ela consegue ver o que se passou ali, desde a era da Criação. Ela também pode ler a mão de uma pessoa e ver o seu futuro, além de pintar quadros extremamente belos sobre as visões que teve. Por ter esse poder extremamente útil, Orobas é considerada uma peça de importância fundamental para os Scars.

— Eu já a vi de perto, e por muito pouco quase arranquei sua cabeça, mas é como você mesmo disse: a proteção dos Scars em volta dela é absurda — respondeu Kiary, franzindo a testa.

— Bom, infelizmente é como você diz — continuou Edward. — Mas, voltando à história, quem estava lá narrou a cena desta forma. Disseram que em pouco tempo, após a denúncia dos guardas de Godallion, a praça foi começando a ficar vazia, e os Scars começaram a se aproximar uns dos outros, imaginando que algo estava por vir. Quando não havia mais ninguém ali, Gustav, o líder da Fúria, pressentiu alguma coisa e gritou: "Posição de batalha!". Então, os membros daquele grupo tomaram a frente, e os integrantes restantes se colocaram ao redor de Orobas. Nattaly criou um pesado escudo de energia ao redor deles. Todos os Scars se mantiveram atentos e prontos para o ataque, até que quatrocentos e cinquenta soldados cercaram a pequena praça, que tinha apenas cinco vias de acesso, e por um lado um grande muro a fechava.

"Os Scars não tinham saída. Aproveitando-se da vantagem numérica, os soldados e seus comandantes sem pensar partiram com tudo para o ataque. No entanto, por mais incrível que pareça, a Fúria sozinha obliterou quase todos os quatrocentos e cinquenta soldados, deixando-os em pedaços. Na rua principal, estava Gustav, o Monge Assassino e líder da Fúria. Na outra, estava Uhrogin Owen, o Viking Satânico, considerado por muitos um dos homens de maior força física no mundo. Em outra rua, Amon, o Samurai das Trevas, aquele conhecido pela ferocidade e violência em batalha. Na outra, Agon Adekain, o Monge de Ferro, o Buda de Aço, também um dos homens mais fortes em resistência e força física no mundo. E por último estava Stolas, o Jester das Trevas, o Palhaço Assassino, aquele conhecido como um dos maiores assassinos do mundo."

— Ouvi dizer que esse incidente foi digno de desespero entre aqueles que se encontravam na cidade de Balsamina, pois nada parecia parar os Scars, que desmembravam e destruíam todos em seu caminho, banhando o chão daquela cidade em sangue e vísceras. O desespero tomou conta de todos, e aquela chacina brutal foi notícia até na Orla Desconhecida — comentou Sette, olhando para o nada.

Edward sorriu levemente, enquanto começou a contar a parte final daquela história:

— Verdade, caçador, essa notícia rodou o mundo. Mas, por mais incrível que pareça, quando a esperança estava no fim e as trevas pareciam reinar, absolutas como estrelas, seis luzes se formaram nas torres próximas. As luzes eram tão fortes que chamaram a atenção de todos, e, quando elas se apagaram, cinco homens e uma mulher apareceram com línguas de fogo em suas cabeças.

— Apóstolos! Eram os apóstolos! — exclamou Kiary, com entusiasmo.

Edward continuou:

— Sim, seis deles de uma única vez. E quem estava lá disse que esses milagres aconteceram para crermos que Deus está conosco.

— Aleluia! Aleluia! — falou Sette.

O mago prosseguiu:

— Ao verem aquilo, os Scars recuaram e se colocaram em posição defensiva. Gustav, que era o líder de todos, gritou: "Apóstolos! Preparem-se! Apóstolos no campo de batalha! Preparem-se!". Após esse chamado, os Scars se colocaram na defensiva. E, quando as línguas de fogo desapareceram, os Apóstolos desceram e enfrentaram de igual para igual os Scars, que em alguns poucos minutos de luta foram massacrados e fugiram quase todos com ferimentos graves, sendo levados em vórtices dimensionais por Sitri — contou Edward, que completou: — Enquanto cinco deles lutavam, dizem que a mulher que surgiu com eles ficou orando de joelhos na torre mais alta. Quando tudo estava para terminar, uma luz forte envolveu a cidade, e todos os mortos, todo o sangue, toda a dor desapareceram diante da oração daquela bela jovem. Todos, pela vontade e misericórdia de Deus, todos que estavam mortos ou feridos gravemente foram curados e ressuscitaram, para a honra e glória de Deus Pai.

— Quem é como Deus? — falou Kiary.

E Sette respondeu:

— Ninguém! Ninguém!

Edward, olhando para os dois, continuou:

— Seis apóstolos, todos reunidos de uma única vez, dá para acreditar? E onze Scars reunidos em missão? Expondo-se ao extremo? Usando seus membros mais importantes para conseguir informações, tudo numa praça pública? Há muito esse plano foi orquestrado, só não demos atenção o suficiente. Os sinais estavam à mostra, mas preferimos não ver. Nossa falta de fé nos sinais dos tempos nos trouxe a esse momento de desespero.

— Você tem razão! — disse Sette, que contou uma história que se iniciava assim: — Há mais ou menos dois anos, no Pontal (lugar onde os Rio Grande, o Rio Sapucaí e o Rio Pardo se encontram), a Sede da Iniciativa dos Desbravadores no Continente Verde foi atacada repentinamente pelos Scars. Ali estavam: Calibus Alpion, o lendário metamorfo; Elrick Paladiny, que usava o corpo de uma mulher ruiva e tinha poderes psíquicos extremos; Nitro, o usuário especialista em mudar de forma; Aidrean Absolun, o mestre da técnica marca da areia; Ariel Plato, o paladino mais potente do mundo; os três tribais assassinos, Papuí Ruda, Telecanis Yakecan e Nankokô Ephon. A luta foi contínua e muito violenta. Os desbravadores mostraram força e resistiram bem à tentativa de invasão, mas os Scars, da mesma forma que surgiram, também desapareceram. Dias depois, foi identificado que relíquias do depósito da Iniciativa haviam sumido. Essas relíquias ainda estavam sendo estudadas. Não sei o que os Scars queriam, nem o que as relíquias poderiam fazer, mas acredito que isso também tem a ver com o momento que estamos vivendo agora.

— Então os sinais não foram discretos, o mundo inteiro os viu. Os homens de bem foram atacados e não revidaram, não fizeram nada. E agora estamos diante de uma crise sem precedentes. Se o mundo acabar, se os nove continentes se tornarem um cemitério a céu aberto, foi por causa do orgulho e do egoísmo dos homens livres — afirmou Kiary. — Sei que fui um Galado um dia e que também era assim. Quantas e quantas vezes virei as costas e deixei pessoas e reinos perecerem? Quantas e quantas vezes vi pessoas se destruírem e neguei ajuda? Não sou tão diferente de vocês. Quem sou eu para julgar? Mas eu era um Galado, um fanático religioso, eu não sou e nunca fui um homem de boa índole. Mas vocês, vocês... São a defesa do mundo livre contra o mal. A nossa esperança. A vocês não é permitido falhar.

Ao ouvirem o ex-Galado, Edward e Sette ficaram em silêncio, pois sabiam que o tribal, que continuou em seguida, estava certo:

— O mundo precisa de heróis. O mundo precisa se libertar desse egoísmo sem sentido que nos aprisiona.

— Nisso você tem razão, o mundo precisa de heróis — E Sette prosseguiu, com coragem: — Eu fiz uma promessa à minha velha mãe e não vou parar até mudar o mundo de alguma forma, pois sou escravo disso. Eu quero ser esse herói que você diz, eu quero mudar os corações e unificar os desejos dos Reinos e das Ordens que este mundo possui.

Ao ouvir o jovem caçador, Kiary espantou-se, mas depois ele sorriu com os olhos e encarou Sette, que estava com o sorriso desafiador que sempre o acompanhava. Kiary então se encheu de esperança e disse:

— Há muito tempo o mundo carece de heróis. De homens que vêm para inspirar os corações. Esse é o caminho, jovem caçador, essa é a solução. — Em seu íntimo o ex-Galado pensou: *Se existirem mais pessoas como ele, talvez o mundo ainda tenha solução.*

E, com o pensamento concluído, orou: – Deus, inspire os corações dessa geração. Mostre ao mundo que unidos somos mais fortes. Inspire os corações para podermos acreditar em heróis. E que os heróis sejam firmes em suas convicções.

Em simultâneo, Edward, que ouvia tudo em silêncio, pensava, com o coração cheio de descrença: *O homem é egoísta por natureza, isso nunca mudará. O mundo é do mais forte e sempre foi assim. Jovem caçador, um dia você vai ver que todos somos egoístas, inclusive você. E que nunca houve e nunca vai haver sacrifício pelo próximo sem nada em troca. Suas crenças são sem sentido, mas você é jovem; o mundo, o tempo, a dor e a saudade vão mudar seu coração.*

E, após alguns minutos contidos nos próprios pensamentos, os três adormeceram por algumas horas.

Roy Anderson

Após acordar, o mago, o caçador e o tribal se prepararam e seguiram até o alçapão central. Ao ficar diante dele e respirar fundo, Sette o abriu e começou a descê-lo, lenta e sorrateiramente. Um após o outro, todos chegaram a uma estreita ponte de madeira.

Quando adentraram o terceiro nível, Kiary soltou alguns poucos vaga-lumes de fogo para iluminar o caminho. Os viajantes então observaram que aquele lugar era totalmente igual aos níveis anteriores. Nada havia mudado.

Eles sabiam que não estavam sós, por isso continuaram em total silêncio e com o mínimo de luz possível, esgueirando-se pelas paredes do grande fosso com extrema cautela. Seguiram assim por alguns minutos, até que do nada um grande urro de novo surgiu da escuridão, estremecendo as paredes daquele lugar.

Os viajantes, sentindo-se extremamente ameaçados com o violento som que inundou todo o abismo, encostaram-se na parede de pedra e permaneceram em silêncio por alguns minutos. Eles ainda estavam no último subnível do terceiro nível, e o tribal, na tentativa de esconder sua presença ao máximo, recolheu rapidamente os vaga-lumes de fogo. E todos ficaram imóveis, congelados como pedras, assustados com o que estava acontecendo.

Entretanto, por mais que eles tentassem apagar seus rastros, já era tarde, pois de repente um grande vulto passou assobiando como uma flecha, deslocando uma enorme quantidade de ar, que chacoalhou os três. O vulto seguiu voando para cima, e, por estarem todos no escuro, ninguém viu o que havia passado por entre eles.

A atmosfera, antes de cautela, agora se transformara completamente, trazendo ansiedade e um estado de alerta extremo para os viajantes, que sentiam seus corações acelerados, a mil.

Por estarem no último subnível do terceiro nível, Sette, Edward e Kiary desceram alguns lances de escada com rapidez e correram para o centro da última ponte, na tentativa de enxergar aquilo que passara por eles. Mas, do mais alto do fosso, ouviu-se um grande urro e depois um grande estrondo, e os escombros das pontes que constituíam os subníveis acima começaram a cair em grandes pedaços.

Diante da situação, Kiary viu que a discrição havia se perdido, então libertou todos os vaga-lumes de fogo de uma única vez, iluminando o local. Quando todos olharam para baixo, viram que estavam perto do fim do fosso e que o terceiro nível era diferente, pois nele ainda havia mais cinco subníveis abaixo de onde estavam, além de uma longa queda, de mais de vinte metros até o chão.

Com as pedras a cair, Sette pegou na bolsa alguns pelos dos Bugios Lançadores e os colocou debaixo da língua, ganhando num instante uma altíssima flexibilidade muscular e uma resistência a quedas. O caçador então se jogou no abismo.

Já Edward colocou o cajado na frente e começou a dizer palavras mágicas em voz baixa. Ao repeti-las, o corpo do mago se tornou duro como o aço e sua pele, brilhante como prata. Após isso, ele precipitou-se no abismo, aterrissando violentamente no fundo do poço.

Por fim, Kiary apenas pulou, sem pensar duas vezes, e sua Casca de Batalha, por estar viva, criou raízes e galhos. Estes saíram das mãos e pernas do tribal, fazendo com que ele descesse agarrado às paredes do fosso, como se estivesse se pendurando em um brinquedo para criança.

Os três chegaram juntos ao fim do abismo. Ao tão sonhado lugar no qual naquele momento eles não queriam estar. Em sequência, todos se protegeram como podiam dos escombros que caíam. Até que rapidamente tudo acabou, e um breve silêncio se fez, trazendo suspense e apreensão.

Num piscar de olhos, um grande vulto caiu dos céus com violência na frente dos viajantes. Isso criou uma espessa nuvem de poeira e um enorme estrondo.

Vendo que agora era para valer, Sette desembainhou a espada; Edward colocou o cajado na frente do próprio corpo; Kiary ergueu o braço à frente, e de sua mão direita um buraco se abriu, evidenciando uma belíssima espada. Os três saíram de suas proteções e ficaram um ao lado do outro, esperando o inimigo se mostrar.

Os vaga-lumes de fogo iluminavam o lugar. A apreensão era grande, e a ansiedade tomava conta do coração dos viajantes. A poeira dissolvia-se com lentidão, e o silêncio tomou conta de todo o fosso por alguns segundos.

Mas, antes que a poeira viesse a se dissipar naturalmente, o feroz animal deu um urro de ódio, dispersou por completo a poeira e se revelou. O caçador, ao ver o inimigo, gritou, alucinado:

— Morcego de foogooo! — E naquele instante todos rapidamente procuraram abrigo atrás das pedras que haviam caído.

Ao mesmo tempo, o inimigo sugou uma enorme quantidade de ar e lançou uma potente baforada de fogo, queimando o fundo fosso com suas chamas.

Todos se protegeram como podiam do fogo, que quase derreteu as pedras nas quais eles se escondiam, transformando o abismo no inferno e fazendo os viajantes se engasgarem com a fumaça e as cinzas.

Mas, quando a violenta baforada se foi e um breve silêncio tomou aquele lugar, uma voz fina e estridente surgiu de dentro do morcego:

— Se vocês estão aqui, é porque venceram a armadilha de Lutter. Isso mostra que vocês são bons. Olá, meu nome é Roy Anderson e sou um Caçador Excomungado. Estou aqui a mando de meu mestre para proteger esta prisão de curiosos como vocês.

Ao ouvirem a voz, os heróis saíram com cautela de suas proteções e observaram tudo ao redor. Entretanto, não viram ninguém, apenas o morcego e nada mais. Observaram detalhadamente o grande animal assim que ficaram cara a cara com ele.

Imponente e com quase três metros de altura, a criatura apresentava no pescoço uma pelagem em amarelo-ouro que ardia em brasa, mas somente nas pontas. No lado direito de seu peito, havia uma grande mancha também amarelo-ouro, como lava de vulcão. Dessa mancha, derivavam veias enormes, que pareciam levar fluido até as outras partes do corpo dele. Além disso, seus pelos do dorso eram marrom-escuros, quase negros.

Por mais estranho que pareça, na cauda do morcego havia a cabeça de uma cobra, cuja aparência era horrível e na boca presas afiadas se mostravam. A cobra agia de modo independente em relação ao morcego, o que indicava que ele era um animal de laboratório.

Os heróis contemplaram a criatura em silêncio, até que algo inesperado aconteceu. Instantes depois ela começou a tossir como se estivesse engasgada e com muita dificuldade regurgitou algo que pareceu não ser digerido. No fim, a estranha forma caiu no chão, sem se mexer.

Sette, intrigado e ansioso, observava tudo com muita atenção, pois nunca havia presenciado uma cena tão bizarra. Ele percebeu que aquilo que o morcego havia regurgitado começou a se levantar lentamente, ganhando forma. Assim, todos entenderam que aquela forma nada mais era do que o Caçador Renegado, o próprio Roy Anderson.

Usando preto e com o corpo repleto de fluidos, Roy apareceu com um sorriso escancarado no rosto. Seu cabelo era longo e negro, e sua estatura era mediana e definida. Os braços estavam à mostra, tinha o corpo repleto de tatuagens, até o pescoço, além de olhos frios e sem vida. Nas costas levava uma foice longa e preta, junto com a fama de ser um assassino implacável.

Roy Anderson um dia fora um grande caçador, mas a ganância por poder o fez desertar da Ordem e transformar-se em um assassino. Até entrar no Ranking dos Renegados. Roy era um Caçador Treinador, uma das três classes de caçadores. Sua personalidade risonha e doentia era conhecida pelos continentes, e ele parecia levar tudo na brincadeira com um sorriso sarcástico no rosto.

A batalha do terceiro nível

Diante da cena que se seguiu, todos olhavam fulminantemente para Roy, o qual apenas␣sorria, despreocupado. Os escombros das pontes destruídas estavam em chamas, e os vaga-lumes de Kiary iluminavam o lugar. O silêncio era perpétuo, e os três viajantes ficaram se olhando, imóveis, com uma atmosfera de incerteza a envolver o local.

Por fim, Edward ergueu a voz, com severidade:

— Pedimos passagem pelo mais profundo desse fosso. Temos assuntos a tratar e isso não lhe diz respeito.

Roy olhou para o mago e retrucou:

— Pouco me importa o que vocês vieram fazer aqui. Sei o que buscam, e para mim não faz a menor diferença. O problema é que vocês viram o que fizemos aqui e não aceitaram se unir a nós, por isso não podem sair. Ou morrem, ou ficam!

— Por que não me mataram, então? Em vez de me deixarem preso por todo este tempo? — perguntou Kiary, com ódio no olhar.

— Realmente existiam grandes planos para você, tribal. Mas a atual situação não foi planejada — respondeu o Caçador Renegado, parecendo estar calmo e alegre. — Atrás de mim há uma pequena porta de aço que levará vocês aonde devem ir. Sei de tudo que acontece no Norte, pois o próprio Ungastar nos procurou para selar uma aliança. Contudo, meu mestre não divide o poder. Ele é eterno. Absoluto. Sem contar que aquilo que nós planejamos para os nove continentes é algo muito maior do que vocês podem imaginar.

— Quem é seu mestre? — questionou Edward, num tom um pouco mais preocupado do que antes.

— Infelizmente, ainda não é tempo de revelar o que está por vir. Quando chegar a hora, vocês saberão. Mas, como eu disse, não posso deixá-los passar. Todos os três foram convocados para servir a nossa causa, conhecer a nossa verdade. Mas acabaram se negando a fazer isso, preferiram não olhar, por isso só posso oferecer o que disse antes: ou morrem, ou ficam — afirmou Roy, com tranquilidade.

— Bom, se ainda não tem nada para nos falar, que seja. Mas ainda temos negócios a tratar no fim deste abismo — disse Sette, com ódio. — Então, Caçador Renegado, quero que saiba que, não importa se devemos passar por você ou *sobre* você, nós passaremos. Não podemos parar.

Ao ouvir o jovem caçador, Roy o olhou com admiração e respondeu:

— Então é você! O Leão. O rei. Sei que não se lembra de mim, mas há muito tempo nos conhecemos, e hoje observo o quanto você cresceu. Sinto a coragem em sua voz, sinto firmeza no seu olhar. Você é o rei que há tanto esperávamos. Você trará à luz ao Clã de Renegados. — O Caçador Renegado olhava o rapaz com um tipo de esperança estranha, com admiração. Edward, ao ouvir o que ele dizia, lembrou-se de Zelot e de sua mensagem em sonho.

Sem entender aquelas palavras, Sette pensou que Roy estava brincando com ele. Então, o rapaz ficou cego de ódio, louco como um cão doente. Sugado por essa cólera incontrolável, o jovem caçador partiu para o tudo ou nada, em alta velocidade, sem pensar duas vezes. Quando estava perto o suficiente, lançou-se com um grande salto para cima do inimigo, no intuito de despedaçar o Caçador Renegado com a espada. Assim se iniciou a batalha no abismo.

Num instante, o morcego tomou a frente de seu mestre e com a cauda atacou Sette. Aquela parte do corpo da criatura fez um grunhido estranho e tentou agarrar o jovem caçador com os dentes. O viajante, para se defender, colocou a espada na frente do próprio corpo e se protegeu do ataque que o lançou violentamente ao chão. Usando a destreza, Sette deslizou e se colocou de pé.

Mas, em sequência, o morcego puxou uma enorme quantidade de ar e soltou uma potente baforada de fogo sobre o rapaz, que se afastou rápido e por pouco conseguiu se esconder. O ataque do animal manteve-se por alguns segundos, encurralando o jovem caçador.

Diante do ataque prematuro de Sette, Kiary e Edward partiram com tudo, tentando flanquear a criatura de batalha. Mas, antes que eles se aproximassem, Roy surgiu do nada e atacou Kiary, começando, entre ambos, um violento e acirrado combate corpo a corpo.

O mago, sentindo o rumo que o conflito seguiria, deixou o tribal com o Caçador Renegado e, alucinado, seguiu ao encalço do morcego. Quando se aproximou com velocidade, o herói bateu o cajado no chão e criou uma grande explosão de luz, que o lançou no ar, em direção à cabeça de seu inimigo.

No ar, Edward concentrou uma quantidade de energia absurda na ponta do cajado, iluminando-o ao extremo. Contudo, no último instante, quando o ataque devastador acertaria o inimigo, o animal saltou para trás, fugindo por pouco do ataque. O mago atingiu o chão e criou uma explosão de luz tão potente e devastadora, que fez a terra tremer, cegando a todos por um instante e elevando uma espessa cortina de poeira e fumaça.

O morcego de fogo, em meio à cortina de detritos, permaneceu apreensivo. Chiando como uma jiboia, abaixou o corpo apoiando as asas no chão e se colocou em posição de ataque, com o rabo para frente, no intuito de se proteger.

Entretanto, surgindo das sombras e da fumaça como homens maus, Edward e Sette ao ver como o morcego os esperava também se colocaram cautelosamente em posição de batalha, enquanto o estranho animal continuava a chiar de uma maneira sinistra.

A apreensão os dominava, e os três permaneceram se encarando meticulosamente por alguns segundos, imaginando suas fraquezas e exaltando suas virtudes, como inimigos que há muito se odeiam, mas há mais tempo ainda se admiram.

Até que então, quebrando o momento e sem hesitar ou dizer palavra alguma, Sette sorriu como antes e partiu para a violência, e Edward, apoiando-o, avançou alucinado junto de seu companheiro. No fim, os três se encontraram com a intenção de se despedaçar.

Em alta velocidade, Sette, por ser um caçador, esquivava-se e contra-atacava usando a espada. Edward, não tendo a mesma habilidade, defendia-se criando uma espessa esfera de energia e contra-atacava com explosões de luz. Por outro lado, o morcego lançava pequenos jatos de fogo e atacava e se defendia com dentes, cauda e garras.

A luta entre os três seguiu violenta e muito acirrada, e nos olhos de cada um era possível ver um misto de prazer, satisfação e ódio, enquanto tentavam ferrenhamente se matar.

Aos poucos os viajantes foram ganhando espaço. Até que no fim, após a rápida e mortal troca de golpes, os heróis encurralaram o grande animal nas paredes do fosso, deixando-o na defensiva, como um gato acuado.

Não se dando por vencido, porém, a estranha criatura bateu asas com um olhar ameaçador e começou a cuspir fogo na direção dos viajantes, que com muita rapidez fugiram e protegeram-se separadamente atrás de algumas pedras. Valendo-se dessa vantagem e de uma enorme quantidade de energia, o morcego colocou-se no chão e continuou a atacar incansavelmente o mago e o jovem caçador com sua potente baforada de fogo para encurralá-los e transformar aquele lugar num inferno de fumaça e fogo.

Na outra frente de batalha, Roy aplicava sua força na tentativa de conseguir uma abertura sobre Kiary, mas o tribal era muito experiente; defendia-se e contra-atacava no tempo certo com a própria espada, obrigando Roy a ser extremamente cauteloso. A foice de Roy tinha o cabo negro, e a lâmina era extremamente grande e afiada. Ela aparentava mesmo ser leve, pois o Caçador Renegado a movimentava com muita facilidade e leveza.

Enquanto Roy e Kiary faziam uma luta equilibradíssima, Sette e Edward continuavam presos em seus esconderijos, torturados pelas violentas e ininterruptas chamas do morcego de fogo, as quais assobiavam rasgando o espaço e mostrando sua potência. As chamas eram tão intensas que chegavam a avermelhar as rochas nas quais os viajantes estavam escondidos.

Aproveitando-se dessa estratégia implacável, o animal deixou os dois homens ilhados e lentamente foi se aproximando deles, no intuito de terminar com a luta de uma vez acuando suas presas.

Mas, ao se ver naquela situação, o jovem caçador se enfureceu e ficou louco de ódio como um animal enjaulado, pois odiava se manter na defensiva. Sua respiração estava pesada, e ele mantinha-se inquieto. Até que então, pressionado pelo avanço do inimigo, gritou:

— Edward, edward! Distraia esse Maldito para eu rasgá-lo ao meio!

O mago, entendendo o que jovem caçador queria e confiando nele, afirmou com a cabeça e começou a falar palavras mágicas em voz baixa, levantando seu cajado e batendo-o no chão. Então, um som violento ecoou por todo o abismo. Era um som ensurdecedor e estridente, que deixou a todos de joelhos.

Ao ouvirem aquilo, que era como um apito ensurdecedor, Kiary e Roy pararam de lutar, afastaram-se um do outro e esconderam-se atrás de algumas pedras com as mãos nos ouvidos, os quais rangiam parecendo que iam explodir.

Ao mesmo tempo, o morcego começou a balançar a cabeça e a cauda de um lado para o outro como um louco. Na tentativa de se proteger, o animal de batalha se abaixou e escondeu o rosto atrás das asas.

Sette, perante a oportunidade, sorriu desafiadoramente, pegou na bolsa o mesmo frasco com sangue de antes, escrito "Licantropo", bebeu o líquido que estava lá dentro, levantou-se e gritou:

— Dama da Floresta, o pacto foi selado, e o animal que me deu seu coração foi escolhido! Que os Licantropos de Prata sejam meus guias! — Assim, o jovem caiu no chão como se estivesse morto, e seu corpo ficou escondido atrás da pedra na qual ele se protegia, ficando fora da visão de todos. Vendo o caçador desfalecer, o feitiço do mago cessou e mergulhou o fosso em perpétuo silêncio.

Com o silêncio reinante, o morcego, até então escondido entre as próprias asas, levantou-se um pouco zonzo e se colocou em posição de batalha. Kiary e Edward, por sua vez, olharam fixamente na direção onde Sette estava, preocupados.

No entanto, Roy havia visto tudo e levantou-se arrepiado, gritando como desesperado para o animal de batalha:

— Licantropo prateado. Ele é um metamorfo. Saia logo daí! Saia daí! Ele vai engolir você vivo! — E, para a surpresa de todos, após as palavras do Caçador Renegado, um uivo fúnebre e macabro surgiu de trás das pedras onde Sette estava, deixando a todos arrepiados, em suspense. O uivo cortou todos os presentes como uma faca, trazendo uma atmosfera de escuridão e morte.

Por fim, um grande animal, metade homem, metade lobo, de pelos prateados e com um olhar macabro, surgiu das sombras como um raio e investiu com extrema violência contra o morcego de fogo, surpreendendo-o ao extremo.

Lobo Infernal, Besta Prateada, Demônio Branco: esses eram alguns dos apelidos dados pelos caçadores a um dos animais mais ferozes dos nove continentes, o Licantropo Prateado. Sua força e violência animalesca eram temidas no mundo inteiro, junto com suas garras de aço e sua regeneração absoluta.

Dizem que nada podia pará-lo e que ele era o diabo encarnado em lobo. Uma lenda contava que só era possível matá-lo se sua cabeça fosse arrancada por uma arma de prata. O Licantropo Prateado havia sido praticamente extinto do mundo conhecido e vivia agora escondido no grande Continente Branco.

O que Sette havia feito no momento em que clamou ajuda à Dama da Floresta foi um ritual, o Ritual de Metamorfose. O jovem caçador tinha selado o próprio coração com o coração da besta e agora ele havia se tornado um metamorfo.

Em uma missão no Continente Branco, Sette e seu mestre se depararam com um Licantropo macho, e os três lutaram até a morte. O viajante ficara gravemente ferido, e seu líder transportou o coração da besta para o ser do rapaz, no intuito de salvá-lo. Após isso, Sette transformou-se em um Caçador Metamorfo, classe que utilizava em seus corpos implantes de partes de animais raros para poder se transformar por determinado tempo naquela criatura. Assim, o jovem caçador conseguia se tornar um Licantropo e usar aquela forma em batalha.

Após as palavras angustiadas de Roy, o morcego tentou reagir, desesperado. Entretanto, o jovem caçador estava fora de si e partiu para o ataque freneticamente, assustando o animal, que começou a cuspir fogo por reflexo.

Sette, valendo-se de uma velocidade absurda, esquivou-se das chamas e, com um grande salto, caiu nas costas do morcego, rasgando-o com as garras e banhando-se com o sangue do inimigo.

Desesperado diante de tanta violência, a criatura de Roy urrou de dor e levantou voo, na tentativa de fugir do jovem caçador, que começou, porém, a escalar as costas do Morcego, dilacerando-o por completo, em uma fúria inconcebível.

Desvairado pela dor e berrando como um louco, o morcego seguiu batendo asas e facilmente ganhou altitude. Abraçando aquela loucura com todas as forças, ele atacou Sette com a cauda, no intuito de envenenar o rapaz com as presas. Mas, o caçador possuído conseguiu se desviar e, usando os dentes mortais, arrancou a cauda do morcego com uma única mordida. O animal urrou violentamente de dor.

Em seguida, o jovem caçador seguiu subindo as costas do animal de batalha, a fim de despedaçá-lo. As garras de Sette cortavam a carne do morcego com facilidade, e no rosto do Licantropo um sorriso sarcástico e doentio mostrava prazer e satisfação.

Mas, ao perder a cauda, a criatura adversária dos viajantes fervilhou de ódio. Aumentando a velocidade de seu voo usando toda a sua energia, o animal começou a esfregar suas costas nas paredes do fosso, esmagando e desmembrando Sette várias e várias vezes, em um ato de doce vingança.

Como o poder de regeneração do Licantropo Prateado era gigantesco e absurdo, o jovem caçador se regenerou quase instantaneamente e de novo voltou a subir as costas do grotesco animal. Dessa forma, travando uma pesada e sanguinária batalha, Sette e o morcego subiram o fosso arrebentando e destruindo tudo no caminho, apreciando e degustando juntos uma violência insana. Mas, quando ambos estavam quase no primeiro nível e a batalha chegava ao ápice, o rapaz começou a se sentir fraco e notou que sua energia estava quase no fim.

Então, em um ato desesperado, ele subiu perfurando as costelas do inimigo, apoiando-se nos ossos deste. Aplicando o restante de sua energia num ataque alucinado, o caçador pulou uma pequena distância, colocou-se sobre a cabeça do morcego e lhe arrancou, com uma única mordida, um dos olhos, fazendo o adversário se contorcer no ar e urrar de dor.

Quando ambos estavam no mais alto do primeiro nível, diante da sala que guardava o fosso, Sette, sem forças para conseguir se segurar, desequilibrou-se e começou a cair em queda livre, transformando-se novamente em homem. Em um ato de desespero, ele gritou:

— Edward! — Depois disso, desmaiou, rendendo-se à gravidade.

Ao ouvir o grito de seu companheiro, o mago, que lutava ao lado de Kiary (juntos estavam quase vencendo o Caçador Renegado), pressentiu que o colega de jornada estava a cair.

Então, Edward afastou-se, bateu o cajado no chão e um círculo de invocação reluzente se fez. Com isso, gritou:

— Aqua! — E, surpreendendo a todos, começou a vomitar uma gigantesca quantidade de água. Também pelo círculo de invocação, uma grande torrente de água surgiu e começou a inundar o fundo do fosso, transformando o local em um grande e profundo lago.

Nesse meio-tempo, Kiary, que lutava contra Roy, percebeu que a água estava subindo, então se afastou do inimigo, concentrou-se por alguns segundos, e de sua cabeça uma grande quantidade de espirulinas passaram a crescer, como se fossem cabelo. Na parte lateral da armadura do tribal, apareceram rasgos parecidos com guelras.

Surpreso por tudo que acontecia, Roy retirou do bolso uma pequena bola de carne, comeu-a, e na região de seu pescoço pequenas aberturas também parecidas com guelras começaram a surgir, além de pequenas membranas nas mãos.

Após se transformarem, os dois adversários foram engolidos pela enchente e continuaram a lutar de maneira acirrada. Enquanto isso, Edward permanecia de pé sobre as águas, olhando para cima e usando a magia Contato.

No mais alto do fosso, o morcego gemia incondicionalmente de dor e fervilhava em ira, mas acabou se recuperando. Vendo que Sette caía desprotegido, o animal se lançou em um mergulho frenético no encalço do inimigo, na tentativa de se vingar. Seu único olho estava fixo na presa, e em sua mente só o pensamento de rasgar o caçador ao meio lhe trazia paz.

Ao mergulhar e ganhar extrema velocidade, o morcego inclinou a cabeça para frente, endureceu a pele com energia e começou a cuspir chamas no ar, girando em torno do próprio eixo, transformando-se em um meteoro, rasgando o espaço como uma bala e assobiando como o demônio.

Edward, que permanecia em pé sobre a água, espantou-se e gritou, ao ver a grande bola de fogo e o assovio ensurdecedor que a acompanhava:

— Sette! Cuidado! — Em sequência, o mago lançou-se na água e mergulhou nas profundezas, fugindo do impacto brutal que estava para acontecer.

O jovem caçador, até então despencando desamparado, milagrosamente acordou ao ouvir a voz do companheiro de jornada.

Quando viu o que estava em seu encalço, ele colocou a mão no fundo da própria boca e quebrou um dos dentes, de modo que uma enorme quantidade de escamas negras tomou totalmente conta dele e tornou seu corpo tão duro quanto o aço.

O caçador fechou os braços sobre o peito no intuito de se proteger, enquanto o morcego rasgava o fosso em extrema velocidade e começava a chegar mais e mais perto. Por fim, o impacto aconteceu. O assobio diabólico transformou-se num estrondo ensurdecedor, e uma enorme onda de choque fez as bases do Fosso tremerem. Num instante, ambos mergulharam na água, e esta, ao ser atingida, aqueceu-se a ponto de borbulhar e expelir uma grande torrente de vapor. Com a fervura, aqueles que ali estavam fugiram.

Muito rapidamente, Sette e Edward escalaram para cima de algumas pedras, mas o primeiro, por estar muito ferido, quase não conseguiu se manter de pé. Kiary, por sua vez, esticou os galhos e pendurou-se como uma aranha nas paredes do fosso.

Roy saiu voando montado nas costas de seu companheiro, o morcego de fogo, que também estava muito ferido e quase não conseguia se manter no ar. O animal deixou o Caçador Renegado em uma pedra, ficando ao lado dele em posição de batalha, apenas esperando o vapor dispersar.

O morcego sangrava muito, seu olho havia sido arrancado, e por todo o corpo era possível ver as marcas da batalha brutal.

Ao fugirem das águas fervilhantes, todos permaneceram quietos por alguns segundos, e a paz novamente reinava naquele lugar. Mas, quando o vapor se foi, o morcego berrou de ódio, mostrando que queria mais, que queria ir até o fim.

Diante da provocação, os viajantes colocaram-se em postura de combate e prepararam-se para continuar.

Mas, Roy, que se mantinha calmo, levantou-se e disse:

— Se continuarmos assim, não sairemos do lugar. Tenho que me apressar e vencer. — Então olhou para o morcego e ordenou: — Vá! Avise que chegarei atrasado, pois os inimigos são mais fortes do que eu imaginava. — E o animal urrou, abriu as asas e voou, com obediência e dificuldade, para fora dali.

Ao ficar sozinho, o Caçador Renegado se espreguiçou, enquanto seu corpo voltava ao normal. Então, retirou do bolso um estranho apito de prata e o soprou com muita força. Contudo, nenhum som saiu daquele apito, deixando a todos intrigados com o mistério.

Edward, ao ver o movimento do adversário, esperava que algo estranho acontecesse, por isso colocou o cajado na água, e ela começou a ser sugada, até alguns segundos depois não existir mais nada ali. E todos voltaram a pisar em terra firme.

Quando ficaram frente a frente com o agora sozinho Caçador Renegado, o mago e Kiary estavam relutantes por conta do misterioso apito, pensando que aquilo seria uma armadilha ou que o rival estava clamando por ajuda.

Mas, vendo que nada de diferente aconteceu, eles imaginaram que Roy apenas tentava ganhar tempo com um blefe. Assim, olhando para Sette seriamente, o mago falou:

— Descanse por enquanto, que eu e Kiary vamos acabar com isso o mais rápido possível. — E então ambos acenaram com a cabeça um para o outro e, sem pensar, partiram imediatamente para o ataque, tentando ganhar vantagem da situação.

Sette, por sua vez, caminhou até a parede do poço mais próxima, na esperança de que a luta fosse definida logo. As roupas do jovem caçador estavam todas rasgadas por causa da transformação e seu corpo em frangalhos. O rapaz caminhou até seus pertences e pegou a Poção dos Caranguejos Abissais. Após beber um pouco, sentiu que as dores que o maceravam desapareceram.

Edward e Kiary, aproveitando que Roy estava em desvantagem, aproximaram-se rapidamente, prontos para acabar com tudo de uma vez. Prontos para fazer o Caçador Renegado sangrar. Assim, quando chegaram perto deste, começaram a desferir golpes, e o inimigo tentava resistir com todas as forças, lutando de igual para igual.

No começo, Roy resistiu bem, mas após alguns minutos de luta frenética os golpes começaram a entrar e de nada adiantou o esforço, pois acabou sendo tragado pelos ataques que lhe chegavam.

Edward com seus golpes de luz e Kiary com sua velocidade e violência não tiveram piedade nem compaixão do inimigo, o qual, após levar vários golpes no corpo e na cabeça, caiu e começou a rastejar. Seu rosto estava completamente desfigurado, e seu sangue lavava o chão do fundo do fosso.

A cena era digna de pena, pois agora Roy estava humilhantemente indefeso, tentando salvar a própria vida, arrastando-se em frangalhos, em busca de esperança. Como um cão sarnento, o Caçador Renegado tentava fugir, enquanto Kiary caminhava lentamente em sua direção para o golpe de misericórdia.

O momento era visceral e de certa forma exemplificativa das colunas nas quais aquele mundo fora sustentado, a lei do mais forte. A lei do cão.

Mas quando, a quase vinte passos do inimigo, o tribal aproximou-se e ergueu a mão para o golpe de misericórdia, o Caçador Renegado, mesmo com toda a dor, começou a rir descontraidamente, virou o rosto para cima e, com um leve sorriso no rosto, exclamou:

— Até que enfim você chegou! Oh, esperança dos que vivem nas trevas. Dalila, meu amor. Eu te amo. — E, como uma bala, como uma flecha oculta nas sombras, um vulto caiu dos céus e assustou a todos que estavam ali, fazendo um grande estrondo e levantando uma enorme quantidade de poeira.

Então tudo mudou.

O Execrado

Após o vulto cair dos céus, Sette, que estava recostado na parede do fosso, levantou-se a fim de voltar para a batalha. Mas Edward, ao perceber a atitude do companheiro, falou com seriedade:

— Independentemente do que sair dessa cortina de poeira, nós não vamos fraquejar. Nós vamos com tudo!

O jovem caçador, confiando em seus aliados, sentou-se de novo, com um pouco de receio no coração. Enquanto isso, Edward e Kiary esperavam apreensivamente a poeira baixar.

Foi quando a neblina abaixou por completo que eles puderam ver um animal grotesco. A esperança e a salvação de Roy Anderson: o Execrado!

Sette, diante da visão de seu inimigo, gritou:

— Edward, é sério, eu confio na força de vocês dois. Mas cuidado, vocês não vão bater de frente com um qualquer. Ele é um Execrado, um animal que, se treinado, anabolizado e alimentado da forma

CERTA, TEM EXTREMO PODER. POR ISSO, ABRAM OS OLHOS, POIS, NA MENOR OPORTUNIDADE QUE TIVER, ELE VAI DESPEDAÇAR VOCÊS.

Tanto Kiary como Edward, ao ouvirem o companheiro, ficaram em silêncio, observando o estranho animal, que se mantinha imóvel.

O corpo era extremamente magro, e a criatura tinha forma humanoide. Nas costas, havia asas, e seu rosto era muito similar ao dos humanos, com a diferença de que ele não tinha olhos — para se defender, o animal usava seus outros sentidos, muito apurados. Na testa, chifres apontados para trás se mostravam, e um rabo fino e muito longo como um chicote balançava no ar. A cor branco neve dava um tom de demônio àquele estranho ser.

No passado, não existia dignidade e honra entre os caçadores. A Ordem e suas leis não haviam sido criadas, e foi nessa época que o Execrado nasceu, cria de um experimento entre homens e animais sombrios.

Na natureza, apesar da aparência horrenda, eles eram extremamente dóceis e viviam em bando, sempre se escondendo de tudo e de todos. Eram mortos por caçadores da Ordem, em sinal de misericórdia para com aquelas pobres almas que deram a própria vida para que essa loucura existisse.

Mas, se treinados de modo hábil por caçadores renegados, se criados e alimentados pelas pessoas certas, os Execrados poderiam ser considerados animais extremamente potentes e obedientes em batalha, sendo temidos por muitos.

Ao ficar diante do estranho animal, Kiary o observou em silêncio, enquanto Edward, vendo que dessa vez seria para valer, empunhou o cajado com firmeza e esperou o momento certo para atacar.

Tomando a dianteira e testando o inimigo, o mago lhe apontou o cajado e o alvejou com potentes disparos de energia. Entretanto, surpreendendo a todos, a criatura estendeu a mão e criou ao seu redor uma espessa esfera de energia, que ricocheteou o ataque.

Então, o Execrado desfez a barreira, sorriu sarcasticamente e estalou a garganta, ecoando um som seco e oco. Depois disso, colocou-se em posição de batalha e chamou os viajantes para o mano a mano, com um leve movimento de mão. Diante daquela provocação, o mago e o tribal se enfureceram e partiram com tudo.

Eles avançaram rapidamente e se dividiram no caminho. Ao se aproximarem, fizeram uma ofensiva em sincronia, com todas as suas forças. Dessa vez as explosões de luz do mago eram menores e muito mais concentradas, e os ataques de Kiary eram muito mais precisos e ágeis.

Contudo, o Execrado se esquivava e se defendia com facilidade, como um guerreiro muito habilidoso. Ao mesmo tempo, contra-atacava com as mãos nuas e o rabo, o qual zunia no ar e estralava seco, cortando o espaço. Os três trocaram golpes por alguns minutos, até que Roy, rastejando, colocou-se em segurança.

Ao perceber que seu mestre já estava seguro, a criatura recuou batendo asas e ficou no chão, para pegar impulso.

Kiary viu a posição do adversário e percebeu sua intenção, então se enraizou no fundo do fosso e gritou:

— Mago, ele vem com tudo! — Após essas palavras e usando uma força e uma velocidade absurdas, o estranho animal bateu as asas e, num piscar de olhos, rasgou o espaço como uma bala, colidindo contra o tribal brutalmente e emanando um som seco e oco que fez o chão tremer.

Kiary, ao absorver a colisão de peito aberto, sentiu a casca de batalha vibrar por completo. Mas, aproveitando-se do momento, agarrou o inimigo, e do chão cresceram grandes caules negros como a noite, os quais prenderam tanto o tribal quanto o animal de batalha e começaram a esmagá-los pouco a pouco, num abraço mortal.

Era possível ouvir e ver os corpos rangendo, a carne sendo esmagada, e a dor e a angústia na face do Execrado. Todos acreditavam que ali seria o fim e que nada nem ninguém poderia escapar daquele ataque. Mas, em retaliação, a criatura ergueu o rosto, abriu a boca ao extremo e deu um grito estridente e alto. O som passou a ressoar por todo o fosso, até que ficou insuportável.

Edward e Sette agacharam-se e colocaram as cabeças entre os joelhos, na tentativa de se proteger do potente som que fazia todo o fosso estremecer. Kiary, sentindo a pressão perto dos ouvidos, quase desmaiou, mas antes fechou com musgo as entradas de sua casca de batalha, mantendo-se acordado na luta.

Enquanto isso, Roy apreciava profundamente o som criado pelo Execrado e ergueu os braços, movimentando-os com suavidade, como se estivesse regendo uma orquestra.

Ao vedar as entradas de ar na casca de batalha, Kiary se manteve firme e continuou a esmagar o adversário lentamente, como uma jiboia, deliciando-se com o estalar de cada um dos ossos.

Angustiada pela dor e em total desespero, a criatura, na tentativa de se soltar, aumentou ainda mais o tom e a intensidade do grito, fazendo com que os corpos de todos que ali estavam vibrassem na mesma frequência. Isso afetou os batimentos cardíacos e a sanidade de cada um.

Suas mentes já não conseguiam mais se concentrar, e seus ossos começaram a ranger, como se estivessem para se partir. A armadura do tribal, antes dura como aço, agora se tornava frágil como vidro. Percebendo que facilmente o animal quebraria sua casca de batalha se o som aumentasse, o viajante recolheu seus caules e se afastou com um grande salto para trás. A estranha criatura, ao ser liberta, no mesmo instante se calou, trazendo paz.

Com a chegada do silêncio, Sette, Kiary e Edward viram em sequência o Execrado estender o braço esquerdo; de dentro dele, bem devagar, o osso de seu antebraço começou a sair grotescamente, negro e afiado, como uma espada.

Com aquela estranha arma na mão direita, o animal preparou-se, bateu asas e avançou como um furacão sobre Kiary, atacando-o com força e abrindo, num piscar de olhos, um grande rasgo na casca de batalha.

O ex-Galado ficou estático, sem entender o que acontecia. O tempo começou a passar em câmera lenta, acelerando gradativamente. Até que então, quando o tempo voltou ao normal, o tribal lançou-se ao chão em um ato de desespero, a fim de fugir do segundo golpe, que lhe arrancaria a cabeça.

Não se dando por vencido e se deliciando com aquele momento, o animal de batalha manobrou a espada nas mãos e se preparou para o terceiro golpe, que em cheio acertaria o coração do inimigo e o empalaria. Mas, no último instante, Edward surgiu como um anjo e levou o Execrado para o mano a mano, dando espaço para que o companheiro se afastasse.

Kiary aproveitou a oportunidade e com um salto para trás fugiu, enraizou sua casca de batalha e permaneceu imóvel feito uma árvore, sugando energia do solo na tentativa de se recuperar. O corte feito pelo Execrado tinha aberto um grande rasgo em seu peito, fazendo a armadura viva sangrar um tipo de líquido azul.

Por alguns minutos, o tribal manteve-se concentrado, buscando a todo custo recuperar sua casca. No entanto, percebendo que o mago estava em apuros e embebido em ódio, disse a si mesmo: "Não tenho escolhas. Chegou a hora!". Assim, a casca de batalha de Kiary se abriu pelas costas, e ele saiu, mostrando o verdadeiro corpo, muito frágil e raquítico, coberto de tatuagens de guerra, algo completamente diferente do que todos esperavam. Ele era moreno, tinha olhos castanhos e seus cabelos eram longos e negros.

O interior da casca de batalha do tribal estava cheio de pequenas raízes e de quatro grandes caules que ficavam na direção das costas. Todas as raízes e caules se uniam ao corpo daquele homem, criando assim uma simbiose perfeita. Ali, também existiam muitos insetos, de todos os tipos e tamanhos, que enriqueciam o ecossistema.

Kiary vestia apenas uma calça de couro escuro. Atrás da cintura, havia uma pequena bolsa, da qual ele retirou um galho de aparência estranha e o quebrou. De lá, saiu um líquido vermelho reluzente. O tribal bebeu a estranha substância, que, pela expressão dele, parecia muito saborosa. Sua aparência, antes raquítica e digna de pena, logo se tornou revigorada. Ao se recuperar, Kiary segurou a espada e, consumido pela vingança, uniu-se ao mago.

Edward, que lutava sozinho, recobrou o ânimo com a volta do companheiro, e ambos atacaram em conjunto o estranho animal. A sincronia entre os dois era perfeita, e cada ataque, cada golpe de luz, tinha o intuito de criar uma brecha mínima para que a batalha tivesse fim.

Acontece que, apesar de eles estarem em maior número e lutando seriamente, o Execrado sempre se defendia e contra-atacava magistralmente, mostrando a real habilidade de seu mestre, o qual assistia a tudo com calma, como que se já esperasse por isso.

No entanto, buscando uma solução para terminar com o impasse e instigado pelo ódio e pela vingança, o tribal gritou:

— Edward, precisamos fazer alguma coisa! Isso não pode durar para sempre!

O mago afastou-se da batalha e falou:

— Quando eu disser para se afastar, essa é a hora! — E, aproveitando que Kiary distraía o Execrado, correu em volta deles fazendo um grande círculo e riscando a terra do fundo do fosso com seu cajado.

Ao terminar, o mago se distanciou e gritou, alucinado:

— Kiary, saia daí!! — O Tribal jogou-se para fora do círculo, e Edward sincronicamente bateu o cajado no chão, falando: — Selado! — Com isso, uma barreira mágica de luz em forma esférica surgiu e cercou o Execrado, não o deixando sair.

Quando se deu o ocorrido, o animal começou a cortar como um louco a estreita barreira de luz, criando grandes estrondos no fundo do fosso. Mas, apesar dos golpes, nada parecia acontecer com a redoma de energia, que se mantinha intacta.

Em sequência, Kiary olhou para Edward e, com muito ódio, disse:

— Vamos. Está na hora de acabar com isso! — E os dois companheiros de jornada, sem pensar, avançaram com tudo em direção ao Caçador Renegado, na tentativa de matá-lo e acabar com tudo de uma vez!

Zara

Depois de aprisionarem o Execrado, Edward e Kiary partiram alucinados para o tudo ou nada, sem se importar com o que poderia acontecer.

Mas Sette, observando a movimentação de seus companheiros, levantou-se em desespero e gritou:

— Não, não ataquem. Isso acordará o execrado! — Entretanto, os outros dois ignoraram veementemente o que o caçador dizia e continuaram no encalço do inimigo.

Quando eles estavam perto o suficiente de Roy (que, apesar do momento, mantinha-se calmo e sorridente), um som fino e estranho começou a sair da barreira criada por Edward, chamando a atenção de todos. Esse som se parecia com uma chaleira em ebulição.

Os presentes olharam para trás, instigados pelo barulho, e viram uma espécie de fumaça preta a tomar o interior da barreira. Esta explodiu num piscar de olhos, e de lá o grotesco animal saiu, surgindo da fumaça e das sombras como um deus. Renovado em aparência e espírito.

Agora, o Execrado estava diabolicamente transformado. Seus ossos nos ombros, cotovelos e joelhos eram pontiagudos. Nas costas, uma linha de fogo negro nascera e ia do rabo até o centro da testa. Um sorriso sarcástico surgiu no seu rosto, e os chifres, antes para trás, agora estavam para frente e para cima. Para se transformar, o animal infernal arrancou as próprias asas e as comeu, como num ritual de passagem. E a explosão criada assustou os que ali estavam, menos seu mestre.

Após sair do campo mágico, o Execrado, usando uma velocidade inacreditável, parou entre os viajantes e bloqueou o caminho. Então, num piscar de olhos sacou a espada e atacou Kiary, o qual inconscientemente conseguiu se defender. Mas o ataque efetuado foi tão violento que a criatura conseguiu lançar o tribal para longe. Este rolou pelo chão e rapidamente se levantou.

Edward, ao ver o companheiro sendo alvejado, no mesmo instante tentou avançar nas costas do inimigo, no intuito de flanqueá-lo. Mas o Execrado contra-atacou com seu rabo flamejante como chicote, e o mago de imediato ergueu sobre si uma pesada barreira de energia, a qual foi rapidamente consumida pelo fogo negro do animal.

Assustado, Edward desfez o escudo e se afastou com um salto para trás. Após se colocar em posição de batalha, preparou-se para o tudo ou nada contra o inimigo infernal e liberou sua aura assassina, que tomou o fosso.

Os olhos do mago se iluminaram. Mas, antes que partisse para o ataque, Edward sentiu o Colar de Efesto brilhar e naquele instante olhou para cima, gritando:

— Cuidado! — Então, o grande morcego de fogo, que antes esteve ali e que agora estava completamente recuperado, caiu na frente dos viajantes, fazendo um enorme estrondo e criando uma grande cortina de poeira. O animal colocou-se em posição de batalha e rugiu de ódio, como uma fera acuada.

Sette, percebendo que a vantagem numérica já não existia mais, pegou o Elixir dos Caranguejos Abissais, tomou-o e correu para junto dos companheiros, pronto para o embate. Na sequência, os viajantes pararam na frente de Roy e observaram os dois animais, que agora haviam retornado para perto do mestre, prontos para atacar.

Todos se encaravam fulminantemente enquanto estudavam o adversário. Todos, exceto o Caçador Renegado, que sorria constantemente, adorando tudo que acontecia. O momento trazia uma atmosfera de necessidade e angústia, e acelerava o coração dos heróis.

Edward, ao ver a situação na qual eles se encontravam, respirou fundo e falou:

— Chegou a hora de usar todas as nossas forças. Essa ainda não é a batalha final, mas não temos escolha. Ou vai, ou racha! — E Kiary e Sette também respiraram fundo, preparados para lutar até a morte.

Entretanto, enquanto todos se ajeitavam para atacar sem se segurar, um pequeno pássaro verde passou entre todos, gerando estranheza e paz. Quando se aproximou de Roy, o animal se transformou em uma belíssima mulher de baixa estatura, cabelos brancos, pele alva e corpo frágil. Ela se vestia com uma leve armadura e roupas de caça.

Roy indagou:

— Zara, por que está aqui?

E ela respondeu, com voz calma:

— Os sete os querem vivos!

— Entendo. Mas eles viram o que fizemos e se negaram a se unir a nós — falou com seriedade o Caçador Renegado.

— Se eu falar assim, talvez você entenda. Os três sozinhos destruíram todas as Doralices. Eles têm potencial. Eles têm potência e podem ser aliados de muito valor. O mundo que idealizamos precisa de pessoas como eles. Bom, isso se eles sobreviverem ao guardião.

Edward, ao ouvir os planos da bela mulher, afirmou, com fúria:

— Pouco me importa o que vocês planejam para o mundo. As Ordens da Luz não os deixarão fazer o que vocês bem quiserem. E eu nunca, nunca me uniria a vocês.

Zara sorriu e falou com tranquilidade:

— Bom, pode até ser que você tenha razão. Mas talvez com isso você mude de ideia. — Então, ela remexeu no bolso, tirou um pedaço de papel e continuou: — Esta mensagem é para você, Mago da Luz.

A jovem caçadora engoliu a mensagem, abriu a boca e uma doce voz de mulher saiu de seu ser:

— Edward, meu amor, sou eu, Cristina. Sei que pode parecer estranho, mas ainda estou aqui. — Ao ouvir a voz, o mago ficou sem reação, enquanto um arrepio tomava conta dele por completo. Sem saber se o que ouvia era mentira ou verdade, ele continuou em silêncio, e a voz prosseguiu: — Edward, eu amo você demais. Eu amo você demais mesmo e espero que um dia entenda por que fiz o que fiz. Tive de manter segredo sobre ainda estar viva, mas, agora que você sabe parte da verdade, quero que fique comigo, ainda o amo e penso em você todos os dias. Venha se juntar a nós, o rei está aqui. Ricardo do Brasão de Dragão retornou, e o mundo sucumbirá à sua vontade. Meu amor, espero você ansiosamente, e sei que logo estaremos juntos. Para provar que sou eu de verdade, contarei algo que só nós dois sabemos.

Absorto pelo momento, o mago arrepiou mais forte, enquanto a voz continuava a dizer:

— Lembra? Você me pediu em casamento no dia do meu aniversário, 5 de abril, em uma noite de lua alta. Eu amo você, meu amor, amo você demais. E sei que no fim vamos nos reencontrar. — Com o fim da mensagem, Zara fechou a boca e se calou. Edward, perplexo com o que acontecia, ficou sem palavras e se arrepiou por completo mais uma vez, pois a voz que ele ouvira era idêntica à de sua amada, e só ele e ela realmente poderiam saber da memória descrita, indicando fortemente que tudo era verdade. Cristina ainda estava viva.

Ao ver o inimigo abalado, Zara sorriu maliciosamente e completou:

— Muitos que vocês nem imaginam estão ao nosso lado. Muitos que vocês admiram e até idolatram aderiram à nossa causa.

Com o fim das palavras da bela mulher, Roy sorriu, olhou para Sette e completou:

— Inclusive seu pai, jovem caçador. Pensem bem na proposta que lhes fazemos, pois logo o mundo mudará para sempre. O mundo já é nosso, vocês só não sabem.

— O que eu iria querer com aquele puto que me vendeu por dinheiro? — retrucou Sette, com extremo ódio no olhar.

Roy, com um sorriso no rosto, respondeu:

— Respeite seu pai. Ele é uma lenda entre nós, os Caçadores Renegados. E, se você procurar a verdade, entenderá. Mas tudo o que lhe aconteceu foi para deixá-lo mais forte, maduro, pois seu pai não o criou da forma como criou para que você fosse um mero caçador, e sim um rei. Um rei entre os caçadores. Para deixar a besta que existe em você madura, pronta para o momento em que estamos. Não falo do Licantropo Prateado, mas do Leão dos Leões, o primeiro, o precursor, o Leão de Menessés, aquele que combateu em Revelações, aquele que tem o poder de destruir e reconstruir, de criar e aniquilar. Ou você acha que um jovem garoto destruiu guardas armados e treinados apenas por um ataque de fúria? — O Caçador Renegado gargalhou e continuou calmamente: — Você nem se lembra, mas a besta que carrega tomou o controle, e todos foram mortos. Prisioneiros, escravos, guardas e inocentes, todos foram mortos. No fim, os guardas não morrem apenas, isso seria muito fácil; você se deliciou com a carne deles. E, quando tudo acabou, voltou a ser quem era. Os caçadores que você hoje tem como família o encontraram, selaram a besta em você e o privaram de seu futuro, de seu reinado, porque têm medo do que você pode se tornar. Eles só o mantiveram por perto porque você é uma ameaça para o mundo. Porque o que você carrega, meu amigo, é um monstro que pode mudar tudo o que conhecemos.

— Essas suas mentiras, ou melhor, loucuras nunca vão me fazer mudar de lado. Eu sei quem eu sou. Eu conheço o meu clã. Eu confio na Ordem — respondeu o jovem caçador, com orgulho.

Entretanto, Roy emendou:

— Acredite no quiser, então! Mas eu sou testemunha da verdade e digo o que digo, pois *eu* estava lá. Roy Anderson é como me chamam hoje, mas no passado, no Clã Blue Dragon, eu era chamado pelo meu nome, Rodney.

Enquanto dizia seu nome, o caçador retirou a camisa e mostrou a todos a tatuagem que só os caçadores do Clã Blue Dragon tinham: um dragão azul emaranhado a um brasão, no centro do qual estava escrito "Blue Dragon", com sete estrelas sobrepostas (estas mostravam que aquele homem era um caçador de alta patente). Roy continuou:

— Eu, Zelot e Aquiles encontramos você e lutamos no Conselho para que você permanecesse vivo, já que o Conselho sempre o quis morto, pois no fundo você é uma ameaça aos conservadores e à ideologia deles. A todo custo eles querem o coração que habita em você. Para que você tivesse uma vida normal, Aquiles e os outros lhe esconderam isso e selaram o seu poder, essa foi uma das exigências do Conselho para deixá-lo vivo. Mas tudo não passa de promessas vazias. No fim, o que eles querem é apenas o coração que bate em seu peito. E seus tão amados companheiros de clã o veem apenas como uma arma.

Sette, diante das palavras do Caçador Renegado, viu serem grandes as possibilidades de Roy estar falando a verdade, pois a tatuagem era verdadeira, e o nome Rodney muitas e muitas vezes havia sido ouvido por ele da boca dos mais velhos no clã. Assim, uma dúvida surgiu na mente do caçador.

Diante das revelações contadas por Roy e Zara, todos se entreolharam perplexos, e o silêncio reinou por um instante.

Mas logo o Caçador Renegado sorriu e falou:

— Sei que podem nem acreditar em mim. Sei que podem achar que tudo não passa de uma mentira. Mas, quando tudo acabar, procurem-nos, estaremos de braços abertos para receber vocês; há tanto que nem podem imaginar. Vocês têm muito o que aprender. As abelhas não colhem como vocês imaginam. As flores não são tão belas a ponto de serem eternas. Meu Senhor toma o que ele quer sem plantar, e o mundo é o seu pomar, seu jardim particular. — Roy então pulou nas costas do morcego e continuou: — Espero que um dia vocês se unam a nós. Mas já lhes deixo um aviso: tenham cuidado com o guardião do templo, pois ele é muito mais forte do que todos nós juntos. E, se sobreviverem, se ainda restar alguém no fim, procurem-nos, pois o Brasão de Dragão dominará o mundo, e aqueles que estão ao seu lado na batalha serão lembrados no triunfo e gozarão de glória.

— Não sei quem são vocês e o que vocês querem, mas sinto que logo ficaremos sabendo — disse Edward com seriedade. — Espero um dia encontrar você novamente, e aí sim poderei mostrar toda a minha fúria. — A voz do mago estava carregada de ódio. Roy, ao ouvir o inimigo, sentiu-se levemente intimidado.

— Também espero encontrá-lo. Mas com todas as minhas cascas de batalha mais poderosas, pois aí sim farei você em pedaços — afirmou Kiary, com um tom mais pesado que o do mago.

— Não se preocupem, os destinos de todos nós logo estarão selados. E principalmente o seu, jovem caçador. Você pode tentar se esconder, pode tentar fugir, mas não pode fugir de si mesmo, fugir de seu destino. — Após as palavras do Caçador Renegado, o Execrado pulou nas costas do grande morcego, e ambos voaram para a superfície, às pressas. Zara se transformou em pássaro e também os seguiu.

O Leão dos Leões

Roy havia ido embora, e a luta acabou. Todos estavam sentados próximos um do outro. Sette cuidava de suas feridas. Edward permanecia em silêncio. Kiary também se mantinha quieto, encostado na casca de batalha.

Todos estavam exaustos, e ainda havia muito a caminhar. Seus corações estavam pesados, e seus espíritos, nebulosos, pois Roy havia dado um prelúdio do que eles iriam encontrar. Mas, na realidade, o que realmente atormentava os viajantes era o que haviam ouvido. As verdades que lhes foram reveladas. Isso não os deixava dormir, não os deixava em paz.

— Devemos tentar dormir um pouco para depois continuar — disse Edward, que se levantou, caminhou para a parede mais próxima, aconchegou-se e deitou-se, mesmo sem sono. Sette e Kiary o seguiram, sentando-se junto a ele.

Os três ficaram em silêncio por um momento, contemplando o vazio. Demoraram muito para dormir, atormentados pelos fantasmas do passado. Até que enfim todos caíram no sono, e rapidamente as horas se passaram.

Sette se levantou primeiro e acordou os companheiros. Eles comeram algumas frutas e se prepararam para continuar. Ao terminarem a refeição, ficaram sentados, pensativos por alguns minutos. Suas expressões eram tristes e frias, e em seus corações um leve medo crescia, pouco a pouco.

Edward, naquele momento, foi tomado por um turbilhão de sentimentos e pensamentos que o paralisavam e o deixavam estático, sem reação. Ele pensava: *Meu amor, por que você fingiu sua morte? Para se entregar ao mal, para se entregar àqueles que tanto odiei e a quem jurei guerra eterna? Quem é você? O que você se tornou? Espero que tudo não passe de um mal-entendido, pois eu ainda amo você! Ainda amo você demais, e não estou preparado para tê-la como inimiga.*

Já o jovem caçador, encostado nas paredes do grande fosso, pensava em seu íntimo: *Eu sou um monstro? O que vive dentro de mim? Meu mestre, Aquiles, e todos estão ao meu lado apenas porque sou uma ameaça? Uma arma? Achei que todos me amassem, achei que era feliz, mas na realidade eu vivo e vivi uma mentira? Eu sou um monstro, eu sou uma existência sem sentido? Será que nunca serei feliz?.*

Todos esses pensamentos, toda essa angústia, essa ansiedade, tomavam o semblante e o coração dos viajantes. Pouco a pouco, era possível perceber que a missão era deixada para trás, e o desânimo os consumia.

Tudo isso era visível, era sentido na respiração e na atmosfera. Mas havia uma peça fundamental do quebra-cabeça: um homem que havia ficado preso ali por anos, remoendo pecados e decepções, purificando-se e fortalecendo-se para esse momento.

Agora, ele seria a razão que animaria os viajantes a seguir. Agora, ele seria a chama que incendiaria aqueles corações paralisados.

— Ei, vocês dois! Ei, vocês aí! Esqueceram por que estão aqui? Esqueceram que o mundo e os inocentes dependem do seu sacrifício? Agora não é a hora de pensar no porquê das coisas ou em si mesmos. Está na hora de erguer a cabeça. De continuar. De vencer! Agora só o presente existe! Agora só a vitória importa! — falou Kiary, de pé e com os braços abertos.

Edward, ao ouvir o tribal, manteve-se em silêncio, mas demonstrava um leve desdém no olhar. Sette, por ser o mais jovem e emotivo, respondeu:

— Eu vivi os melhores momentos da minha vida com meus companheiros de clã. E, agora, ouvir que tudo não passa de uma mentira... É difícil acreditar.

O mago tentou consolar o companheiro, que parecia realmente abalado:

— Você não deve acreditar...

Mas, interrompendo o colega de jornada, o jovem caçador continuou:

— Não, não, não. Ele fala a verdade. Agora, ligando os pontos, vejo isso. A tatuagem não o deixa mentir, e o nome Rodney ouvi de meu mestre e até de Aquiles, há muito tempo.

— Sette, Sette, me escute. Você deve se manter calmo, do que adianta? — falou Kiary.

— É fácil para vocês. Eu vivi uma vida de merda e achei que tivesse conquistado um lugar. Uma família... — retrucou Sette, visivelmente confuso com tudo e escondendo o rosto com as mãos.

Edward o interrompeu, dizendo:

— Eu não sei a verdade, mas, antes de partir, seu mestre me deu isso. — E mostrou ao caçador a carta com o nome dele. — Se a verdade vai trazer paz para você, ela deve estar aqui.

Com a carta em mãos, o jovem caçador a olhou assustado, enquanto Kiary afirmou:

— É uma carta de sangue. Você deve colocar seu sangue e queimá-la, só assim vai saber o que tem aí.

Diante das palavras do tribal, Sette se arrepiou e ficou estático, olhando a carta. Edward e Kiary levantaram-se e deixaram o jovem caçador sozinho, para dar privacidade a ele.

O rapaz sentiu um leve frio na barriga e um forte medo do que poderia encontrar. Mas, obstinado em conhecer a verdade, cortou o dedo e colocou sangue no lacre de cera que protegia o conteúdo da carta. Após isso, pegou um fósforo na bolsa e queimou o papel.

No instante em que a carta começou a queimar, fumaça, cinza e fagulhas de fogo ganharam forma, e então o dorso e o rosto do mestre de Sette formaram-se, causando espanto no jovem.

O mestre caçador, ganhando forma, respirou fundo, olhou para o rosto do pupilo e começou a falar:

— Se você está vendo isso, meu filho, se esta carta chegou às suas mãos, quer dizer que você sabe da besta que lhe habita. Nós nunca falamos nada, porque queríamos protegê-lo. Porque nós o amamos. Sei que deve ser difícil entender tudo o que está acontecendo, sua cabeça deve estar a mil. Mas acredite em mim, eu amo você e vou lhe contar verdadeiramente como tudo aconteceu.

Após aquelas palavras, Zelot assoprou fumaça contra o rosto do pupilo, que foi teletransportado para o passado, o que lhe permitia ver tudo.

Com Zelot diante de si em carne e osso, numa visão extremamente real, o jovem caçador se assustou, enquanto o mestre respirou fundo e continuou:

— Há aproximadamente vinte e sete anos, desbravando a Orla Desconhecida em segredo, Caçadores Renegados do Clã Megalodon, Víbora Vermelha e Matilha das Trevas descobriram em um templo antigo o coração do Leão dos Leões, aquele que combateu em Revelações. O primeiro. O Leão de Menessés. Um dos Animais da Criação que vieram ao mundo para proteger a humanidade dos dragões e sua fúria.

"Ao descobrir algo tão poderoso e valioso, os Renegados se prepararam, pois tinham nas mãos o poder de mudar tudo ao seu favor. Enquanto nossos inimigos traçavam planos, porém, nossos espiões se movimentavam, e a notícia sobre o achado se espalhou. Com isso, o mundo dos caçadores entrou em alerta.

"Algo tão importante não podia ficar nas mãos de pessoas tão vis, e o Conselho, após dias de discussão, declarou guerra aberta a todos os Clãs de Caçadores Renegados."

Sette, que ouvia tudo com atenção, viu vários Caçadores Lendários na montanha Sagrada dos Caçadores e, em simultâneo, falou, com suspense:

— A Terceira Grande Guerra.

Zelot emendou com seriedade:

— Sim, a Terceira Grande Guerra contra os Renegados. A guerra foi ferrenha, tivemos muitas baixas, e eles também. Clãs de ambos os lados chegaram a desaparecer, e tudo aconteceu muito, muito rápido.

Enquanto Zelot falava, Sette via caçadores em guerra, lutando em bosques, florestas, colinas, cidades e montanhas. Isso deixou o pupilo perplexo, pois ele nunca imaginara que um evento como esse havia atingido uma proporção tão absurda. Um leve medo invadiu o coração do jovem caçador.

Voltando a atenção ao seu mestre, Sette o viu continuar:

— A guerra durou meses a fio. Contudo, mesmo à custa de muito sangue, conseguimos informações importantes. Elas nos levaram aos caçadores que encontraram o coração da fera. Em uma grande mobilização, cercamos os responsáveis em uma floresta do Continente Verde. — Sette viu caçadores de vários e vários clãs se unirem e travarem uma batalha ferrenha em uma floresta desconhecida, enquanto Zelot narrava: — A muito custo, avançando passo a passo com extrema dificuldade, em uma batalha brutal que durou cerca de vinte dias, capturamos alguns Caçadores Renegados, todos com alta patente no Clã Megalodon, Víbora Vermelha e Matilha das Trevas. No entanto, após dias de interrogatório, 100% deles disseram a mesma coisa: que o coração agora residia em um hospedeiro e que apenas Yasser, o líder do Clã Black Dog, saberia o seu verdadeiro paradeiro.

"Então, seguimos no encalço de Yasser e por várias e várias semanas perseguimos seus rastros. Mas, quando partimos para capturá-lo, ele fugiu."

Nesse momento, Sette viu vários caçadores se enfrentando no alto de uma montanha de pico nevado enquanto um único homem fugia para as montanhas ao sul, e Zelot narrava:

— Após uma longa batalha contra seus companheiros de clã, capturamos os mais próximos a Yasser. Com os líderes em nossas mãos, nós os interrogamos, mas disseram que nem eles sabiam onde a criança estaria. Que o único que saberia a verdade seria Yasser. E que tudo havia sido calculado de tal forma que, mesmo se alguém fosse capturado, o paradeiro da criança continuaria desconhecido. Foi quando entendemos por que os caçadores das trevas faziam o que faziam.

— Eles a queriam manter oculta a todo custo — falou Sette, com espanto.

Zelot acenou positivamente com a cabeça, enquanto continuou dizendo:

— Ao chegar a esse beco sem saída, mudamos o foco. Seguindo as ordens do Conselho, procuramos por anos Yasser e o paradeiro da pequena criança. Mas aos poucos a chama foi se apagando, os rastros foram esfriando, até que então os Caçadores Renegados desapareceram por completo, sem deixar rastro. O hospedeiro veio ser tratado como lenda, já que nossas pistas nos levaram a um beco sem saída. Com o surto de cólera no Continente Azul, muitas e muitas crianças morreram e pensávamos que o hospedeiro estava entre elas.

Naquele momento, Sette viu a paz voltar a reinar entre os caçadores e tudo voltar ao normal. Entretanto, com um tom de urgência, Zelot disse:

— Mas, após quinze anos, quando o mundo dos caçadores já havia se esquecido do que havia ocorrido, algo grande aconteceu. Algo que mudou tudo. No dia sete de julho, um eclipse tomou o céu. Tudo enlouqueceu, e os animais foram os que mais sentiram essa mudança. As ondas do mar se enfureceram, a terra tremeu e rangeu em sons desconhecidos, e os caçadores mais sensíveis se arrepiaram com os sinais dos tempos mostrados.

E essa parte da história, essa parte específica, ao ser contada por Zelot com todo o cuidado e suspense, trouxe ao jovem caçador um medo agudo de tudo que ele observava à sua frente.

Perplexo, Sette viu os sinais dos tempos diante de seus olhos, enquanto o mestre continuava a contar a história, com o suspense a rodeá-lo:

— O Conselho se reuniu às pressas, e um alerta foi dado aos caçadores do mundo todo. E não só eles, mas o mundo todo (reis, magos assassinos e pessoas comuns) se reuniu em busca de respostas. No entanto, com o encontro do Conselho e com os sinais que precisavam ser interpretados, eles nos levaram a acreditar que o Leão ressuscitara. — Sette, naquele momento, viu caçadores do mundo todo se reunindo e partindo às pressas, com medo de tudo que podia acontecer. Zelot seguiu narrando: — Todos os Clãs de Caçadores foram alertados, e às pressas seguiram para o Continente Azul, onde os sinais eram mais iminentes.

"Mas nós, do Clã Blue Dragon, por capricho do destino ou pelas mãos de Deus, estávamos em missão no Continente Azul e, ao recebermos as ordens do Conselho, partimos imediatamente para onde os sinais eram mais intensos."

Quando o clã foi citado, Sette observou a imagem de vários caçadores partindo às pressas para o meio de uma grande floresta, iluminada por um eclipse solar. Nessa mesma floresta, uma gigantesca quantidade de pássaros sobrevoava em círculos, formando algo como um ciclone de pássaros. Estes, mais especificamente, amontoavam-se no ar em apenas um lugar, indicando que algo estranho acontecia ali, dando um tom de apocalipse para aquele momento e trazendo um clima de terror para a história.

Após o choque de constatar os sinais apocalípticos que pareciam preceder o fim do mundo, o jovem caçador viu vários rostos conhecidos, todos os membros do Clã Blue Dragon, mas o que mais o chocou foi o de Roy Anderson. Ele estava um pouco diferente, mas ainda era ele.

Naquele instante, uma atmosfera aguda de medo e suspense tomou conta do viajante e lhe causou estranheza. Tragado novamente pela história, ele viu Zelot continuar dizendo:

— O eclipse era tosco. Os animais agindo daquela forma nos dava arrepios. Tínhamos medo de tudo e não fazíamos a menor ideia do que estava acontecendo. Éramos dezessete, e entre nós havia alguns Caçadores de Grau Lendário e Consagrado, mas também havia alguns perseguidores e caçadores comuns. Todos, sem exceção, partimos seguindo as ordens do Conselho, sem saber o que iríamos encontrar. Sem saber que a morte nos esperava. Caminhamos pela floresta com receio e, quando chegamos ao lugar onde as aves sobrevoavam, vimos uma enorme cratera, como se um meteoro tivesse caído ali. — Nesse momento, Sette viu de perto a destruição que aconteceu naquele lugar, enquanto Zelot narrava: — Nós nos aproximamos com medo e estávamos prontos para tudo. Com o coração nas mãos e armas em riste, avançamos lentamente em silêncio pela fumaça e pela cinza que se levantavam da cratera. Mas, quando chegamos ao centro dela, por incrível que pareça, encontramos apenas um jovem nu, no meio de uma quantidade absurda de vapor de água e calor.

Ao ouvir o mestre, Sette olhou intrigado para ele, que, com carinho no olhar, respondeu:

— Essa criança era você, meu filho. — Então, Sette se espantou e muita coisa em sua mente fez sentido, deixando-o perplexo e com o coração acelerado, ao mesmo tempo. — Ao avistarmos a criança, nós a resgatamos e, por sabermos do que se tratava, cuidamos dela, oferecemos os primeiros-socorros e curamos as feridas. Mas o que ninguém espera nem se lembra é que nós, os caçadores de bem, não éramos os únicos que procuravam a criança. Então, barulhos estranhos chamaram nossa atenção, e do nada flecha traçantes surgiram. Caçadores Renegados nos atacaram.

Diante das palavras de seu mestre, Sette viu flechas traçantes cruzarem o ar, Caçadores Renegados surgirem do vapor e cinzas saírem da cratera. Com isso, uma batalha ferrenha se iniciou, trazendo desespero para aquele momento da história, pois os caçadores do Clã Blue Dragon foram perseguidos um a um durante a fuga; a dura expressão de agonia era nítida.

— Éramos apenas dezessete e de cara perdemos uns cinco ou seis caçadores no ataque-surpresa. Por estarmos em minoria, fugimos (eu, Rodney e Aquiles), enquanto os outros ficaram e nos deram cobertura. A Floresta de Lutthin era imensa, e por quase dois dias lutamos e fugimos no intuito de ter uma chance contra os Renegados, que nos perseguiam a poucas horas de distância. Mas, na manhã do segundo dia, quando acreditávamos que não conseguiríamos, caçadores aliados começaram a chegar e nos deram cobertura.

Nesse momento, Sette viu vários caçadores chegarem à floresta e também viu Roy, Aquiles e seu próprio mestre fugindo do local enquanto caçadores aliados davam cobertura a eles. E, diante de seus olhos, o rapaz presenciou uma batalha duríssima, na qual muitos caçadores, de ambos os lados, morreram. Voltando, porém, a atenção para Zelot, este continuou a narrativa:

— E foi assim que o encontramos e que eu o tive como filho desde a primeira vez que o vi. Agora, quero que entenda uma coisa, pois meu tempo está acabando. Tenho muito a falar.

Tenho muito a dizer, mas agora o tempo é curto, e você deve apenas confiar em mim.

Ao dizer essas palavras, Sette foi levado novamente à realidade, na qual ele viu seu mestre em forma de fumaça, dando a entender que a magia que o havia feito enxergar o passado estava no fim. Agora em fagulhas de fogo, Zelot continuou:

— Você é o Leão de Menessés. E, se você leu esta carta, é porque a verdade lhe foi dita. Mas, acredite em mim, ainda tenho muito a contar, muito a dizer, pois, ao mesmo tempo que você é a esperança de alguns, é o motivo de guerra para outros.

"Quero que saiba que a nossa esperança está em você. Meu filho, você, com seu jeito de ser e de pensar, mudou nossos corações. E sua ideia, seu sonho de mudar o mundo também nos fez sonhar e acreditar que um mundo mais justo é possível. Agora, quero que dê o seu melhor, meu filho, e saiba que, independentemente do que acontecer, nós o amamos. Você é o que há muito procurávamos. Você não é uma arma, você é o nosso filho, a mudança de que o mundo tanto precisa, o herói que tanto buscamos."

Com aquelas palavras, Zelot desapareceu e um mistério pairou no ar, pois, como Zelot mesmo dissera, muito ainda devia ser revelado.

As Bases da Terra e o Templo dos Primordiais

Rompendo a escuridão, Edward e Kiary caminharam até o pequeno portão de ferro, deixando Sette só. Os dois primeiros adentraram uma grande sala e encontraram um imponente portão dourado.

Este era enorme, feito em ouro maciço e pedras preciosas. Na parte de cima, era arqueado, e suas linhas laterais desciam de maneira assimétrica até a base. Seus detalhes eram extremamente belos e mostravam a glória dos anjos que venceram a Grande Guerra.

No centro do portão, havia uma bela imagem de Miguel Arcanjo vencendo Lúcifer e enviando-o para o Inferno. Era possível ver toda a armadura de Miguel coberta por pedras preciosas e ouro, como numa poesia.

O anjo estava imponente, pois representava a ira e o braço santo de Deus. Já nos cantos do portão, havia pequenas imagens de anjos que lutavam e baniam as legiões de Anjos Caídos para o Inferno.

Tudo naquela gigantesca entrada era belo: suas gravuras, seus entalhes, seus detalhes. Tudo havia sido belamente marcado e desenhado para lembrar ao mundo o quão grandioso havia sido aquele momento.

Enquanto Edward e Kiary observavam com atenção o belo portão, Sette passou pela estreita porta e se aproximou do mago. Sem perguntas ou olhares de julgamento, todos ficaram em silêncio e voltaram a observar a bela porta de ouro.

Entretanto, Kiary, que olhava extasiado para o portão dourado, viu algo estranho, em língua antiga, escrito na parte superior. Ele leu aquelas palavras em voz alta:

— "Aqueles que aqui vieram em busca das Relíquias de forma alguma serão impedidos de entrar. *Mas saibam que só os fortes retornarão*". — O tribal então inocentemente encostou uma de suas mãos no portão, e as enormes e antigas engrenagens que ficavam no interior começaram a estalar e fazer barulho. Lentamente a porta começou a se abrir sozinha.

Naquele momento, o coração dos três bateu rápido, pois nenhum dos homens sabia ou imaginava o que eles iriam encontrar. Quando as portas terminaram de abrir, todos viram um grande túnel. No fim dele, havia uma fraca luz, que parecia levar para o outro lado. O túnel era esculpido na rocha, com o propósito de levar até o Templo dos Primordiais.

Assim, os viajantes entenderam ser a hora de partir e logo voltaram para o Fosso, para se preparem. Sette, com suas roupas todas rasgadas por causa da transformação na luta anterior, trocou-as. Edward também trocou suas roupas sujas e amassadas.

Já Kiary caminhou até a casca de batalha, que estava completamente recuperada. Ao tocá-la, a armadura se abriu como antes, e o tribal entrou. Com isso, todos os vaga-lumes de fogo se reuniram dentro de Kiary, restando apenas alguns poucos para iluminar o caminho.

Em continuidade, Sette e Edward pegaram suas capas e as vestiram. Então os três seguiram para frente do grande túnel e ficaram imóveis por um tempo, buscando forças para continuar. Seus corações batiam forte, e agora faltava pouco para conquistar o que tinham ido buscar.

Naquele momento, respiraram profundamente, como se fosse o último mergulho. Por fim, dominado por uma concentração aguda, Kiary tomou a frente e falou:

— Vamos, temos de aproveitar o embalo, não podemos parar! — Em seguida, todos partiram, com coragem e o coração a mil.

Os três caminharam cautelosamente pelo longo túnel, que aos poucos foi se afunilando até se tornar uma pequena saída. Sette ia à frente, Edward no meio e Kiary atrás. E foi nessa formação que chegaram ao fim do túnel e se surpreenderam muito com o que viram.

Ao saírem, avistaram um enorme lugar, que parecia não ter fim. O teto era rocha sólida, sustentada por gigantescos pilares de pedra maciça, e os gigantescos pilares se estendiam por toda a vastidão. O local também estava repleto de lava escaldante.

Ao longe, a mais ou menos três quilômetros à frente, enxergava-se uma gigantesca árvore, que se enraizava e crescia sobre a lava. Por mais estranho que parecesse, a lava escaldante não consumia a grande árvore, que parecia viver harmoniosamente naquele lugar. Sem contar que este, mesmo sendo rodeado por lava, era extremamente fresco e arejado.

Sobre a gigantesca árvore, incrustado em um de seus enormes galhos, encontrava-se o Templo dos Primordiais.

De onde os três estavam até o templo, havia um longo caminho feito de rocha, que levava da saída do túnel aos pés da grande árvore. O percurso era estreito, tão estreito que só era possível andar um homem de cada vez. Além disso, não havia ali nenhum tipo de corrimão ou apoio, por isso os viajantes deviam seguir cautelosamente.

Diante do gigantesco lugar, todos se sentiram pequenos, insignificantes. Seus olhos pareciam não acreditar no que viam. E, em suas mentes, eles tentavam imaginar como os Primordiais haviam chegado até ali.

Após observarem com atenção aquele maravilhoso e silencioso lugar, os três lentamente caminharam por alguns metros adiante e, quando olharam para trás, viram que o Fosso fora escavado dentro de um dos gigantescos pilares de pedra.

Dessa forma, depois de entender com ressalvas como seus antepassados chegaram até ali, os três continuaram por quase três horas, contidos em pensamentos etéreos sobre a vida, o universo, a essência da alma, a morte e principalmente sobre Deus e sua infinita majestade. Isso gerava uma atmosfera estranha para aquele momento importante.

Até que, ao se aproximarem da grande árvore, a uns duzentos metros de distância, todos pararam e a contemplaram, pois junto dela, um pouco mais longe, várias e várias árvores como aquela cresciam na lava, revelando um tipo de floresta oculta.

A grande árvore tinha mais ou menos entre novecentos e oitocentos metros de altura. Seu tronco era enorme e devia ter mais de mil metros de circunferência. Seus galhos eram grandes e espaçados, e suas folhas queimavam como brasa. A floresta oculta era formada por árvores iguais a essa.

A árvore que sustentava o templo era gigantesca, e o Templo dos Primordiais ficava sobre ela, sem chamar atenção, e ambos se fundiam harmoniosamente, como se fossem um. O templo ficava apenas em um dos galhos da grande árvore.

Todos estavam extasiados com o que viam e por alguns segundos ficaram parados, apenas observando o infinito lugar e sua floresta que parecia não ter fim e que deveria abrigar muitas espécies de plantas, insetos e animais desconhecidos.

Após alguns minutos, Sette, hipnotizado com tudo, perguntou:

— Onde estamos?

Edward respondeu:

— Se estou certo em dizer, creio que estamos nas Bases da Terra. E estes pilares que nós estamos vendo foram criados por Deus, para sustentar o mundo.

Ao ouvir o mago, Kiary se lembrou de uma passagem do livro da vida e a citou:

— É como diz um dos Salmos: "A terra Vós firmastes em suas bases, e ela ficará firme pelos séculos sem fim". — E, contemplando em êxtase, os três continuaram, imaginando o quão grande era Deus enquanto eram consumidos por uma atmosfera etérea.

Em sequência, o tribal, caminhando maravilhado com a árvore, contou uma antiga história, que ouvira de sua mãe quando era pequeno:

— Esta é uma Sequoia de Fogo, uma das árvores mais raras dos nove continentes, e são poucos os tribais que a viram. E as lendas dizem que no passado estas grandes árvores foram usadas por Deus para equalizar a temperatura e o ecossistema terrestre. Ela é tão magnífica que sua seiva é lava pura, e ela só consegue crescer em ambientes como este, onde existe lava em grande abundância. — Kiary continuou, trazendo mistério: — Nós só estamos aqui graças a estas gigantescas árvores, que dão vida ao local. E creio que a única coisa capaz de queimá-las seja a chama dos antigos dragões.

Os companheiros de viagem se espantaram com a história contada e continuaram o percurso lentamente, envoltos na grandiosidade daquele lugar. Mas foi só diante dela, da grande Sequoia de Fogo, que eles conseguiram enxergar o quão magnífica e monstruosa era aquela gigantesca árvore. Também entenderam que a única forma de chegar ao templo seria escalando-a.

A subida era longa e perigosa, pois eram poucos os pontos de apoio, já que as cascas da árvore eram secas e muito quebradiças. Os viajantes subiram com muita dificuldade por quase uma hora, até que encontraram uma grande abertura na árvore. Aproveitando a situação, eles se aconchegaram, ficaram em silêncio e dormiram um pouco, absorvidos pela atmosfera daquele lugar.

Mas, depois do descanso, os heróis comeram uma leve refeição fria e continuaram a subir. Dessa vez, subiram por aproximadamente três horas. Por fim, após muita dor e sofrimento, chegaram à copa, enquanto um sorriso de alívio tomava do lábio deles. Em poucos minutos de caminhada, os três se viram diante do Templo dos Primordiais.

Sette foi o primeiro a chegar e, ao ver aquele maravilhoso cenário, disse:

— Como é belo. — Olhando para cima, o caçador venerou o grandioso templo, que tinha uma enorme porta feita em ouro e pedras preciosas, com antigos entalhes de anjos vencendo os demônios.

Toda a fachada do local era construída em uma arquitetura bela e refinada, com traços simples e simétricos. Também havia várias esculturas de anjos vencendo demônios, mostrando toda a glória da antiga vitória sobre o mal. As paredes do templo eram brancas como a neve e contrastavam com a cor das telhas, de um belíssimo marrom-escuro. Os viajantes vislumbraram a beleza incomparável do gigantesco templo por algum tempo, tremendo.

Eles continuaram a caminhar e, depois de alguns minutos, chegaram diante da majestosa porta de ouro. Ao ficarem tão próximos, viram que no arco superior da porta estava escrito, em língua antiga: "aqueles que aqui entrarem e não forem puros de coração, não poderão retornar". Diante dessas palavras, arrepiaram-se até os ossos, pois sabiam que surpresas macabras os esperavam.

Depois da triste leitura, os companheiros de jornada sentaram-se sobre a grande árvore, acenderam a última fogueira e resolveram descansar na frente das portas do templo, preparando-se de corpo e alma para o que iriam enfrentar. Suas mentes estavam consumidas por um turbilhão de pensamento sobre o passado, o presente e o futuro de cada um. No rosto de Sette e Edward, uma expressão dura de dúvida e tristeza se mostrava. Era óbvio que os dois estavam sendo torturados novamente pela verdade que ouviram e por tudo que iriam enfrentar.

Mas, tentando quebrar aquele momento de desânimo, Kiary, olhando para os colegas, desabafou:

— Ainda criança, perdi meus pais, e isso sempre me acompanhou. A saudade e a injustiça que sentia me tronaram uma pessoa de pavio curto, alguém violento e muitas vezes sádico.

Aquelas palavras logo levaram os outros dois de volta para a realidade, e, conseguindo o que queria, o tribal continuou:

— Fui criado pelo meu avô, que era o pajé da tribo, um homem de força imensa e coração tranquilo, conhecido em todo o Continente Verde. Seu nome era Aimberê, e ele me ensinou muito do que sei.

— Seu avô era a Besta da Floresta? O homem que sozinho trouxe paz às florestas do Continente Verde? — perguntou Edward, intrigado.

Kiary respondeu:

— Sim, e, apesar de ser um Tribal Usuário, foi ele quem me ensinou as técnicas de casca de batalha, por causa de meu corpo frágil e cabeça quente. Mas quem as aperfeiçoou fui eu.

"Aos 19 anos, eu já estava entre os dez mais fortes de minha tribo e era tido por muitos como um gênio. Mas, para o meu avô, uma coisa me desqualificava, me tornava o mais fraco de todos, e ele falava que era o meu ódio, minha fúria. Ele dizia que meu ódio era um veneno tóxico, que minhas aspirações políticas que apoiavam a violência levariam a tribo à destruição. Ele me amava, mas éramos diferentes, e, quanto mais o tempo passava, mais e mais meu ódio reprimido crescia, e ele desaprovava."

— Entendo — falou Edward, olhando para o companheiro. Kiary seguiu narrando com seriedade:

— Mas, o tempo passou, e me tornei muito mais forte, cheguei a ser considerado o número dois da tribo. Quando isso aconteceu, chegou o momento de meu avô seguir a diante e passar o comando para o segundo mais forte. Todos imaginavam que eu seria o próximo e que entraríamos em guerra com as outras tribos para recuperar os territórios que havíamos perdido. — Sorrindo marotamente, ele continuou: — Mas, como devem imaginar, no dia em que seria revelado quem seria o novo pajé, ele escolheu outra pessoa. E me deixou de lado. Aquele momento foi tão humilhante pra mim, que a partir daquele dia resolvi abandonar a tribo e seguir pelo mundo. Simplesmente peguei minhas coisas e fui embora, sem nem ao menos dizer adeus.

"Vaguei pelo mundo, pegando serviços como assassino e ladrão. Vivia por mim mesmo, e a vida era boa. Mas foi quando eu encontrei os Galados que me perdi de vez. Deixei meu ódio tomar conta de mim, destruí e matei em nome de Deus, mesmo essa não sendo a vontade d'Ele. Eu estava cego, e meu avô sempre teve razão. Meu coração estava cheio de ódio, e, se eu tivesse tomado o controle da tribo, pessoas inocentes morreriam por causa das minhas escolhas sem sentido."

Com o fim da história, todos ficaram quietos. Por fim, Kiary olhou nos olhos de seus companheiros e com o coração apertado falou:

— Olhem, ficar aqui preso, durante todo esse tempo, me fez pensar. — E, após alguns segundos de silêncio, emendou: — Quando tudo isso acabar, quando voltarmos para casa, vou me entregar. Espero que um dia Deus e todos que machuquei ou matei venham a me perdoar. Fiquei muito tempo preso aqui e só agora pude entender quanto mal eu fiz. — Sua expressão era triste, e em seus olhos era possível ver a vergonha pelos seus atos.

O tribal respirou fundo e cerrou os olhos, mostrando que, apesar das consequências, estava disposto a fazer a coisa certa.

Edward, ao observar a atitude de seu companheiro, olhou para ele e falou:

— Tenha certeza de que seu arrependimento já lhe trouxe o perdão. Quando voltarmos juntos, eu darei meu testemunho sobre você, e sua pena será leve.

Diante daquelas palavras, Kiary deu um leve sorriso, e Sette também falou:

— Também darei meu testemunho sobre você! E não se preocupe, meu amigo, pois é como dizem: "Nada é no nosso tempo, tudo é no tempo de Deus".

— Espero que um dia eu receba o perdão. E que eu possa olhar mais uma vez nos olhos castanhos do meu antigo amor.

Kiary deu um leve sorriso, e Sette perguntou, intrigado:

— Qual é o nome dessa mulher que hipnotizou você de tal forma que nunca a esqueceu?

— Thalita é o nome dela! — Então, histórias engraçadas sobre o passado foram contadas, e todos sorriram e começaram a gargalhar, olvidando levemente a pressão daquele momento.

Por fim, o tribal, tomando coragem, perguntou:

— Aquela voz feminina buscava atingir você, mago?

Edward, ao ouvir o companheiro, contou sobre o passado. Quando o relato terminou, o tribal olhou com seriedade para o colega e indagou:

— Você ainda a ama?

— Penso nela todos os dias.

Kiary sorriu e falou:

— Então, quando tudo acabar, você deve ir atrás dela e trazê-la de volta para a luz. Sei que há muitas dúvidas e incertezas neste momento, mas acredito que no fim tudo ficará bem. E você, caçador? A carta lhe mostrou um pouco da verdade? — questionou, com seriedade.

E Sette contou sobre o que havia visto na carta, e todos ficaram perplexos, pois no passado acompanharam de perto esse episódio, mas não sabiam ao certo do que se tratava.

O tribal olhou para Sette e continuou:

— Eu me lembrava dessa guerra, desse evento, mas dos detalhes quase não sabia, pois, como disse antes, os Galados só se importam consigo mesmos.

Edward, perplexo, emendou:

— Também me lembro de vários confrontos e de muito boatos, mas não sabia que a verdade era tão sombria.

— Eu também não imaginava nada disso. Mas o que pode estar vivendo dentro de mim? Meu mestre sabia disso e nunca me contou nada? Eu sou um perigo para o mundo? Nem sei o que pensar! Nem sei o que fazer! — disse o caçador com as mãos na nuca, mostrando que o pânico e a dúvida pouco a pouco tomavam conta dele.

Edward afirmou:

— Olhe, há muito tempo conheci seu mestre e confio no coração dele. Zelot é um homem bom.

— Edward tem razão, você deve confiar em sua família. Você leu a carta, você viu a verdade — falou Kiary, com os olhos fixos no jovem caçador.

Sette continuou, ainda confuso:

— Mas por que meu pai fez o que fez comigo? Com certeza outros mais capazes poderiam tomar meu lugar.

O tribal, diante da afirmação do companheiro, lembrou-se de uma antiga história:

— Pelo pouco que sei, quando se trata de animais raros, não é qualquer hospedeiro que é totalmente compatível. Como exemplo, vou narrar uma história recente, mas ao mesmo tempo antiga. — Então, ele cerrou os olhos e contou, com um tom misterioso na voz: — No mais profundo das florestas do Continente Verde, onde tribos esquecidas vivem reclusas, uma tribo do passado chamada Charruas achou, a muito custo, um antigo inseto em um templo perdido. O animal estava enclausurado em um sarcófago de sangue.

"Ao encontrar a pequena larva, o xamã da tribo disse que aquele ser era a larva de um inseto perdido da época da Criação e que aquilo poderia torná-los donos do mundo, por causa de seu poder. Mas, para que a criatura crescesse e os liderasse, seria necessário encontrar uma jovem grávida e enxertar nela a larva. E o principal: a moça deveria ser totalmente compatível com o grotesco inseto.

"Dentro da tribo, todas as mulheres foram testadas, mas nenhuma era compatível, e todas morreram angustiantemente no teste. Então, sem opção, os membros da tribo partiram para fora da floresta e, após muito custo, depois de raptar tantas mulheres grávidas e descartá-las como lixo, encontraram a mulher certa, em uma pequena aldeia, bem longe dali.

Perplexo com a história macabra, Sette perguntou:

— E como tudo acabou?

Respirando fundo, Kiary continuou:

— Após enxertar a larva em seu hospedeiro, para que o inseto se desenvolvesse mais rápido, os integrantes da tribo fizeram a jovem sofrer, pois sentimentos negativos deixariam o inseto infernal mais forte. Assim, depois de uma gestação de muita dor e angústia, a pobre mulher deu à luz e morreu. Então, ali nasceu um híbrido, um humano metade inseto que destruiu a vila inteira e comeu todos os seus habitantes. Esse inseto meio humano dizimou, sozinho e com extrema facilidade, uma das mais potentes tribos do Continente Verde, e depois seguiu caminho. Hoje ele faz parte dos Scars, e seu nome é Telecanis Yakecan.

Após a conclusão da história, Edward continuou, sério:

— Talvez seja como Kiary falou. Talvez você tenha sido escolhido não por ser filho de Yasser, e sim por ser o único compatível. Talvez você deva encarar isso como honra, pois, no fim das contas, o coração do Leão dos Leões o escolheu.

— Essa é a prova da sua grandeza — afirmou Kiary, emendando logo: — Mas agora devemos esquecer o que vivemos, o que passamos e o que ouvimos. Agora, o momento é outro, e o mundo, a humanidade e quem amamos dependem de nós e esperam que voltemos como campeões. Chegou a hora do sacrifício! Chegou a hora do tudo ou nada!

Após essas palavras, os homens se olharam com seriedade, enquanto um forte sentimento de coragem tomou o coração de cada um. Assim, com um aceno positivo de cabeça, eles respiraram fundo e seguiram em frente.

Chegando à frente do portão dourado e estando diante de seus objetivos, os três tremeram e foram envoltos por uma aura espessa de medo e insegurança. Mas, deixando tudo para trás, Kiary respirou fundo e tocou a porta, que de novo se abriu lentamente.

O ranger das engrenagens trouxe um sentimento de ansiedade e insegurança para os viajantes, cozinhando-os devagar e fazendo-os tremer, o coração a mil. Mas, quando as portas do templo foram completamente abertas, eles, que pensavam encontrar seu inimigo, apenas admiraram o magnífico interior do grande templo.

Na entrada, era possível ver um pequeno salão, com uma escada decorada com um belíssimo tapete vermelho. O lugar era todo iluminado por tochas que se acenderam automaticamente quando as portas se abriram. No centro da sala, em frente à belíssima escadaria, havia um grande livro com letras enormes. Ele era dourado e reluzente, mostrando toda a glória dos reis de outrora.

Ao ver o belíssimo exemplar, Edward caminhou até ele e começou a lê-lo em voz alta, com uma atmosfera de realeza e glória a dominá-los:

— Eis que foi para você que construímos este templo, meu Deus amado, que, com Sua misericórdia e Seu braço Santo, salvou as antigas raças e toda a humanidade daqueles que as perseguiam, os inimigos infernais. — O mago fez uma pequena pausa, mas continuou: — Eis um dos três templos, que foram criados para reverenciar Sua glória, meu Deus. Este é o Templo da Terra, terra que é obra Sua, como tudo que existe no universo. E foi nesta mesma terra que foi construído este templo, em Sua glória, é aqui que guardamos a joia de Sua vitória. A Relíquia Santa. O anel de união com Seus filhos. Nós, seus humildes servos e pecadores, não somos dignos de Sua aliança conosco, e por isso reverenciamos e adoramos o Senhor, e damos graças pela eternidade, pois Sua misericórdia venceu a justiça. Que a Santa Relíquia não nos seja motivo de condenação, mas de salvação. E que o Senhor, meu Deus, seja adorado e glorificado por todos os séculos sem fim. Amém!

Após a leitura, todos se prostraram em sinal de veneração. Kiary, muito comovido, disse em voz alta:

— Que o Senhor seja para nós motivo de salvação, não condenação. Que um dia, meu Senhor e meu Deus, meus pecados se apaguem.

Depois de alguns segundos venerando o livro, os três seguiram em frente. Subiram alguns degraus e viram uma grande porta dourada, tão grande quanto a porta de entrada do templo. E ela parecia ser mais pesada do que todas as outras.

A grande porta não era adornada por pedras preciosas nem por belas imagens, mas completamente feita em ouro maciço, e nela havia um anjo de asas abertas com a mão direita estendida, fazendo sinal de que era proibido passar. Na mão do anjo, estava escrito em língua antiga: "somente aquele que for digno, que caminhe por esta terra santa".

Ao ficarem diante da porta, milhares de pensamentos e lembranças tomaram as mentes dos viajantes, relembrando as batalhas que tiverem até chegarem ali, e trazendo ansiedade e tensão para seus espíritos. Isso fez o tempo congelar para eles.

Por fim, reunindo coragem, Edward rompeu a escuridão, caminhou à frente com seriedade e tocou a porta, que se abriu. Todos puderam ver o interior do templo e, por mais estranho que parecesse, não viram guardião ou qualquer inimigo que fosse. Ficaram apenas deslumbrados com a beleza daquela imponente construção.

No interior, as paredes eram todas adornadas por pedras preciosas que juntas formavam grandes mosaicos, os quais ilustravam as imagens dos santos anjos vencendo os demônios em batalha. No alto de cada parede, representados nos mínimos detalhes, havia vitrais que também retratavam a grande vitória.

As paredes eram extremamente altas, e no fim do grande salão havia uma parede ainda maior. Nela um mosaico de pedras preciosas mostrava um homem imponente sentado em um trono de luz. Acima da cabeça deste, havia uma descrição que dizia: "A Ele toda a honra e toda a glória". Essa parede, de grande destaque, estava completamente iluminada.

Ao verem o enorme templo, os heróis ficaram maravilhados e logo imaginaram quantas riquezas haviam sido empregadas naquela construção. Mas foi somente após observarem bem o local que todos perceberam que o tão magnífico e enorme templo fora feito somente apenas para guardar a Relíquia Santa, pois não havia nada em seu interior, a não ser uma pequena caixa dourada, na qual eles imaginavam que a Relíquia estava. A caixa ficava no fim do grande salão.

Ficaram indecisos sobre o que fazer. O coração dos três batia forte, enquanto os músculos vibravam em espasmos, esperando o momento em que tudo se resumiria a violência.

No entanto, sem perigo aparente, Edward respirou fundo, encheu-se de coragem e caminhou em frente, sem medo. Sette e Kiary o seguiram, e os três avançaram com cautela, observando tudo ao redor.

O silêncio era ensurdecedor, somente os passos dos viajantes ecoavam no espaço. Com rápidos batimentos cardíacos, os três se mantinham extremamente alerta, enquanto em simultâneo relembravam em suas mentes os próprios pecados, deméritos e paixões. Cada passo levava uma eternidade, cada passo pesava uma tonelada.

Com cautela e atenção, eles avançavam lentamente, sempre apreensivos ao extremo, quase beirando a angústia. Mas, quando estavam a mais ou menos cento e setenta passos da Relíquia, uma leve aura assassina reverberou com sutileza pelo extenso salão.

E Sette, por ser um caçador, foi o primeiro a sentir o cheiro de morte no ar.

A batalha pelo Anel

Sette entrou em alerta assim que percebeu uma leve aura assassina a rodeá-los, como se houvesse um cheiro entrando por suas narinas.

Os dois outros companheiros, vendo a postura do caçador (que havia estagnado e começado a procurar em torno), também aguçaram os sentidos, com o coração disparado, pois sabiam que algo estava entre eles, mas não o viam, só sentiam bem de leve sua presença. Isso trazia angústia e sofrimento para os viajantes, que se mantiveram estáticos, buscando alguma coisa na quietude.

Eles permaneceram à procura por alguns segundos, olhando para todos os lados, mas sem identificar nada de diferente no espaço. Até que então, sem aviso ou qualquer vestígio, surgindo das sombras e carregando escuridão consigo, um horrendo animal saltou e caiu na frente dos três. Aquilo causou uma atmosfera densa e diabólica, e fez os heróis estremecerem.

O susto lhes congelou a alma, e os três permaneceram imóveis e perplexos diante de tudo que acontecia, tentando entender de onde o grotesco animal surgira. Ao se verem frente a frente com o mais novo inimigo, sentindo na espinha a presença dele, aqueles homens entenderam que a morte lhes sorria e acenava.

A criatura era cadavérica, suas patas eram quase esqueléticas e anormalmente longas. Além disso, por todo o seu corpo havia um tipo de pelo horrendo, dando um ar de podridão e sofrimento. O animal tinha quase três metros de altura, um rosto de pelagem preta e os olhos vermelhos, como os de um Black Dog. Suas presas eram enormes e muito afiadas. A criatura em si parecia um grande cão sarnento.

Ao cair diante de todos, ela encarou os viajantes nos olhos, e aquilo causou angústia neles, fazendo o tempo passar em câmera lenta. Por fim, intrigando a todos, um sorriso sarcástico surgiu no rosto do inimigo desconhecido, mostrando que havia um grau de consciência no animal lendário.

Todos ficaram alucinados com o frenesi do momento, sem saber o que fazer. Enquanto isso, a criatura lentamente se levantou sobre as patas traseiras, ergueu a cabeça e deu um uivo longo e triste, que ecoou no ser de cada um e produziu uma atmosfera sobrenatural no templo santo.

No momento em que aquele bicho se manteve de pé e o som sinistro de seu uivo ecoou pelo salão, uma densa sombra convertida em energia começou a emanar de seu corpo. Em sequência, o animal se apoiou nas patas dianteiras e se retraiu, rosnando como um cão que se prepara para o ataque. Tudo isso inspirava morte e medo.

Sette, arrepiado com o inimigo e incrédulo com o que via, falou, sem tirar os olhos da fera:

— É sério. Se não tivermos cuidado, ao menor erro essa criatura vai nos engolir vivos.

— Você conhece o inimigo? — falou Kiary, também sem tirar os olhos do antigo animal.

O caçador respondeu, com o suspense a lhe rodear a voz:

— Ainda não acredito. Mas, pelo que aprendi com meu mestre, creio que seja um dos lendários Animais da Criação. Um dos Reis da Terra, seu nome é Devorador. Os antigos Caçadores dizem que este animal é muito poderoso, e que apenas John Goldfish conseguiu domar um e usá-lo em batalha. Não sei muito sobre esse animal, pois são poucos os homens que o viram. No entanto, uma coisa aprendi com meu mestre, e isso não esqueço. Ele me disse que, se um dia eu encontrasse essa espécie, independentemente da situação que fosse, eu deveria fugir o mais rápido possível, sem nem ao menos olhar para trás.

Com o fim da fala do jovem caçador, todos sentiram a gravidade da situação, levando consigo que a morte era uma certeza. Mas, retomando a coragem, Edward respirou fundo, olhou para os companheiros com firmeza e disse:

— Estamos diante do guardião perfeito. No entanto, agora nada importa! Não tem mais volta! Chegou a hora de mostrar por que fomos escolhidos.

Após as palavras inflamadas do mago, Sette e Kiary recobraram a coragem, franziram a testa e se afastaram cuidadosamente, um para cada lado. Já Edward colocou seu cajado em frente ao corpo e esperou a criatura, que se contraiu ainda mais e aguardou, quieto, emanando uma aura densa, dissipada feito fumaça pelo seu ser.

O momento era de pura tensão. O destino, as escolhas e os acasos de cada um deles levaram os viajantes àquele instante, no qual a glória, a morte e o fracasso flertavam entre si, no intuito de escolher um pretendente. Todos fitavam olho a olho o guardião por alguns segundos, enquanto um leve calafrio lhes rodeava a espinha.

Tudo se mantinha estático, e perturbar essa paz parecia um pecado mortal. Mas, mergulhando de cabeça na caminhada que escolheram, o tribal pegou a espada com a mão direita, olhou para os companheiros e falou com coragem:

— Vamos! Começou! — E, sem pensar nas consequências, Kiary avançou em alta velocidade. Sette correu na retaguarda, como apoio.

Eles seguiram com rapidez, prontos para o tudo ou nada, e cruzaram caminho na metade do percurso, na tentativa de confundir o inimigo. De repente, num piscar de olhos, o tribal acelerou o movimento e apareceu sobre a cabeça do antigo animal, pronto para cravar sua espada no crânio dele. Em simultâneo, o jovem caçador surgiu abaixo do guardião, a fim de lhe cortar a cabeça fora.

Tudo aconteceu muito rápido, numa fração de segundos, o que surpreendeu Edward. Mas, quando o ataque de ambos parecia que ia ser efetivo, mais rápido ainda, o Devorador desapareceu no ar, mostrando uma velocidade absurda, além de uma consciência e uma inteligência quase humanas.

Os golpes de Sette e Kiary rasgaram o vazio, e, percebendo que seus ataques haviam falhado, ambos rapidamente voltaram a si e procuraram a criatura. Mas, quando olharam para Edward, perceberam que o mago estava virado para o lado oposto do salão, então se deram conta de que o Devorador estava ficando mais uma vez sobre as patas traseiras.

Nesse intervalo, o lendário animal ficou de pé e uivou longamente, gelando a espinha dos invasores, que não sabiam o que esperar. Com o fim do som fúnebre, uma pequena pedra brilhante surgiu levitando de dentro da boca da criatura e pairou sobre a testa, criando uma espessa redoma de energia, que a protegeu.

Essa sequência de movimentos sem sentido gerou estranheza e receio nos viajantes. Eles se espantaram ao ver que o antigo animal usava uma barreira de energia como defesa, pois essa era uma técnica avançada até para humanos.

Quando se reuniram, Edward franziu o cenho e falou, arrepiado diante do que estava acontecendo:

— Não devemos mais nos segurar. É sério, sinto que a criatura por si só é muito forte e, unida àquela pedra, acredito que seja quase impossível vencê-la. — A voz do mago era firme, e em seu íntimo algo dizia que ele estava certo.

Sette, preocupado com a velocidade do inimigo, completou:

— Entendo, mas o que me preocupa de verdade é que ele é rápido, muito rápido. Para acompanharmos essa velocidade, teremos de usar de modo extenuante a técnica "caminhando sobre a água". E isso vai drenar nossa energia num piscar de olhos.

No entanto, achando uma solução, Kiary respondeu:

— Vamos usar as sementes do Jequitibá Dourado. Elas vão dar a energia de que tanto precisamos. Sinto o cheiro que vem de vocês, e sei que elas estão aí.

— Mas os tribais disseram que devemos usá-las com ressalvas — retrucou Edward, sem tirar os olhos do inimigo.

E Kiary, sendo ele mesmo um tribal, respondeu com seriedade:

— Sim, isso é verdade. Se as usarmos demais, elas nos levarão à morte. Mas existe uma forma de utilizá-las sem que isso aconteça e de uma maneira que traga extrema potência para os nossos corpos. — E continuou, olhando para o mago. — Devemos tomar dois frutos de uma única vez. Com isso, nossa energia vai triplicar de tamanho. Mas, para contrabalancear, deveremos gastar muita energia rapidamente, para não termos um colapso e morrer. Só assim ganharemos velocidade e conseguiremos lutar de igual para igual com aquela criatura.

Edward e Sette, ao entender a ideia do colega de jornada, pegaram em seus bolsos o fruto raro. Eles já haviam usado a fruta. Viram as várias sementes douradas, que reluziam como ferro em brasa. Após o breve momento de admiração, tomaram o fruto adocicado e engoliram duas sementes de uma vez. Em seguida, Sette passou a cabaça para Kiary, que fez o mesmo.

Um furacão tomou conta dos viajantes, que se sentiram extremamente revigorados e voltaram suas atenções para o antigo animal. Este, consumido pelo poder que o protegia, por alguns segundos permaneceu imóvel, deliciando-se com a pedra que havia regurgitado. No rosto, trazia um sorriso sórdido.

Voltando à realidade, a criatura desfez sua barreira, colocou-se de quatro no chão e se moveu de um lado para o outro, como um cão quando tenta intimidar a presa. Nessa hora, ainda envolta pela densa energia sombria que exalava de seu ser, uma aura pesada fez o salão estremecer quando as patas do lendário inimigo tocaram o solo; os viajantes sentiram seus espíritos serem esmagados.

Um silêncio absurdo trouxe suspense para aquele momento, enquanto uma atmosfera obscura tirava o fôlego dos heróis. Edward, arrepiado e com os olhos arregalados, completou com extrema seriedade:

— Não, Kiary! Na realidade, agora que começou! — E, então, sem aviso ou sinal, o Devorador partiu com tudo para o ataque, com sangue nos olhos.

O antigo animal era rápido, e seus olhos estavam fixos em Edward. No rosto, um sorriso diabólico indicava que ele se deliciava com cada nuance daquele momento visceral.

Quando viu o Devorador no ataque, o mago sentiu o coração acelerar e ergueu seu escudo de energia, continuando firme na posição. Enquanto isso, Kiary e Sette se lançaram um para cada lado e correram no encontro da criatura, na tentativa de flanqueá-la.

Tudo acontecia em alta velocidade, e aquela era a hora de provar por que os heróis haviam sido os escolhidos. Quando o embate estava prestes a começar e o animal se encontraria com a espada de seus inimigos, num piscar de olhos ele passou pelo caçador e pelo tribal, apareceu nas costas de Edward e investiu violentamente sobre a barreira de energia do mago, rasgando-a com suas garras diabólicas.

Em sequência, deslocando a mandíbula com uma mordida brutal, o Devorador quebrou, como se não fosse nada, o poderoso escudo Edward, deixando-o sem reação.

O rapaz, totalmente surpreso, lançou-se para trás em desespero. Então, o antigo animal avançou lentamente sobre o corpo do viajante, preparando-se para se deliciar com a carne do inimigo e dando uma amostra da futura carnificina que os esperava.

Edward rastejava desesperado, com o coração na boca, enquanto a criatura estava a poucos metros de seu corpo, pronta para desfrutar das vísceras dele. Mas, antes que a morte abraçasse o mago, Kiary chegou pelo lado e chamou a atenção do grotesco animal.

O Devorador, diante do ocorrido, saltou para trás e atirou uma rajada de um cuspe negro na direção do tribal. Os projéteis rasgaram o salão assobiando ferozmente. O homem se esquivou de alguns disparos por muito pouco, mas no fim foi atingido no peito e arremessado para longe.

Sette, que vinha do lado oposto, surgiu nas costas da criatura, jogou-se e deslizou por debaixo dela. Em seguida, puxou o próprio arco e acertou uma flecha paralisante no coração do antigo animal, deixando-o imóvel, completamente indefeso.

A potência da flecha atravessou o corpo do Devorador, cravando-se no teto do templo. Assim, o jovem caçador sacou uma flecha explosiva, concentrou uma enorme quantidade de energia e mirou na face do lendário animal à sua frente.

Nesse instante, prevendo o que o esperava, o Devorador desesperadamente tentou se mover, usando todos os músculos de seu corpo, num esforço alucinado. Mas, antes que ele conseguisse fugir, Sette disparou e a flecha cortou o espaço como uma bala, no intuito de despedaçar o grotesco inimigo. No último instante, porém, a energia negra que cercava o Devorador o envolveu por completo, e num piscar de olhos as luzes piscaram e ele se teletransportou alguns metros, escapando por muito pouco.

A flecha cortou o salão, atravessou a parede contrária e explodiu fora dali, enquanto o antigo animal ensaiava passos tímidos, mostrando indicativos de que se regenerava rapidamente.

Diante da oportunidade, Edward partiu para o ataque, partiu para a vingança. Ao se aproximar, com ódio no olhar bateu o cajado no chão, criou uma grande explosão de luz que o impulsionou para cima e se colocou sobre a cabeça do Devorador.

Nesse momento, com total confiança, o mago fechou os olhos, ergueu o cajado sobre a cabeça e fez com que a ponta do objeto viesse a brilhar de modo tão intenso que era impossível olhar diretamente para ela.

Sette e Kiary viram o movimento do mago e arregalaram os olhos, torcendo para que o ataque fosse devastador. Mas, no último segundo, quando Edward estava para acertar o potente golpe, o antigo animal virou o rosto com malícia, encheu o peito de ar e disparou um pequeno cuspe de sua gosma negra, o que atingiu certeiramente o cajado do mago e o quebrou.

Quando a principal arma do viajante se partiu ao meio, o ataque entrou em colapso, um flash cegou todos, e a energia condensada explodiu, criando um grande estrondo e deslocando uma enorme quantidade de ar, que lançou Edward violentamente ao chão.

Com a explosão, o salão estremeceu. O mago caiu, bateu a cabeça e desmaiou. Sette e Kiary, preocupados ao extremo, tentaram seguir na direção do companheiro de jornada.

Mas, antes que isso fosse possível, os dois sentiram uma aura assassina a envolvê-los e, quando olharam, perceberam que o Devorador completamente recuperado avançava em grande velocidade, com uma esfera de luz entre os dentes.

O antigo animal então a quebrou, de modo que um som agudo e um flash surgiram, cegando por alguns segundos os viajantes. Estes, ao abrir os olhos, foram surpreendidos pelo guardião, que estava a poucos milímetros de lhes arrancar a cabeça.

Por um fio, ambos se esquivaram das garras do inimigo, as quais faiscaram o chão e o rasgaram com extrema facilidade. Em sequência, rangendo os dentes e com sangue nos olhos, o tribal e o caçador partiram para o contra-ataque, iniciando uma ferrenha luta corpo a corpo.

O Devorador atacava velozmente com suas poderosas garras e com seus pelos, que por alguns instantes se eriçaram e foram expelidos, feito um gigantesco porco-espinho. Como resposta, tanto o tribal quanto o caçador se defendiam e se contra-atacavam com exímia sincronia, transformando a troca de golpes em algo belo e simétrico. Toda a luta acontecia em alta velocidade, e o menor erro de qualquer um dos lados seria mortal.

Enquanto isso, do outro lado do salão, Edward, que não conseguia respirar e podia até ter sido considerado morto, acordou de repente, recobrando o fôlego de uma única vez. Suas vestes estavam rasgadas, e seu ombro direito e sua cabeça sangravam muito. Além disso, tinha quebrado o braço direito e deslocado a mandíbula.

Ao se pôr de pé, o mago ficou zonzo por alguns segundos, e uma dor aguda pulsava em seu abdômen. Mil pensamentos tomavam conta de sua mente, e ele não sabia como prosseguir ou a quem recorrer.

No entanto, quando viu o ponto em que a luta se encontrava (Kiary e Sette pouco a pouco eram engolidos pela velocidade do inimigo), Edward pegou no bolso o frasco dado a ele por Helldar e tomou toda a substância de uma única vez, com o intuito de voltar rapidamente para a batalha. No impulso, o mago procurou por seu amado cajado, mas viu que ele estava quebrado.

Edward então sentiu um misto de ódio e tristeza surgindo das entranhas do seu ser. Em sequência, lembrando-se de algo sujo selado dentro de si, sentou-se de pernas cruzadas, fechou os olhos e ficou em silêncio.

Por fim, começou a dizer palavras estranhas, bem baixinho, como uma maldição em língua antiga. Gradativamente, o tom de voz do mago foi aumentando, ganhando corpo e peso, até que tomou conta de todo o grande templo.

Suas palavras eram rápidas, e o tom de voz do viajante era pesado, como uma maldição Orc, como uma jura de ódio Metallican. As luzes murcharam, enquanto uma sombra surgiu no salão. Mas, quando a voz do mago parecia estar em seu ápice, extremamente grave, como se ele estivesse possuído, Edward entrou em transe e começou a levitar, colocou as mãos uma sobre a outra e uma luz poderosa começou a brilhar entre elas, tornando impossível olhar para o rapaz diretamente. Por fim, as palavras que saíam de sua boca começaram a ser ditas lentamente.

Ao ver o que acontecia, o Devorador se afastou da luta, virou-se para o mago e se arrepiou ao extremo. Os companheiros de Edward, ao experienciar a aura esmagadora que o colega emanava, também se arrepiaram e ficaram imóveis.

Em sequência, o mago disse a última palavra:

— Dann! — E, quando ela foi dita, o templo estremeceu por completo, trazendo uma aura densa e sobrenatural.

Com o fim da conjuração, Edward saiu do transe, e seus pés lentamente tocaram o chão. A luz que antes havia entre as mãos dele desapareceu gradativamente, dando lugar a uma pequena varinha preta, com aspecto horrendo e sombrio. Ela trouxe consigo um peso esmagador para aquele templo santo.

No instante em que a varinha surgiu, o Devorador uivou assombrosamente, e aquele grito causou um calafrio extenso em Sette e Kiary. O horrendo animal também se colocou na defensiva, como se soubesse o que realmente o esperava.

Quando viu sua amada varinha, Edward sorriu, abraçou-a com muito amor e falou:

— Apocalipse. Há quanto tempo, meu amor. — O tom de voz do mago era repleto de nostalgia, e nos olhos dele havia um brilho diferente.

Após reencontrar seu pequeno e precioso instrumento de guerra, o viajante retirou a máscara e revelou a todos o seu rosto, que era liso, sem barba. As marcas do tempo eram suaves, e ele aparentava ter entre 30 e 45 anos. Seus olhos eram azuis e seu nariz era longo e fino.

Em sequência, o mago colocou a varinha entre os dentes, retirou a parte de cima do manto e mostrou um corpo magro e alvo, repleto de tatuagens de símbolos mágicos e palavras de invocação.

Assim, Edward olhou fulminantemente para o Devorador, que se sentiu intimidado. Então, num instante o adversário sombrio dos heróis se retraiu e começou a disparar potentes cuspes de gosma negra contra o mago. Esses disparos cortaram o espaço com extrema violência, assobiando alto.

Mas, sem esforço algum, Edward balançou a varinha e criou ao redor de si um pesado escudo de energia, o qual ricocheteou os projéteis como se fossem nada.

Sette e Kiary se espantaram com a aura que renascera no mago e com a facilidade com a qual ele dispersou o ataque do Devorador. Mas, voltando à realidade, ambos partiram para cima do antigo animal, mudando o foco deste e reiniciando a batalha corpo a corpo de antes.

Os golpes eram sincrônicos, e tudo acontecia numa velocidade assombrosa. Agora ninguém queria perder. Agora nada era de graça. A luta acontecia belamente, com movimentos rápidos e elaborados, atraentes aos olhos.

A espada de Kiary bailava pelo espaço, sibilando com potência. Enquanto isso, o caçador o apoiava, envolto em flechas traçantes e golpes de espada imbuídos com energia. Tudo acontecia com extrema velocidade.

Mas, num descuido, o tribal recebeu um potente golpe no peito. O ataque rasgou superficialmente sua casca de batalha e o lançou para longe. O homem quicou três vezes no chão, até que parou, deslizando no meio do templo.

Zonzo, ele se levantou cambaleando e rapidamente se preparou para voltar. Entretanto, antes que desse o primeiro passo, uma mão tocou-lhe o ombro e disse:

— Tribal, prepare-se! Vamos com tudo! Vamos bater com força naquele infeliz! — E, ao olhar para trás, Kiary viu Edward ao seu lado, que emendou: — Chegou a hora de explodir esse maldito.

— Tudo bem, mas preciso de tempo. Na hora certa, você vai ver a janela. Aí, eu quero que você bata nele com tudo que tem!

Ao ouvir o tribal, Edward acenou positivamente com a cabeça e partiu para oferecer apoio ao caçador, que se mantinha apenas na defensiva, esquivando-se. Quando o mago chegou, Sette recobrou o ânimo, e juntos os dois lutaram de igual para igual contra o antigo animal, empregando extrema velocidade e destreza.

O mago era rápido, seus ataques eram precisos, suas explosões de luz e disparos traçantes eram potentes e iluminavam o salão, assobiavam com violência. O caçador, por outro lado, lutava corpo a corpo, desviando-se das garras do inimigo e contra-atacando com a espada.

Enquanto ambos se despedaçavam para lutar contra o guardião, Kiary, encoberto por mistério e seriedade, enraizou-se no chão, fechou os olhos e começou a concentrar energia dizendo palavras estranhas — encantos perdidos e proibidos de sua tribo esquecida.

Como consequência, um grande círculo de invocação dourado apareceu, e em transe o ex-Galado começou a se envergar para trás, estralando as juntas e dobrando ao extremo os tendões, até encostar a nuca no chão, como se ele estivesse possuído.

Quando a nuca de Kiary encostou no piso, em seu peito um círculo negro começou a se abrir, transbordando uma substância aquosa e negra, que escorreu pelo salão e deu um tom de magia obscura para aquele momento. Um cheiro podre vinha da abertura no peito de Kiary; o que o tribal fazia naquele momento era um ritual de invocação de um Ser de Dimensão Inferior, uma planta de outra dimensão, que dera origem aos Ents deste mundo.

Com o buraco dimensional aberto no peito e em um transe frenético, no qual o viajante gemia de prazer e dor, aos poucos surgiu uma grande flor rosa, vermelha, azul e amarela, trazendo consigo um cheiro doce que reverberou pelo salão.

A flor tinha quase um metro e meio de tamanho, e suas cores se mostravam em faixas pela planta, começando pelo vermelho, depois pelo rosa, passando pelo amarelo e por fim pelo azul. Seu cheiro era doce como o mel, e sua aparência e presença traziam mistério, apesar de ninguém a notar, pois todos lutavam acirradamente contra o antigo animal.

No instante em que a planta apareceu, suas pétalas começaram a se abrir lentamente, mas com muita força, como se estivessem coladas. Por fim, elas se abriram de vez e lançaram pelo salão uma substância viscosa que começou a derreter o piso do templo, criando uma leve cortina de fumaça branca.

A névoa se dissolvia devagar, gerando mistério, e, ao desaparecer por completo, foi possível ver um grande pistilo verde, que se moveu. Este revelou que se tratava de uma Ent de sexo feminino.

Seus cabelos eram uma trepadeira de ramos finos e longos, de um verde extremamente vivo, mas, por serem muito finos, assemelhavam-se muito ao cabelo humano. O rosto belo, a boca carnuda e os olhos verdes reluzentes, tudo fazia um leve contraste com a pele clara de tom levemente esverdeado. Apenas a parte de cima do dorso se mostrava.

Os seios daquele ser, de tamanho singelo, eram adornados por flores, enquanto uma aparência jovial acompanhava a bela Ent. Nas mãos, ela carregava um arco, e nas costas uma aljava com uma flecha. Sua presença trazia consigo uma atmosfera estranha.

Ao desabrochar, a criatura olhou com espanto para toda aquela loucura, enquanto o mago e o caçador seguiam lutando freneticamente contra o lendário inimigo. Mas, após se adaptar a toda a insanidade, Ent entendeu o que acontecia e disse para Kiary, o qual continuava em transe:

— Kiary, o Galado! Meu nome é Al Acanta, Ent remanescente do reino da floresta tropical, de Lixidra-kânto, da dimensão inferior, Horizon Green. Quero que saiba que esta é última flecha de nosso contrato. Agora, nada nos prende e nem nos aproxima.

A Ent, então, atirou a última flecha, que era feita de madeira verde e tinha na ponta um marrom de cor reluzente que brilhava, emanando uma leve fumaça na mesma cor. Essa era a semente de uma flor de outra dimensão, a Orquídea Explosiva.

Depois disso, a criatura se concentrou por alguns segundos, segurando a respiração para que a flecha não se perdesse no caminho. Mantinha-se focada ao máximo e imbuiu toda a energia naquele disparo.

O Devorador se mexia em velocidade extrema, enquanto Sette e Edward o acompanhavam alucinados, muito concentrados na violência que os aprisionava. Mas, num segundo que o animal permaneceu parado, a flecha cortou o espaço de maneira brusca, zunindo e criando um extenso rastro de luz. Quando acertou o alvo, a arma rasgou o peito do Devorador brutamente, acertando em cheio o coração dele e empurrando-o para trás.

O antigo animal sentiu o golpe e rosnou de dor, mas, por sua enorme capacidade de regeneração, quase no mesmo instante voltou a se movimentar, continuando a ferrenha batalha contra os viajantes.

Enquanto tudo isso acontecia, Al Acanta, entendendo que havia terminado o trabalho ali, disse para Kiary, o qual ainda se mantinha inconsciente:

— Essa foi a última flecha. Minha família, meu reino e a minha tribo já não têm mais um acordo com você. O pacto foi encerrado, agora nada nos prende e nem nos aproxima. — Com isso, a flor se fechou e a Ent, vinda de outra dimensão, foi engolida pelo vórtice negro, que desapareceu. Como consequência, Kiary caiu ofegante e se levantou com extrema dificuldade.

Edward e Sette continuavam a lutar contra o antigo animal e perceberam o que havia acontecido. Os dois viram a flecha acertar o coração do inimigo, mas nem por um segundo este havia demonstrado fraqueza e seguiu lutando com ferocidade.

Entretanto, os movimentos do guardião começaram a diminuir drasticamente e, enquanto a batalha decorria, o Devorador se afastou, o que indicava que algo acontecia em seu ser. Assim, ele ficou imóvel, uivando de dor.

O caçador e o mago, assustados, colocaram-se na defensiva, pois não sabiam o que esperar daquele momento. Até que, então, pelo corpo do antigo animal um tipo de trepadeira estanha começou a nascer de dentro da carne e dos ouvidos, da boca e dos olhos dele, tomando-o por completo, em uma cena difícil de assistir.

Num segundo, uma grande flor amarela eclodiu da boca daquela criatura lendária ao mesmo tempo que, por todo o seu corpo, flores menores apareceram. Estas, quando desabrocharam, explodiram e esguicharam sangue do antigo animal para o ar, deixando-o imóvel. Em sequência, com uma potência impressionante, elas começaram a emanar uma enorme quantidade de gás amarelo-mostarda, que era expelido em altíssima pressão.

Edward e Sette continuavam estáticos, sem entender o que acontecia, até que Kiary, levantando-se com dificuldade, rapidamente se enraizou no chão e gritou:

— EDWARD! SETTE! CHEGOU A HORA! QUEIMEM ESSE DEMÔNIO!

O mago, com um belo sorriso no rosto, então olhou para o Devorador com um olhar sarcástico e disse:

— Queime. O Inferno é aqui! — E, em sequência, lançou um pesado disparo de energia contra o animal, obliterando sua cabeça e criando uma brutal e potente explosão, que fez todo o templo estremecer.

Acontece que o disparo de energia de Edward reagiu com o gás das plantas de Kiary, criando uma reação em cadeia e resultando em explosões menores, até chegar a uma grande explosão final. Esta foi tão brutal e intensa que lançou Edward, Sette e Kiary para longe. Se o mago e o caçador não tivessem se escondido em uma barreira de energia e o tribal não estivesse enraizado e longe da explosão, todos estariam mortos.

O som da explosão foi ensurdecedor, e o calor e a deslocação de ar que ela dissipou foram imensos. Sua onda de choque fez as Bases da Terra estremecerem. Parte do teto caiu, e algumas paredes laterais estufaram, com a violência da onda de impacto, deixando todo o local em sério risco de desmoronamento.

Com a grande explosão, o Devorador, antes considerado uma grande ameaça, agora estava em pedaços, queimando violentamente.

O Devorador

O cheiro de carne queimada tomava conta do Templo Santo. Pedaços retorcidos, ossos e dentes ardiam, e nada nem ninguém poderia sobreviver àquela violência.

Após a explosão, o silêncio reinou por alguns instantes, enquanto um sorriso de alívio tomava conta do rosto dos viajantes. Mas, para a surpresa de todos, Sette, que observava a tudo, indagou, com o coração incrédulo:

— Ainda não acredito que foi tão fácil.

O mago, que ainda estava um pouco zonzo, lentamente se levantou:

— Como assim? Por que?

Kiary, que também chegava junto deles, completou:

— Como assim? Nada pode ter sobrevivido a isso.

No entanto, Sette abaixou a cabeça e, com a voz repleta de mistério, respondeu:

— Vocês não entendem. Meu mestre, não daria tanta importância se ele fosse um inimigo tão banal. Penso que ainda devemos manter a cautela. Se essa criatura for a lenda que os caçadores dizem que ela é, independentemente dos ferimentos, independentemente de quão dolorosa foi a morte que lhe impusemos, no fim ela vai se regenerar. E vai nos caçar até a morte. — E, após essas palavras, todos olharam para o corpo do Devorador, que queimava violentamente.

Por fim, Edward respondeu, com um olhar de desdém:

— Entendo, caçador, mas é como Kiary disse: nada nem ninguém poderia sobreviver a isso.

Mas, quando o mago terminou a frase, o fogo que ardia na criatura se extinguiu como num truque de mágica, e os três a viram se levantar com extrema dificuldade, como se tivesse ressurgido do Inferno.

O corpo do animal estava em pedaços, enquanto gemidos de angústia e sofrimento ecoavam de sua boca. Mas, comprovando a profecia do jovem caçador, a pedra que pairava na fronte do inimigo lançou sobre ele uma onda de energia em vermelho-vivo, fazendo com que ele se regenerasse dos ferimentos numa velocidade absurda.

Todos ficaram abismados com o aparente pesadelo que se iniciava. Enquanto isso, a criatura se costurava e se moldava, osso a osso, membro a membro, até que seu corpo ficou em perfeito estado. Então, como numa cena de terror, ela se pôs sobre as patas traseiras e deu um uivo triste e sem vida, mostrando a todos sua imponência.

O som se propagava pelo extenso salão, e o peito do Devorador começou a arder como brasa. Todo o seu corpo se acendeu em chamas e emanou uma espessa coluna de fumaça negra, como se uma mina de carvão estivesse a queimar.

Nos olhos, a criatura carregava vingança e prazer, enquanto trazia nos lábios um sorriso sarcástico. Agora, a ponta de seus pelos se acendiam como brasa e as garras ardiam como ferro incandescente, mostrando a todos o porquê do nome

Devorador, pois ele devorava todo o ataque que recebia, absorvendo e roubando o elemento para si.

Incrédulos, os três viajantes permaneceram imóveis, tentando entender o que acontecia ali. O antigo animal, tomado pela vingança, então respirou fundo e se acendeu em chamas, queimando violentamente em vermelho-vivo e tornando-se uma grande bola de fogo e luz, que estremecia as Bases da Terra com seu poder.

Em sequência, a criatura, ainda sobre as patas traseiras e mostrando toda a majestade e todo o poder, sem aviso se jogou para baixo e lançou uma pesada baforada de fogo. Uma baforada tão potente e brutal quanto a dos antigos dragões do Continente Negro.

Os viajantes, em uma tentativa desesperada de se salvarem, esconderam-se atrás de algumas pedras que, com a explosão, caíram do teto do templo. No mesmo instante, eles sentiram na pele a baforada do antigo animal, que rasgou o salão assobiando ao extremo e destruindo tudo como um furacão.

Cor vermelha, luzes e sombras se mesclavam com velocidade e poder, devastando qualquer coisa implacavelmente, num turbilhão de fogo e fumaça. Os heróis se espantaram demais e, sem entender, apenas se encolheram, em silêncio.

No ápice, a baforada se mostrou tão cruel, que os três quase sufocaram com o calor emitido, o qual trazia um pouco do Inferno para o Templo Santo. Antes que o pior viesse a acontecer, porém, o ataque cessou.

Aliviados e ainda consumidos pelo desespero, eles, agora separados em suas proteções, olhavam-se e tentavam recuperar o fôlego. Por fim, Sette, com extremo cuidado, tomou coragem e lentamente olhou por cima de sua proteção, no intuito de ver o que acontecia.

Mas ele logo se abaixou e se encolheu para tentar se proteger, e em desespero gritou:

— Nós vamos morrer! Nada pode nos salvar agora! Nós vamos morrer!

Então, assobiando como o diabo, uma nova baforada de fogo rasgou o salão, muito mais potente e mortal que a anterior. Ela rompeu o templo com uma violência tão extrema, que as pedras e o piso próximos ao Devorador começaram a derreter. Naquele momento, as proteções que os viajantes utilizavam também começaram a se liquefazer.

Agora, a morte era apenas questão de tempo e parecia que nada nem ninguém conseguiria mudar isso. Seus corações estavam a mil, enquanto uma angústia severa lhes consumia a mente. Mas, enquanto os três rezavam em desespero, um milagre aconteceu. Antes que suas proteções viessem a se desfazer por completo, o antigo animal fechou a língua, deixando apenas uma pequena fresta para que o fogo pudesse passar e transformando a baforada em algo como um fino raio de extremo poder, que fatiava tudo pelo caminho.

Em sequência, dominado pela loucura e pelo prazer, a grotesca criatura começou a balançar a cabeça insanamente para todos os lados, obliterando todo o antigo templo, tornando-o um amontoado de escombros.

Diante do gigantesco poder do Devorador, Kiary e Edward se desesperaram, pois nunca haviam visto um poder tão imenso e devastador quanto aquele. Quanto a Sette, ele apenas abaixou a cabeça e começou a contar com a morte, enquanto o templo era fatiado e destruído. As paredes e o teto caíam sobre os três, numa cena de desesperança total.

Mas o ataque do Devorador cessou sem atingir os heróis. Demonstrando todo o seu poder e a sua majestade, o antigo animal se colocou sobre as patas traseiras, imponente como um deus, e uivou de modo diabólico, e o som daquele uivo ecoou no coração dos viajantes.

No fim, o pelo da criatura se acendeu em vermelho-vivo, enquanto uma coluna de calor que se dissipava em ondas fez o chão estremecer.

Apenas uma palavra representava a força e a destruição daquele ataque: *brutal*. Parte do teto desmoronou. As paredes foram cortadas como se fossem de papel, e as chamas e a destruição tomaram por completo o grande salão, transformando-o no inferno. O Devorador se deliciava e aproveitava cada momento daquela batalha, com um sarcástico sorriso no rosto.

A esperança se foi. Tudo parecia estar perdido, e nada nem ninguém poderia mudar essa verdade. Sette estava agachado com a cabeça entre os joelhos, e o desespero tomava conta de seu coração. Edward se perdeu em pensamentos, imaginando que agora não havia o que pudesse salvá-los.

No entanto, quando tudo parecia não ter mais volta, uma voz surgiu, um grito de esperança em meio ao desespero, que reverberou fundo no coração dos viajantes e acendeu a chama da fé que se apagara. Kiary, a peça fundamental daquele momento obscuro, chamou os outros dois para a vitória:

— Vamos! Vamos! Chegou a hora de mostrar o nosso valor. Vamos, mago. Vamos, caçador. Vocês não queriam mudar o mundo? A hora é essa! O momento da glória eterna chegou! Ei, Sette! Vamos! Vamos! Levante-se, erga a cabeça, vá se benzer, e vamos à luta! Nós fizemos um juramento, uma promessa, e ela agora cobra seu preço. Você não queria ser o herói que mudaria o mundo? O momento é este! A hora é agora! Vamos, garoto. Coragem, vamos!

Sette, ao ouvir o tribal, foi tomado por uma coragem avassaladora e se lembrou de Tereza, sua velha mãe. Num flash, cada momento que ele havia passado com ela lhe surgiu à mente e o trouxe de volta para a batalha final.

Então, repleto de coragem e de promessas, o jovem caçador se levantou e olhou para o Devorador. Nos lábios, o rapaz apresentava um sorriso desafiador, aquele que sempre o acompanhava, sua marca registrada.

E, após se esconder novamente, Sette disse em voz alta:

— Vamos fatiar esse maldito! Eu vou fatiar esse verme! — E, lembrando-se dos estudos que teve com o mestre, continuou: — Aprendi que nada no mundo pode sobreviver sem cérebro ou coluna vertebral. Nada, nenhum animal consegue suportar esse dano. Por isso, eu vou criar uma abertura, e você, Edward, bate nele com tudo!!

— Ok. Vamos acabar com isso de uma vez!! — falou Edward, que também se ergueu para a vitória com as palavras do companheiro de jornada.

Em sequência, o jovem caçador respondeu, com os olhos cerrados:

— Então vamos. Fuligem! Preciso de fuligem, Kiary! Fuligem!

O tribal, ao ouvir aquilo, enraizou-se no chão e, usando a própria energia, fez com que a armadura abrisse no rumo da boca, expelindo uma enorme quantidade de fumaça negra. Ao mesmo tempo, ele estendeu as mãos para cima e disparou várias e várias sementes do tamanho de caroços de manga. Elas explodiram no ar e criaram uma espessa cortina de fumaça, que nublou o templo em poucos segundos.

E, com o salão completamente nublado, Sette pediu:

— Cobertura, preciso de cobertura!!

Então, Edward se levantou e gritou:

— Cobertura!! Fogo de supressão!! Vamos, Kiary!! Cobertura!! — Dessa forma, inflamados pela coragem, o mago e o tribal saíram de trás de suas proteções e iniciaram um intenso ataque às cegas, tentando ganhar tempo para o caçador.

Kiary atacava rodeando o antebraço esquerdo e disparando pequenas esferas de energia que surgiam no ar. Esses disparos eram rápidos, poderosos e traçantes. Já Edward atacava com a varinha, lançando pesados disparos traçantes de pura energia, iluminando o salão. E, nesse instante, os viajantes partiram para o tudo ou nada, caminhando às cegas e de peito aberto ao encontro do inimigo, sem medo da morte. Rumo à glória eterna.

Mas, enquanto os três avançavam, ao longe se ouviu um longo assobio, e luzes vermelhas se acenderam aos céus. Ao ver o movimento, Edward parou, escondeu-se dentro de uma esfera de energia e gritou:

— Aí vem fogo!

Kiary ouviu o mago, tirou uma pequena esfera de proteção de dentro de sua casca de batalha e a quebrou, criando também uma esfera de energia ao seu redor. Até que, então, disparos de fogo caíram como meteoros sobre os viajantes, destruindo tudo ao redor e colocando-os na defensiva.

Mas, enquanto o tribal criava a cortina de fumaça, Sette havia começado a se preparar. Em silêncio, o caçador pegou em sua bolsa um pequeno chifre que se parecia muito com uma corneta. Esse pequeno aparato, segurado com extremo cuidado, era uma arma extremamente rara, usada apenas por Caçadores de Elite. Ao vê-la, o rapaz disse a si mesmo: "A Corneta das Cornetas. A assassina de Magos Elementais. A Consumidora de Energia. Quem diria que ela seria útil num momento como esse".

Depois disso, ele a colocou cuidadosamente de lado e pegou em sua bolsa uma seringa com uma substância negra e aquosa, que continha o sangue dos Guepardos Azuis da Tanzânia. Logo Sette a injetou no braço e sentiu seus olhos se transformarem nos olhos da fera, ganhando a velocidade desta. Após isso, ele orou aos céus, buscando Tereza, sua mãe; buscando coragem na promessa feita a ela:

— Mãe, sei que está aí! Rogue por mim. Agora preciso ser forte, não posso falhar!

Dessa forma, aproveitando que o inimigo estava distraído, o caçador saiu da proteção como um furacão, avançando pela direita em grande velocidade. Num piscar de olhos, o rapaz saltou e se fixou de cabeça para baixo no que sobrou do teto. Sem que o Devorador percebesse, o jovem se colocou no ponto cego dele, sacou o arco e concentrou uma enorme quantidade de energia na ponta da flecha, fazendo-a brilhar.

Até que, então, Sette disparou a flecha paralisante na cabeça do adversário. A arma rasgou o espaço como um raio, atravessou o crânio do Devorador e se cravou no piso do tempo, criando uma onda de impacto.

Diante do acontecido, o antigo animal instantaneamente caiu inerte, paralisado pelo potente veneno, que diminuiu num instante as chamas no corpo da criatura.

O caçador, sabendo do pouco tempo que restava, saltou sobre aquele bicho, pegou a pequena corneta e, ao invés de assoprá-la, puxou o ar, e o fogo que queimava no rival começou a se extinguir, puxado em um vórtice de vento para dentro do chifre. Isso espantou a todos.

Logo as chamas que ardiam na criatura começaram a se apagar até desaparecerem por completo.

No momento em que Sette conseguiu selar o poder do grotesco animal, este voltou a se mexer, então o caçador se afastou e se colocou em posição defensiva.

Nesse meio-tempo, Edward se aproximou num piscar de olhos e, tomado pelo ódio, encarou o grotesco animal, que se levantava com dificuldade, gritando quando os olhares se cruzaram:

— Você é meu!

Em sequência, o viajante segurou a varinha com toda a fúria e, com um grande e longo grito de ódio, fez com que um círculo de transmutação reluzente se acendesse abaixo de seus pés e criasse uma tempestade de raios ascendentes, que fizeram tanto as tatuagens quanto os olhos de Edward brilharem e emanarem luz. Em sua testa, nasceu uma língua de fogo azul que se dissipava em raio.

Ao mostrar a todos o poder do trovão, o mago estendeu a varinha e a apontou para o inimigo. Naquele instante, um grande círculo de transmutação apareceu aos pés do Devorador, trazendo consigo uma infinita quantidade de raios, queimando o guardião da Relíquia de dentro para fora, carbonizando-lhe os ossos e transformando-o em um amontoado flácido de pelo e pele.

O ataque ensurdecedor e desenfreado fez Sette e Kiary ficarem abismados com tamanho poder. Havia beleza e uma brutalidade mortal na chuva de raios que iluminava aquele local. E todo o poder do mago canalizado daquela forma fazia jus à sua fama. A fama de um assassino implacável.

Edward torturava impiedosamente o antigo animal, convicto de que, se a coluna vertebral deste fosse destruída, a criatura seria incapaz de se regenerar. Assim, o viajante fazia o Devorador se contorcer e gemer de agonia, numa cena visceral.

Mas, com o passar de alguns segundos e mesmo de diante todo aquele sofrimento, o bicho se calou e, com um fulminante olhar de ódio, fitou fundo os olhos do mago, no intuito de desafiá-lo.

Entendendo essa atitude como uma afronta, Edward, que agora estava a quase dois metros de seu rival, não se segurou e, com mais um pesado grito de ódio, libertou de uma única vez todo o seu poder.

Logo o ar ao redor do mago e da criatura começou a se aquecer, e os raios que surgiam do chão e de Edward se tornaram incontroláveis, destruindo e iluminando todo aquele lugar. Sette e Kiary, ao sentirem de perto a violência e a brutalidade daquele ataque, afastaram-se e procuraram abrigo atrás das pedras que haviam caído do teto.

Com a potência dos raios, o piso e as paredes próximas que ainda restavam começaram a derreter. O som daquele ataque era ensurdecedor, como mil trovões ressoando sem parar. O estranho animal, purgado pelos poderosos raios, pouco a pouco foi se rendendo, até cair de joelhos, agonizando no chão.

Seu uivo era triste e seu corpo estava em pedaços. O cheiro de carne queimada era insuportável, e sua pelagem estava completamente derretida. Aproveitando o momento e olhando para o alto, Edward cessou os raios, subiu na cabeça do Devorador, segurou a varinha com a mão direita e gritou:

— Queime!! — Assim, surpreendendo a todos, um raio brutal caiu sobre o mago, atingindo a criatura e carbonizando-a por completo, um raio mil vezes mais potente que todos os outros.

Com a queda do raio, um grande flash se fez e cegou a todos por alguns segundos. Em sequência, um som devastador ecoou por todo o grande templo, fazendo as Bases da Terra tremerem e deixando os três surdos por um breve tempo.

Logo, o cheiro de carne queimada deu lugar ao de carvão em cinzas, e Edward, sem nenhum arranhão, saiu de cima do antigo animal, o qual estava totalmente despedaçado e carbonizado. Sua coluna vertebral havia se transformado em pó, seus dentes e ossos em cinzas, e sua carne em um amontoado flácido de tecido, pele e pelo.

Diante do potente ataque do mago, que consumiu quase toda a sua energia, um sorriso de alívio surgiu no rosto dos viajantes. Um sorriso de gratidão, de missão cumprida.

O sacrifício

Com o animal em pedaços, Edward reuniu-se com os companheiros, e todos ficaram em silêncio, torcendo para que o animal continuasse no chão. Então, após alguns minutos de silêncio e apreensão, eles se cumprimentaram com o coração repleto de alegria. O mago desabou, pois muito de sua energia fora gasta no ataque final.

Sorrisos largos tomaram conta da face dos viajantes, enquanto um leve sentimento de dever cumprido tomava conta de seus corações. O Devorador agora estava com o corpo completamente destruído, transformado em cinzas, e todo o sofrimento e toda a dor, no fim, coroaram aqueles três com a vitória.

Depois dos cumprimentos acalorados e da euforia, os rapazes olharam-se, e Kiary, repleto de esperança e felicidade, sorriu e disse:

— Ainda existe esperança. No fim, os homens de bem prevaleceram!

Mas, com essas palavras, o tribal sentiu algo lhe atravessar a armadura e rasgar o peito. Foi então que, sem saber o que acontecia e com o desespero estampado nos olhos, ele olhou para trás e viu que o Devorador estava sobre ele, completamente regenerado. O antigo animal, com uma única mordida, rasgou o peito de Kiary como se não fosse nada, e ainda com aquele sorriso sarcástico que costumava trazer no rosto.

Ao absorver o trovão como elemento e usar a pedra que o protegera, aquela terrível criatura se regenerou num piscar de olhos e, agora ensandecida em poder, investiu contra o tribal como um raio, mordendo-o violentamente entre o ombro e o pescoço e destruindo facilmente a casca de batalha do adversário.

Após isso, o animal chacoalhou o corpo do viajante como se fosse um trapo velho e lançou-o para o lado, próximo aos pés do mago.

Tudo estava de cabeça para baixo, e nada nem ninguém poderia vencer o inimigo infernal. Edward estava quase sem energia, Kiary sangrava e afogava-se no próprio sangue, e o desespero tomou o rosto de Sette.

A esperança já não existia mais, e no fim a Companhia sucumbiu diante do guardião da Relíquia.

No momento, o antigo animal mostrava-se imponente diante de Edward, e por todo o seu corpo pequenos raios começaram a circular. Por fim, os pelos se eriçaram, e grandes descargas elétricas começaram a surgir, num frenesi ensurdecedor.

O mago estava incrédulo e assustou-se ao ver aos seus pés um Kiary quase morto. Sem saber o que fazer ou como agir, Edward permaneceu estático. No entanto, quando se voltou para a fera, viu-a a centímetros do próprio corpo. Aquilo quebrou qualquer reação do mago, que fechou os olhos e se preparou para uma morte rápida e dolorosa.

Mas, no último instante, com Edward prestes a ser destroçado, Sette surgiu, empurrou o colega de jornada para o lado e tomou o seu lugar, recebendo o ataque mortal que seria para o companheiro.

O jovem caçador foi mordido entre o pescoço e o tórax, e gemeu de dor angustiantemente. Mas, usando um esforço sobre-humano, com o braço direito pegou no bolso uma seringa e a fincou no pescoço do antigo animal.

Na seringa, havia um potente paralisante, feito com o veneno de uma Cascavel Dourada, que poderia imobilizar uma baleia com facilidade. Depois que a substância foi injetada, o Devorador começou a vacilar diante das próprias patas e soltou Sette, que caiu inerte com o rosto para o chão, sem conseguir se levantar.

Edward, desesperado, afastou Sette e Kiary para poucos metros de distância da batalha. Assim, conseguiu examinar minuciosamente o ferimento de seus companheiros. Com o fim da análise, um misto de tristeza e aflição atingiu o semblante do mago, pois ele sabia que a morte era uma certeza para os colegas de jornada.

O tribal e o caçador tentavam respirar, mas os dois estavam se afogando lentamente no próprio sangue. Pequenos soluços vinham de dentro da casca de batalha de Kiary, e com muita dificuldade ele tentava conter a dor, enquanto Sette gemia bem baixinho.

Ao ver Edward próximo a eles, Kiary soluçou com muito esforço e disse:

— Saiba que me arrependo... de tudo que fiz... e espero que um dia Deus me perdoe... — A voz do tribal estava trêmula e seus olhos, distantes. Cada vez que ele tentava respirar, um estranho chiado surgia de seu peito.

O mago, vendo a situação na qual ambos os companheiros estavam, pegou o Elixir de Prata, no intuito de curá-los. Mas o mago pegou o frasco e viu que a quantidade era muito pequena para regenerar aqueles ferimentos. Então, para amenizar a dor dos viajantes, pegou um pouco da substância dos Caranguejos Abissais e a despejou pelo corpo de ambos.

    Percebendo que as duas mortes eram inevitáveis, Edward os fitou nos olhos e falou, com grande pesar no peito:

— Não temos muito tempo nem meios para resolver isso. Nossas poções de Elixir de Prata não são o bastante para curá--los. E sinto muito, mas não tenho habilidades para curar ferimentos tão profundos. — Então, o mago parou por um instante, respirou fundo e emendou: — Infelizmente vocês não vão sobreviver. — Ofegante e consumido pela angústia, continuou: — A Companhia caiu, sozinho eu não posso fazer nada. Perdemos tudo, decepcionamos o mundo!

    Interrompendo o mago, porém, Sette falou, com muito esforço, pois se afogava no próprio sangue:

— Mas nós temos de fazer alguma coisa... Não podemos desistir assim... Nosso sacrifício não pode ser em vão.... Eu não posso morrer assim!

    Era visível o desespero, a angústia e todo o sofrimento daquele momento, quando todos sentiam a morte em seus ossos. Mas foi ao ouvir a palavra "sacrifício" que tudo mudou. Foi ali que a morte deu lugar ao sacrifício, que o desespero deu lugar à esperança.

    Ao ser lembrado de um pacto escuso do qual também fazia parte, Edward arregalou os olhos e encarou o Devorador, que agora começava a sentir suas pernas novamente. No rosto da criatura, havia um olhar doentio, pois ele sabia que era apenas questão de tempo até despedaçar os invasores.

    Mas Edward respirou fundo, olhou no fundo dos olhos de seus companheiros e afirmou:

— Sette, você tem razão, não podemos desistir, ainda existe algo que podemos fazer. O sacrifício de vocês não será em vão. Creio que, se usássemos uma Invocação de Sacrifício, venceríamos.

Ao contar seu plano, Edward parou por um segundo, olhou seriamente para Kiary e Sette e seguiu:

— Eu, o mago, usarei um de meus membros para invocar um ser dimensional que tem contrato com nossa Ordem. Após isso, dois sacrifícios humanos devem ser feitos para que ele lute por nós.

O tribal ouviu o colega de jornada, sorriu para ele e disse, com a voz trêmula:

— Chegou a hora de eu fazer algo bom em minha vida....

Sette completou:

— Kiary tem razão. Chegou a hora!

No entanto, Edward, olhando-os com uma tristeza absurda, mexeu a cabeça negativamente e continuou:

— Mas nada é tão fácil assim! Há um adendo, e não posso fazer isso sem que vocês tenham certeza do que está por vir. — E respirou fundo: — O ser de dimensão superior que eu vou invocar é um Anjo do Purgatorio, e, se vocês aceitarem ser o sacrifício, a alma de vocês pertencerá a ele por toda a eternidade.

O mago sabia que seria uma decisão difícil e pensou até que nenhum dos dois aceitaria. Entretanto, sem pestanejar, Kiary respondeu, com firmeza no olhar:

— Eu já disse, mago, chegou a hora de eu fazer algo bom em minha vida...

E Sette emendou:

— O mundo depende de nós, somos muito mais que um sacrifício. Somos agora esperança em carne e sangue!

Diante das palavras de ambos, Edward ficou perplexo por alguns segundos e pensou: *Quanta coragem. Quanta paixão.* Mas, voltando à realidade, ele respirou fundo, olhou para os companheiros e afirmou:

— Certo! Então, não temos muito tempo. Se vocês têm algo a me dizer ou contar, a hora é agora.

Aproveitando o momento, Kiary declarou, com lágrimas nos olhos:

— Que o meu sacrifício me traga honra outra vez.... — Com dificuldade, ele tossiu longamente e continuou: — Diga a meu avô que morri como homem, pois, por ficar muito tempo sozinho, eu... Eu... — O tribal gemia de dor, tossiu como se estivesse se afogando, mas seguiu: — Eu me arrependo amargamente por tudo que fiz. Você o encontrará na Floresta Nebulosa, no Continente Verde, nas terras da tribo Navarro. E diga também à minha amada Thalita que, por todos os dias da minha vida, eu a amei. E, onde eu estiver, continuarei amando.

Após dizer aquelas palavras com dificuldade, Kiary tossiu roucamente mais uma vez, e o mago, no intuito de não o deixar sozinho, segurou fortemente a mão de madeira, enquanto o Devorador tentava de todas as formas seguir com seu plano.

Em sequência, Sette, gemendo de dor, tossiu e falou:

— Diga ao meu mestre que não arreguei, que morri como homem. E que um dia vamos nos reencontrar. — Então, o jovem caçador tossiu longamente e olhou nos olhos do mago, continuando: — As próximas palavras são para você, mago. — Edward se surpreendeu com a declaração, e o caçador seguiu dizendo: — Eu disse que o salvaria. Que de alguma forma o salvaria. Agora, com o meu sacrifício, você acredita, né? Que o mundo tem salvação. Que podemos ser melhores. — Então, o jovem gritou com suas últimas forças: — Pela companhia! Pela companhia!!

Edward inspirado pelo momento, também gritou bem alto:

— Testemunhem! Pela companhia!! Pela companhia!!

Após o gesto, Edward apertou fortemente as mãos de Kiary e de Sette, e disse:

— Não se preocupem. Eu prometo que, quando tudo acabar, vou trazer vocês de volta. Eu prometo!

O momento era triste. O mago sentia o coração pesado por tudo que acontecia, pois via o medo e a tristeza nos olhos de seus companheiros. Os três sabiam que em horas como aquelas tudo era possível, mas não imaginavam que a morte seria assim, rápida, fria e solitária. Mas, demonstrando coragem e alegria por lutar ao lado de homens extremamente corajosos, Edward recobrou a consciência e percebeu que estava pronto para acabar com toda aquela loucura.

Concentrando-se por alguns segundos, o mago retirou do bolso a pequena adaga que recebera de presente no início da jornada, e com único corte arrancou o próprio braço esquerdo, cauterizando quase no mesmo instante o ferimento com a varinha.

Naquele momento, o mago caiu de joelhos e quase desmaiou por causa do esforço e da dor, mas, ao tomar o restante da poção dos Caranguejos Abissais, voltou rapidamente para a batalha.

Aproveitando o próprio sangue, Edward fez um círculo no chão, deixando Kiary e Sette de fora. Em seguida, colocou o braço junto dos dois e disse:

— Que pelo meu sangue se abra a Terceira Dimensão! Que pelo meu sangue se abram os Portões do Purgatório! — As palavras foram ditas com autoridade e poder, como num ritual religioso.

Após isso, uma barreira de energia surgiu ao redor dele, e tudo começou a ficar lento aos poucos, dando um efeito belo para aquele momento de puro desespero.

Fagulhas de fogo, fumaça e cinzas pairaram no ar infinitamente, negando-se a seguir o fluxo da vida e mostrando que o tempo fora da redoma havia parado por completo e deixado tudo e todos estáticos. Enquanto Edward continuava de joelhos, admirando o momento, na direção da Relíquia uma estranha linha negra apareceu e dela uma pesada fumaça negra começou a sair, causando suspense e medo.

Depois de alguns segundos, a linha se abriu, formando um portal do qual saíram quatorze lobos brancos com mais de um metro e meio de altura.

Seus olhos eram azuis cintilantes e suas expressões, altivas. Um a um, eles se dividiram e formaram duas filas. Em sequência, uma forma angelical surgiu da abertura espaço-tempo, caminhando descalça, com leveza e graça. Diante disso, os quatorze lobos uivaram, anunciando a vinda do Ser Dimensional.

Os olhos da criatura eram os mais vibrantes que um homem podia ver em vida, e sua boca era belíssima, pequena e carnuda. A pele era alva; as mãos e os pés, extremamente delicados e perfeitos, fazendo um contraponto com o cabelo castanho-escuro.

Ela vestia faixas por todo o corpo, e das costas longas asas cobertas de plumas se mostravam. Na mão direita, por sua vez, havia uma grande foice negra que a acompanhava, além de uma aura que exalava paz. Uma paz capaz de fazer o mais aflito dos homens repousar.

Mas, quando os pés do Ser Dimensional tocaram a Terra, quando sua presença entrou neste mundo, lágrimas de sangue começaram correr interruptamente de seus olhos, como uma doença, como uma sina. Aquilo dava um ar demoníaco àquela criatura.

Edward, ao ver o anjo, ficou em silêncio. Por fim, o Ser Dimensional se pronunciou delicadamente:

— Há quanto tempo, Mago da Luz. Há quanto tempo.

O viajante, até então de joelhos, levantou-se e, encarando o anjo nos olhos, respondeu:

— Verdade. Já faz muito tempo, Dashar.

Para a surpresa do mago, o anjo com ar de demônio se aproximou num piscar de olhos, ergueu a mão e passou as unhas lentamente na barreira mágica de Edward, criando um estridente som que fez com que o rapaz caísse de joelhos e protegesse os ouvidos.

Então, o anjo olhou para ele, sorriu e disse:

— E quais são os negócios? Já sei! Mais um sacrifício. Mais morte. Mais dor. Mais... *pecados*? — Havia um tom extremamente ardiloso, que enfatizava a última palavra.

— Tenho um trabalho para você! — respondeu o mago, levantando-se e olhando o anjo com seriedade.

Entretanto, ao perceber a reação de Edward, Dashar retrucou marotamente:

— Não gostou do barulho, é isso. Não entendo o porquê desse olhar sério, você tem algo contra mim? Caso tenha, saia daí e me mostre do que é capaz. Não vejo a hora de rasgar você no meio, mago da luz.

Mas Edward respondeu à altura:

— Bom, é porque você não fala sério comigo. Não quero fazer como Talagon e te espancar como daquela vez no Continente Azul.

O anjo se enfureceu com aquelas palavras e, num piscar de olhos, deu um potente soco na barreira mágica do mago, produzindo um grande estrondo pelas Bases da Terra. Então, Dashar gritou furiosamente, com uma voz diabólica:

— Não confunda seu mestre com você, seu puto arrombado! Vamos ver se vai ser você o próximo a me desafiar pelo pacto de sangue! — E, mostrando toda a sua fúria, abriu as asas. — Estou louco para rasgá-lo ao meio! Seu verme!

Entretanto, uma vez protegido, Edward não deu importância para as palavras do anjo e, olhando com desdém, retrucou:

— Sinceramente, pouco me importa o que você quer. Você perdeu, e o contrato de sangue foi selado. Agora, minha Ordem tem o comando sobre você. E por isso eu o invoquei, porque preciso do seu poder. *Meu escravo.*

Dashar, ao ouvir aquilo, gemeu de ódio. Contudo, sem poder fazer nada em relação a isso, apenas se calou, e Edward continuou, seriamente:

— Entrego a você a alma de Kiary, o Galado, e Sette, o jovem caçador, e em troca peço que lute por mim. Que os pecados e os castigos por invocá-lo caiam sobre mim e sobre minha Ordem.

Ao ouvir as palavras do mago, o anjo respondeu, olhando para ele:

— Tem certeza disso? Os pecados do tribal foram perdoados, o tempo que ele passou preso aqui o redimiu. E o jovem caçador também não tem pecado algum que possa condená-lo ao Purgatório. Você tem certeza disso, mago?

Contudo, no momento em que estavam sendo entregues em sacrifício, Kiary e Sette retornaram à consciência, e, ao ouvir as palavras do anjo, o tribal respondeu, com lágrimas nos olhos:

— Eu me entrego pelos inocentes.

E Sette emendou:

— Eu me entrego pela Companhia. — Os olhos dele demonstravam uma coragem implacável e indicavam também que sua fé na bondade e no amor era inabalável.

Após as palavras de Kiary e Sette, o Anjo Purgatorial olhou para eles e respondeu:

— Então, que assim seja. — Em sequência, encarou Edward seriamente e falou: — Sorte que você tem um Pacto de Sangue com a sua Ordem, por isso eu tenho que obedecer. Mas um dia eu mesmo o arrastarei para o Purgatório e o torturarei até que prefira ir para o Inferno. Mas, enquanto esse dia não chega, sou obrigado a obedecer a você.

Então, o anjo deu as costas para o mago e caminhou lentamente até o Devorador. Quando Dashar estava no meio do caminho, ele se virou para o mago e, gargalhando, emendou:

— Espero você com prazer, no dia em que vier a defender sua Ordem do pacto de sangue comigo. — Em seguida, o anjo chegou em frente ao Devorador e declarou: — O acordo com sangue foi selado. Eu, Dashar, Anjo do Purgatório, respondo ao meu mestre Talagon e a todos da Ordem dos Magos do Exílio Errante.

Com o fim das palavras, o tempo voltou lentamente ao normal. E o animal, que agora estava recuperado, espantou-se ao ver o novo inimigo, saltou para trás e ouriçou os pelos, como um gato. Enquanto isso, por todo o seu corpo poderosas descargas elétricas zumbiam, ecoando pelo extenso salão.

Mas as descargas elétricas, a velocidade e a regeneração não surpreenderam a todos tanto quanto as palavras ardilosas da antiga criatura, a qual, voltando-se para Edward, sorriu sarcasticamente e disse:

— Mago, você, sim, foi um oponente digno, pois, sem pensar, sacrificou a tudo e a todos para conquistar o que busca.

O viajante, espantado por perceber que o animal tinha uma mente consciente, ficou sem palavras, estático. Em seguida, mudando o foco, o Devorador falou:

— Mas agora é entre nós, Dash.

O anjo, com um sorriso sarcástico, respondeu:

— Verdade! Então, que comece! — Então, num piscar de olhos o Devorador investiu contra o anjo, que, com apenas uma mão, criou um escudo mágico e bloqueou o ataque do antigo animal, lançando-o para trás.

Mas, em sequência, ambos desapareceram e trocaram golpes numa velocidade absurda, numa velocidade insana, mostrando que estavam num nível muito acima dos viajantes. Era possível apenas ver e ouvir os flashs de luz e o som da foice e das garras do lendário animal ecoando no espaço.

Até que então, num curto espaço de tempo, algo aconteceu. Por um segundo o Devorador ficou sem se mexer, paralisado. Aproveitando essa brecha, o anjo rapidamente ergueu sua foice e cegou o animal com um golpe rápido e certeiro.

A grotesca criatura gemeu de dor, afastou-se e ficou na defensiva, esperando que seus olhos se regenerassem. Mas, se aproveitando que o antigo animal estava vulnerável, o anjo bateu as asas e, voando a uma velocidade absurda, pairou a doze metros sobre o horrível adversário.

Ao se manter no ponto cego do inimigo, Dashar ergueu a foice para cima e se lançou num ataque devastador, caindo feito um meteoro sobre a cabeça do guardião da Relíquia, partindo-o ao meio. O impacto do anjo com o solo foi tão brutal que rachou o piso do templo por vários e vários metros.

Em sequência, Dashar se levantou, e um fogo negro começou a surgir de sua mão direita, e ele apenas tocou no horrendo animal, que começou a incinerar numa velocidade espantosa. O fogo negro que surgiu das mãos do anjo era o Fogo do Purgatório, o fogo que purifica as almas para que possam seguir para o Paraíso.

Enquanto isso acontecia, Dashar olhou para Edward lambendo os lábios e disse:

— Existem duas formas de matar um Devorador. A primeira é matando-o sete vezes em um único dia. A segunda é destruir a pedra que paira sobre a cabeça dele com um ataque avassalador, pois ali está a essência de seus poderes. — E, olhando fixamente para Edward, continuou a explicação: — Claro, as formas que citei antes se referem a como pessoas normais podem vencer. Mas, para nós, o fogo que queima tudo, o fogo que purifica e queima a alma é a arma absoluta, a arma que queima e destrói qualquer coisa neste plano. Basta um toque, um sopro, que tudo vira cinzas.

Após contar como vencer o antigo animal, Dashar emendou:

— Quero muito fazer isso com você e com seu mestre. Um dia a hora vai chegar, e você queimará! Queimará devagar até que não sobre mais nada! — Ao fim das palavras do anjo, o que havia sobrado da lendária criatura eram apenas os seus ossos.

Lutando calmamente e sem muito esforço, Dashar mostrou a todos o real poder de um Ser das Dimensões Superiores. O poder supremo de um ser angelical.

Tendo concluído o trabalho, Dashar caminhou até o corpo de Kiary e Sette, e disse:

— Kiary, o Galado, e Sette, o Caçador, chegou a hora. — Os dois viajantes naquele instante estavam quase mortos, pois haviam perdido boa parte do sangue.

O anjo se aproximou e pegou o tribal e o caçador pelo braço e os arrastou lentamente para dentro da ruptura dimensional, junto com o braço de Edward. Entretanto, quando estava quase atravessando com seus lobos, ele se virou para trás e afirmou:

— Espero você ansiosamente, Edward.

O mago, com um sorriso desafiador no rosto e inflamado pela coragem e pelo sacrifício de seus companheiros, olhou nos olhos do anjo, apontou a mão direita para ele e falou:

— Quando tudo acabar, me dê seis meses. Apenas seis meses, pois nesse tempo treinarei até a morte e, quando o tempo acabar, vou desafiar você e trazer os dois de volta.

Dashar, ao ouvir Edward, sorriu diabolicamente e, com uma satisfação extrema no olhar, largou Sette e Kiary, virou-se para o mago, abriu as asas e exclamou:

— É o meu sonho! Vou contar os segundos para ver você.

O viajante, ainda com o mesmo sorriso no rosto, o mesmo sorriso que sempre acompanhou Sette, disse:

— Então me espere e se prepare, pois eu vou com tudo!

Dashar, vendo a determinação do mago, também escancarou um sorriso, lambeu os lábios e falou:

— Vou esperar você com o maior prazer, Mago da Luz. — Virou-se, pegou Sette e Kiary, e se foi gargalhando de volta para o Purgatório.

O Anel

Ao terminar a luta, Edward se sentou reflexivo e começou a se lembrar de tudo que acontecera. Sentado no chão, ele mal conseguia se levantar. Seu braço esquerdo, que fora arrancado na altura do peito, doía muito. Assim, na tentativa de amenizar um pouco a dor, o viajante pegou o frasco com os fluidos dos Caranguejos Abissais e o tomou. Logo a dor no corpo passou, e ele pôde caminhar lentamente até a tão estimada Relíquia.

Ao chegar lá, o mago contemplou uma belíssima caixa de ouro. Suas pequenas portas eram adornadas com a figura de um anjo, que segurava uma espada e um escudo. Tudo havia sido insculpido belamente, trabalhado com extremo esmero, algo digno de realeza.

Após observar a caixa por alguns segundos, ele a abriu e encontrou um belíssimo anel feito em ouro branco, com uma pedra pequena e extremamente reluzente, como uma estrela. Hipnotizado pela joia, o mago a observou por vários minutos.

Mas, retornando à realidade, Edward a tomou para si e a colocou em uma fina corrente de prata que estava em seu pescoço. Em seguida, olhou para trás, imaginou o grande caminho que ainda iria percorrer e disse a si mesmo: "Espero que os outros tenham muito mais sorte do que nós. Que Deus tenha piedade da Companhia".

Mas, enquanto o viajante falava sozinho, um estranho e pequeno Pardal Vermelho, pássaro mensageiro, apareceu voando e pousou no ombro do mago, o qual viu que na perna daquele pequeno animal havia um pedaço de papel enrolado. Então, o mago pegou o papel para si e o engoliu.

Em sequência, os olhos do herói fecharam-se, e ele viu seu mestre, que disse:

— Edward, escute, tenho algo urgente a tratar. — Talagon seguiu, com seriedade: — Leônidas e Hellena encontraram Scars pelo caminho. Edward, é sério, agora vocês devem ter cuidado, ter muito cuidado, pois é possível que os inimigos saibam de nossos objetivos. O encontro com os Scars aconteceu de oito a nove dias atrás. Já Goddar e Akira parecem ter destruído uma vila inteira lutando contra um destacamento de mil e quinhentos homens do exército inimigo há aproximadamente doze dias. Acredite em mim e siga meus conselhos. Agora vocês devem caminhar com cuidado, muito mais cuidado, pois a estrada se tornou ainda mais perigosa e os inimigos, mais intensos e reais.

Após aquelas palavras, Edward abriu os olhos, sentou-se por alguns segundos e ficou em silêncio, imaginando o quão difícil deveria estar o caminho de seus irmãos de Companhia.

Edward olhou para o vazio e logo pensou: *Então, creio que, diante do que aconteceu, as restrições foram tiradas. Agora posso usar todo o meu poder!* Assim, ele levantou-se e seguiu o caminho de volta.

Apêndice

O intuito deste capítulo é expandir
o universo dos *Nove Continentes*,
tornando-o mais interessante de se ler.

Se você chegou até aqui, boa leitura
e obrigado por tudo.

Orlas Conhecida e Desconhecida

Orla Conhecida é um termo usado para nomear a área conhecida pelo homem na Era em que o livro se passa. A área engloba os Continentes Cinza, Azul, Vermelho e Verde. Todo o resto do mundo e os outros Continentes, que não são conhecidos a fundo pelos homens, fazem parte da Orla Desconhecida.

Na Orla Desconhecida vivem as raças inimigas dos homens, como os Metallicans e Orcs, mas também raças aliadas, como Elfos e Middians.

As nove antigas raças

Antes da queda do homem do Paraíso, o Velho Continente era povoado por oito antigas raças: Metallicans, Orcs, Gollens, Elfos, Ents, Middians, Tritões e Ghouls. Com a chegada do Humano Primordial, surgiu o termo as nove antigas raças.

METALLICANS
- **Biotipo físico**: humanoide; altura entre 2,10 a 2,40 metros.
- **Biotipo energético**: Shin, Sãn e Num, em altíssimas quantidades.

Os Metallicans, uma das nove antigas raças, são inimigos brutais e impiedosos dos humanos. Como todas as antigas raças, eles têm inteligência racional. Os Metallicans são impiedosos, brutais, super-resistentes e muito inteligentes. São dotados de reservas de energia impressionantes. A pele desta espécie é feita de puro aço e carne, e sua força bruta é incomensurável.

Têm entre 2,10 a 2,40 metros de altura, são muito fortes em batalhas mano a mano e em grupo. São de certa forma idênticos aos humanos na parte física externa, mas na interna são muito mais resistentes. Quase não têm órgão internos, o que lhes permite ficar anos a fio sem se alimentar ou ingerir líquidos. Mas, ao contrário do que se pensa, apesar da resistência da pele, eles são extremamente suscetíveis em relação à regeneração de ferimentos, demorando até três vezes mais que um Humano Primordial para se recuperar de ferimentos simples.

Seus corpos são feitos de vários tipos de metais mesclados com carne, mangueirais dos mais variados modelos, filtros, três tipos de sangue e fios diversos, que servem para conduzir energia elétrica e os mais variados fluidos. O esqueleto desta raça, apelidado de chassi, é constituído de titânio e diamante.

Os Metallicans se classificam em nove tribos que formam os nove reinos Metallicans. Cada tribo é diferenciada pelas habilidades especiais e algumas características físicas. As três primeiras e principais tribos Metallicans são os Black-Iron, White-Stainless e Red-Steel.

ORCS
- **Biotipo físico**: humanoide; altura entre 2 a 2,50 metros.
- **Biotipo energético**: Shin e Sãn em extremas quantidade; Num inexistente.

Orcs são inimigos mortais dos humanos, extremamente agressivos e ferozes em batalha. Sua pele é extremamente dura. Têm uma força física incomensurável e reservas de energia gigantescas. Seus ossos são tão duros quanto o aço e têm alta capacidade de regeneração, o que permite a regeneração de ferimentos graves em poucas horas. São divididos em sete tribos inimigas declaradas uma das outras. A única coisa que os une é o ódio mortal nutrido pelos humanos. As sete principais tribos de Orcs são: Black Orcs, Orcs do Reino de Urzarkur, Orcs Vermelhos, Orcs Brancos, Orcs do Tartacov, Orcs da Tribo Bhala e Orcs da Pele Esmeralda.

GOLLENS
- **Biotipo físico**: humanoide; altura entre 2 a 2,50 metros.
- **Biotipo Energético**: Sãn e Num em altíssima quantidade; Shin em pouca quantidade.

Os Gollens têm corpo humanoide feito de aço e pedra, com uma resistência altíssima, mas, em contrapartida, regeneração muito lenta. São dotados de força física incomensurável e vivem no profundo de altas montanhas da Orla Desconhecida. São uma raça reclusa e muito territorial, contudo presam pela paz. Pouco se sabe sobre essa raça.

ELFOS
- **Biotipo físico**: humanoide; altura entre 2 a 2,30 metros.
- **Biotipo Energético**: Sãn e Shin em altíssimas quantidades; Num inexistente.

Os Elfos no passado eram grandes aliados dos humanos na disputa por poder e território no Velho Continente. Hoje, as tribos e reinos élficos restantes vivem no Continente Verde e em parte da Orla Desconhecida. Os elfos são extremamente territoriais, mas, em contrapartida, são excepcionalmente pacíficos. Contudo, são consumidos pelo ódio e pela rivalidade com seu antigo e eterno inimigo, os Orcs.

Fisicamente, os Elfos têm orelhas pontudas e os sentidos extremamente aguçados. Seu sangue é azul e em seus corpos existe uma assustadora quantidade de Shin, o que permite ataque e magias extremamente potentes. São rápidos em batalha mano a mano e extremamente mortais em curta e longa distância, além de serem inteligentes acima da média. Embora sejam tão frágeis quanto os humanos incompletos, têm uma ótima taxa de regeneração.

ENTS
- **Biotipo Físico**: humanoide; altura entre 2,50 a 2,70 metros.
- **Biotipo Energético**: Shin e Sãn em altíssima quantidade; Num em média quantidade.

Ents são uma raça pacífica que vivia no Velho Continente em harmonia com todas as raças. O corpo dessa espécie é formado por madeira, seiva, pedra e luz. São muito sábios, e dizem que esta foi a primeira raça a ser criada. Sua taxa de regeneração é alta, além de serem muito fortes fisicamente, pois são dotados de uma altíssima quantidade de energia.

Vivem em tribos e se alimentam de terra e água. Hoje, pouco se sabe sobre a raça, que vive em recluso na Orla Desconhecida.

MIDDIANS
- **Biotipo Físico**: humanoide; altura entre 1,70 a 2,10 metros.
- **Biotipo Energético**: Shin, Sãn e Num em extrema quantidade.

No passado, os Middians eram aliados dos humanos na guerra por poder no Velho Continente. Hoje, vivem nos picos das montanhas das Orlas Conhecida e Desconhecida. São pacíficos e vivem em reinos ou vilarejos. Diferenciam-se das outras raças pelo controle do fogo e gelo, poderes ativados sem ter de gastar suas reservas de energia. Têm corpo semelhante ao humano e são considerados extremamente fortes por terem poderes especiais. Seus reinos dividem-se pelos poderes, como o Reino do Fogo, lugar onde a maioria dos Middians tem poderes de fogo ou relacionados com as chamas.

Nos dias em que o livro se passa, o relacionamento com os Middians é pacífico e amigável, contudo um pouco distante.

TRITÕES
- **Biotipo Físico**: humanoide; altura entre 2,20 a 2,70 metros.
- **Biotipo Energético**: Sãn em altíssima quantidade, Num inexistente e Shin em quantidade normal.

Raça que vive no profundo do mar em reinos escondidos. São anfíbios e muito inteligentes. Sua sociedade é bem desenvolvida, prezando pela paz acima de tudo. Dizem as lendas que essa raça é extremamente forte em combate e muito resistente. Porém, na realidade, pouco se sabe sobre ela, pois os registros Primordiais foram apagados pelos Primogênitos.

GHOULS
- **Biotipo Físico**: sem informações.
- **Biotipo Energético**: sem informações.

Nada se sabe sobre essa raça, pois o registro sobre eles foi completamente apagado. Contudo, segundo as lendas, trata-se de uma doença, uma infecção, sendo eles inimigos de todas as raças.

Evolução do homem

O primeiro homem e a primeira mulher, aqueles chamados de Adão e Eva, deram origem à primeira evolução do homem, os Primordiais.

PRIMORDIAIS

A primeira evolução do homem, tida pelos magos e estudiosos como a raça perfeita.

Os Primordiais tinham força física de cinco a seis vezes maior que a de um humano normal. Quando adultos, chegavam a alcançar entre 2 a 2,20 metros de altura. Sua capacidade de regeneração era assustadora e sua massa de energia, gigantesca.

Era a raça mais mortal e potente do Velho Continente, confrontando qualquer outra.

PRIMOGÊNITOS

Com o passar dos anos e a descoberta de novos povos, o Homem Primordial se miscigenou com elfos e Middians, nascendo assim os Primogênitos.

Em comparação com o Humano Primordial, os Primogênitos eram duas vezes mais fracos em tudo, desde a questão de regeneração até força e energia. Sua estatura média, entre 1,70 a 2,10 metros de altura, era herdada dos Middians, enquanto o sangue azul foi herdado dos Elfos.

HUMANO COMUM OU INCOMPLETO

São da mesma estatura que os Primogênitos, mas com a diferença de que sua força física e energética é 30% menor. São de sangue vermelho. É o homem descrito neste livro.

USUÁRIOS

Quarta evolução do homem. Têm a mesma capacidade física e energética que um Humano Comum, diferenciando-se deste pelas habilidades especiais, que não consomem energia. Exemplo: habilidade de atravessar paredes, controlar metal etc.

Tipos de energia

Em cada criatura existe um ou mais tipos de energia, chamadas pelos antigos como sopro da vida. No mundo conhecido, existem três tipos de energia.

NUM

A primeira e a mais básica energia é o Num ou Energia Abiótica. Existe em seres inanimados. Exemplo: rocha, água, fogo etc. O Num flui livremente pelo mundo e é muito usado pelos homens e outras raças na criação de armas, poções catalizadoras de energia etc.

SÃN

A segunda é o Sãn ou Energia Biótica. Existe em seres animados. Exemplo: animais, plantas, seres humanos etc. O Sãn flui livremente no corpo de todo ser vivo, sendo muito usado por guerreiros, trabalhadores etc.

SHIN

A terceira é o Shin, Energia da Alma ou ainda Energia Espiritual. É exclusiva de seres dotados de alma. Exemplo: homens, anjos, demônios etc. É muito utilizada por guerreiros por causa de sua potência.

- **Observação**: A quantidade de energia em cada ser varia. E a energia varia de quantidade e potência de acordo com a situação e o momento em que a pessoa está.

Breve história sobre a magia e as Ordens Mágicas da Luz

No passado, a magia trazia mais dor e sofrimento do que benefícios ao mundo. E no intuito de mudar isso, após muitas batalhas e um caminho tingido por sangue, Michael Monte, Mago da Ordem do Exílio Errante e seus companheiros venceram a Primeira Grande Guerra Mágica e conseguiram reunir as dezenove maiores Ordens Mágicas dos nove continentes para que um tratado sobre o uso da magia fosse feito. A Primeira Grande Guerra Mágica e a formação das Ordens da Luz serão narradas em próximo volume.

Tendo discutido por duas semanas, apenas nove Ordens assinaram o Tratado sobre o uso da magia, dessa forma surgiram as nove Ordens Mágicas da Luz. Toda Ordem Mágica que não aceitou o Tratado foi considerada como Ordem Negra. Toda Ordem que entrou no Conselho após sua formação é tida como Ordem Cinzenta.

Ordens mágicas existentes

ORDENS DA LUZ
  Ordem dos Magos do Exílio Errante
  Ordem dos Magos de Itile
  Ordem dos Monges de Lesgolat
  Ordem da Observância de Milleto
  Ordem dos Magos Canonicais de Lisliel
  Ordem dos Magos da Sabedoria Primordial
  Ordem dos Magos de Valley
  Ordem Mágica da Montanha Branca
  Ordem dos Magos de Lafaiet

ORDENS MÁGICAS CINZENTAS
    Ordem Mágica do Dragão e Gelo
    Ordem dos Lobos Uivantes

ORDENS DAS TREVAS
    Ordem Negra de Urdeem
    Ordem de Gasgovat
    Ordem Obscura de Humdair
    Ordem dos Magos de Pryon
    Ordem Canonical de Tronus
    Ordem Diabólica Maximilianus Black
    Ordem do Abismo Absoluto

Tríplice Coroa Infernal

A Tríplice Coroa Infernal é uma organização formada pelas três maiores seitas satânicas dos Nove Continentes, Scar, Abyss e Voids. É formada em casos extremos, como quando a cooperação mútua para que o mal reine é essencial.

SCARS

Os Scars são terroristas adoradores do Anjo Caído Lúcifer. Vivem de acordo com os ensinamentos do primeiro Scar, Artores Lestwood, que escreveu o Livro Negro, ou Capa Preta, elaborado no intuito de degradar e destruir o homem, criando sistemas heréticos para levar as almas para o Inferno.

São muito violentos e excepcionalmente unidos, como se fossem irmãos. São procurados em todos os Continentes da Orla Conhecida, e todos os membros, sem exceção, encabeçam altas posições no Ranking dos Renegados.

Os membros são das mais variadas Ordens, Reinos e Tribos do mundo conhecido, e isso faz com que os 23 sejam extremamente voláteis e perigosos em batalha. Quando entram para a organização, de certa forma, abandonam seus nomes e recebem o nome de um dos 72 demônios da Ars Góetica.

ABYSS

Grupo religioso que adora os Anjos Caídos. São extremamente parecidos com os Scars em objetivos, mas agem de forma diferente, pois, apesar procurarem criar sistemas heréticos para destruir o homem, agem de forma pacífica, evitando a violência a todo custo. São apelidados de Anjos das Trevas ou Advogados Diabólicos.

São especialistas em mudança de leis, tráfico de mulheres e crianças e proteção para aqueles que cometem crimes hediondos, libertando-os para que voltem a cometer crimes. Alguns membros são extremamente fortes, enquanto outros não passam de conselheiros de reis, juízes e governantes. São famosos por criar e esconder a Ilha da Perdição, local onde ricos, loucos, governantes e reis vão para satisfazer suas vontades hediondas.

Muitos acreditam que tal ilha seja apenas lenda, enquanto outros dizem ter escapado de seus domínios com vida.

VOID

Pouco se sabe dessa última organização. Segundo as lendas é formada por poucos membros, que são o contraponto dos Apóstolos. São extremamente fortes e se utilizam de dons que o próprio Lucífer os presenteou.

Apóstolos (fantasmas)

Pessoas com passado e histórias de vida completamente destruídas pelo pecado. De forma direta ou indireta, são escolhidos por Deus no intuito de fazer prevalecer Sua vontade, Sua justiça.

Os Apóstolos são poucos no mundo todo; muitas vezes andam em dupla ou sozinhos. São amantes fervorosos de Deus, frequentemente se esquecendo de tudo para viver por Ele. Tem contato direto com a vontade divina.

Vivem uma vida reta de oração e extrema penitência, entregando-se à castidade, obediência, pobreza e observância da palavra de Deus e Seus desígnios. São lembrados pela sua ferocidade e violência em batalha, por terem habilidades especiais conhecidas como Dons de Deus. Porém, só usam dessa capacidade e de força bruta quando Deus os permite.

Não são de forma alguma um grupo ou organização, apenas vivem livres pelo mundo até receberem o chamado para saírem em missão. Não raro, os membros não se conhecem.

Escolhidos (Galados)

Extremistas religiosos que pregam as leis de Deus por meio da opressão e da violência, são perseguidos e odiados em alguns países, enquanto são a principal religião em outros. Seu objetivo é fazer do mundo um lugar melhor pelas leis de Deus.

São extremamente habilidosos e muito fortes em batalha. Por estarem em várias partes da Orla Conhecida, reúnem diversos tipos de guerreiro em seu cartel, desde assassinos a tribais.

Uma vez que lutam lado a lado, trocam informações sobre suas técnicas, sendo extremamente voláteis em batalha. São inimigos declarados da Tríplice Coroa Infernal e não se importam de matar ou destruir para chegarem em seus objetivos.

Embora Escolhidos seja a designação dos membros da seita, são apelidados como Galados por causa de seu criador, Augustus Galados.

Ranking dos Renegados

Lista feita em Conselho com todos os Reinos, Ordens, Tribos e grandes cidades no intuito de classificar os criminosos mais perigosos da Orla Conhecida. A lista tem 48 nomes, e todos os que nela estão são inimigos extremamente perigosos e poderosos.

Ordem dos Caçadores

Os caçadores são homens destemidos que veneram os animais e utilizam de sua força em batalha. O primeiro Caçador foi John Goldfish, que, após um incidente com os Dragões, a ser descrito em próximo volume, ficou conhecido em todo o mundo e criou a Ordem dos Caçadores.

Hoje os caçadores são muitos e vagueiam pelo mundo. São extremamente respeitados por Ordens Mágicas, Reinos e Tribos, sendo temidos pelos reinos e ordens escuras.

É formada por dezessete clãs de Caçadores, aqueles que não fazem parte da Ordem são conhecidos como Clãs de Caçadores Renegados.

Clausura

Organização secreta comandada exclusivamente pelos Magos do Conselho da Luz. São especialistas em assassinato, invasões e derrubada de governos. As Ordens da Luz negam sua existência, pois os membros da organização usam de meios nada ortodoxos para chegar aos seus objetivos (magia obscura, artes obscuras e técnicas não naturais). Também são tidos como lendas.

Apenas os magos mais fortes entram na organização. Ao serem capturados ou mortos, são esquecidos por seus superiores.

Desbravadores

Iniciativa criada em conjunto pelas Ordens, Tribos e Reinos da Orla Conhecida. A iniciativa tem o intuito de desbravar os continentes da Orla Desconhecida para buscar novas plantas, animais e tesouros, evoluindo a humanidade. Apenas os melhores guerreiros e desbravadores são escolhidos, agindo furtivamente na invasão de territórios inexplorados e muitas vezes lutando contra as outras antigas raças.

Caçadores de Cabeças

Caçadores de Cabeças é uma organização secreta e oculta que faz parte da Ordem dos Caçadores. É conhecida por poucos, mesmo dentro de sua Ordem, sendo muitas vezes lembrada apenas como uma lenda.

São caçadores escolhidos a dedo pelo Conselho dos Caçadores para serem assassinos impiedosos que vivem apenas para cumprir as ordens de seus superiores. São especialistas na caça e no assassinato de qualquer indivíduo ou guerreiro, desde reis a magos negros. Suas missões sempre são consideradas de alto nível; e, se forem presos ou mortos, a Ordem dos Caçadores negam a sua existência.

Os Caçadores de Cabeça são altamente treinados em sobrevivência, assassinato, resgate e infiltração, e podem inclusive agir como espiões.

Dimensões conhecidas – Invocações

Trata-se de uma técnica magica distinta, na qual se invoca servos de outras dimensões para lutar em nome do invocador ou para que o mesmo utilize de seu conhecimento. Existem sete dimensões paralelas conhecidas, e estas são divididas em Esferas Dimensionais Inferiores e Superiores.

DIMENSÕES SUPERIORES
    Paraíso
    Purgatório
    Inferno

DIMENSÕES INFERIORES
Old Valley
Primeiro Araguaia
Horizon Green
Segundo Anhanguera

Doze animais da Criação

Os doze animais da criação na realidade são raças dos primeiros animais de grande poder que surgiram na Terra.
Eles se classificam do seguinte modo:

- Dragões
- Elementais
- A Peste
- Os Espíritos
- Os Reis dos Mares
- Os Reis da Terra
- Os Reis dos Céus
- Os Imperadores das Florestas
- Os Homúnculos
- Espíritos Malignos
- O Ermitão
- Espírito de Luz

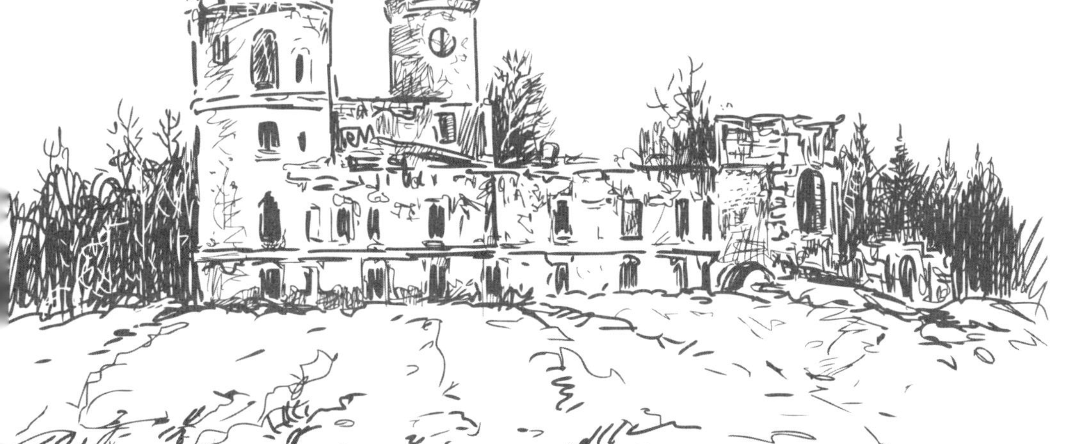

Continente Vermelho

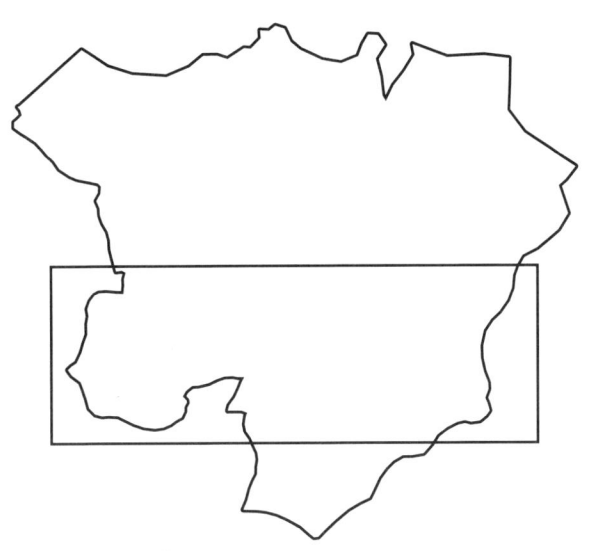

ÁREA DEMARCADA NO
MAPA CORRESPONDE AO CAMINHO
PERCORRIDO POR EDWARD E SETTE

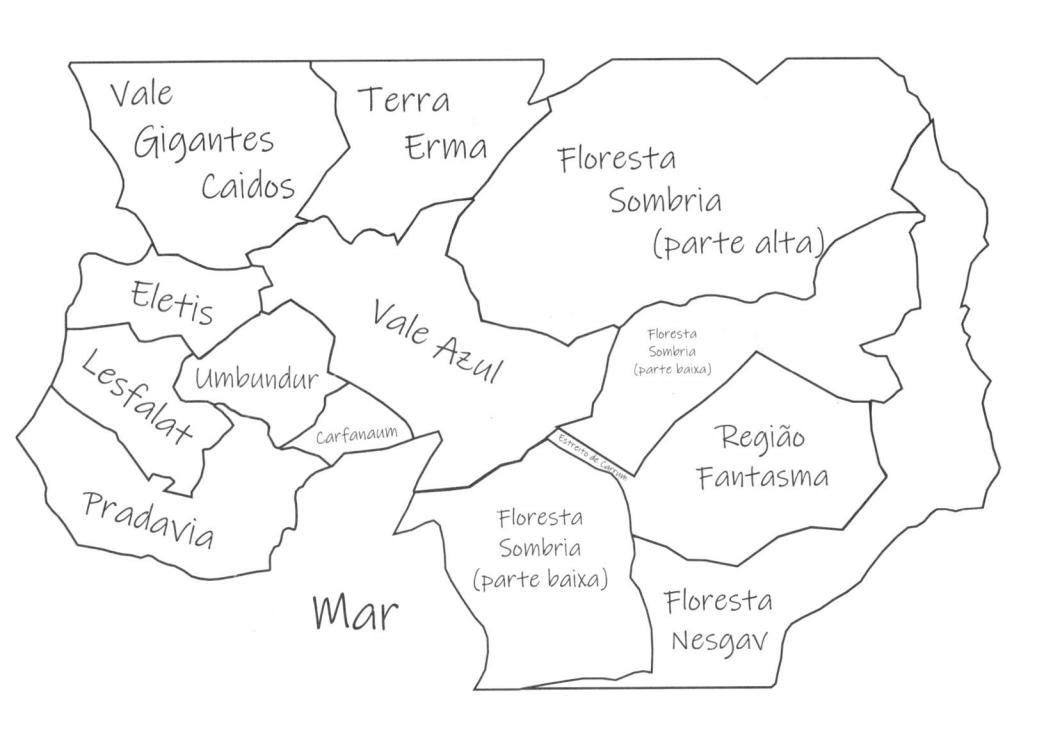

Vale Gigantes Caidos
Terra Erma
Floresta Sombria (parte alta)
Eletis
Lesfalat
Umbundur
Vale Azul
Floresta Sombria (parte baixa)
Pradavia
Carfanaum
Estreito de Lárusa
Região Fantasma
Mar
Floresta Sombria (parte baixa)
Floresta Nesgav

Compartilhando propósitos e conectando pessoas
Visite nosso site e fique por dentro dos nossos lançamentos:
www.gruponovoseculo.com.br

- facebook/novoseculoeditora
- @novoseculoeditora
- @NovoSeculo
- novo século editora

Edição: 1ª
Fonte: Gentium Book

gruponovoseculo.com.br